译文名著精选

YIWEN CLASSICS

美丽新世界

〔英〕奥尔德斯·赫胥黎 著 陈超 译

Aldous Huxley

Brave New World
Brave New World Revisited

上海译文出版社

图书在版编目(CIP)数据

美丽新世界/(英)赫胥黎(Huxley, A.)著;陈超译.
—上海:上海译文出版社,2017.1(2025.7重印)
(译文名著精选)
书名原文:BRAVE NEW WORLD and BRAVE NEW WORLD REVISITED
ISBN 978-7-5327-7340-4

Ⅰ.①美… Ⅱ.①赫… ②陈… Ⅲ.①长篇小说-英国-现代 Ⅳ.①I561.45

中国版本图书馆CIP数据核字(2016)第211044号

Aldous Huxley
BRAVE NEW WORLD
BRAVE NEW WORLD REVISITED

美丽新世界
[英]奥尔德斯·赫胥黎 著 陈超 译

上海译文出版社有限公司出版、发行
网址:www.yiwen.com.cn
201101 上海市闵行区号景路159弄B座
浙江中恒世纪印务有限公司印刷

开本 890×1240 1/32 印张 9.5 插页 2 字数 205,000
2017年1月第1版 2025年7月第16次印刷
印数:169,001-175,000册

ISBN 978-7-5327-7340-4
定价:28.00元

目　录

美丽新世界

乌托邦似乎要比我们原先所相信的更加容易实现。现在我们意识到自己正面临另一个令人担忧的问题：我们如何去阻止乌托邦实现……乌托邦是可能的，生活正朝乌托邦奔去。或许一个新的时代正在开始，在这个时代里，知识分子和文化阶层在想方设法逃避乌托邦，希望回归到不那么“完美”但更加“自由”的非乌托邦社会。

——尼古拉·别尔嘉耶夫①

---

① 别尔嘉耶夫（Nicolas Berdiaeff，1874—1948），俄国宗教哲学家，基督教存在主义的代表人物。试图把合法的马克思主义与新康德主义结合起来，最终转向基督教末世论，一九二二年被苏联政府驱逐出境，著有《自由与精神》、《论人的命运》、《俄国共产主义之起源》等。此段引文原文为法语。

《美丽新世界》作者序

所有的道德家都认为长久的悔恨是最要不得的情感。如果你做了坏事，感到后悔，作出能力之内的补偿，下一次提醒自己要做得好一些就行了，但绝不能沉溺于自己的过失。在粪堆里打滚并不能让你变得干净。

艺术也有其道德准则，而这一道德准则的许多规定和寻常的伦理观念的规定是相同的，或至少可以进行类比。譬如说，悔恨对蹩脚的艺术于事无补，就像悔恨对糟糕的行为于事无补一样。我们应该找出不好的地方，承认它，如果可能的话，在以后去避免它。耽于二十年前的文笔缺陷，尝试对第一次创作时未能写好的作品修修补补，希望让它臻于完美，人到中年的时候再去尝试弥补年轻时的另一个自己犯下并遗留下的艺术上的原罪——所有这一切可以肯定地说，只会是徒劳无功。这就是为什么这本新版的《美丽新世界》和旧版的《美丽新世界》内容相同的原因。作为一部艺术作品，它有很多缺陷，但如果要弥补这些缺陷，我得将整本书重写——在重写的过程中，作为一个年纪更大一些的另一个我，或许在克服故事里的一些缺陷的同时，原本它所拥有的优点也会被摒弃。因此，我抵制住了诱惑，不沉溺于艺术上的悔恨，宁可让它的优点和缺陷都得以保留，并去思考别的事情。

但是，与此同时，似乎有必要对这个故事的最严重的缺陷进行探讨：我只赋予了野人两种不同的生活——在乌托邦世界里的癫狂生活和在印第安村子里的原始生活，后者在某些方面更人性化，但在其他方面同样怪诞和荒唐。在创作这本书的时候，人类被赋予自由意志的目的是在疯狂和愚昧之间作出选择的这个想法让我觉得很有趣，并认为那很有可能成为现实。但是，为了营造出戏剧化的效果，我总是让野人说出比他所接受的抚养和教育更具理性的话。他是在一群奉行一半的内容在倡导生殖崇拜，另一半的内容在倡导残忍的苦行的宗教的践行者中长大的，即使他熟读莎士比亚也并不表示在现实中他能说出那些话来。当然，在结局里，我写到他失去了理智，苦行的信念重新主宰了他，他的下场是疯狂地折磨自己和在绝望中自杀。“于是，他们在悲惨中死去。”——让这则寓言的作家，那个乐呵呵的怀疑论审美家感到安心。

今天，我并不是想表明神智健全是不可能实现的。恰恰相反，虽然我仍像以前那么悲观，认为神智健全是一种相当罕见的现象，但我坚信它是可以实现的，并且希望更多的人神智健全。我在最近几本作品里阐明了这一点，并编撰了一本智者关于神智健全这个主题所说过的话及如何去实现它的所有方式，但一位知名的学术批评家仍对我说我是在危机时刻知识分子阶层陷入失败的一个可悲的例子。我猜想他是在暗示他自己与他的同仁才是欢乐的成功的象征。人类的造福者值得被推崇和缅怀。让我们为教授们建造一座万神殿，建造的地点应该设在欧洲或日本某座被摧毁的城市的废墟中间，在灵骨塔的入口上，我会用六或七英尺高的字母刻下这个简单的句子：“向全世界的教育者致以神圣的纪念，环视四周，丰碑永存。”

但让我们回到未来……如果现在我要重写这本书，我会赋予野人第三条道路。在乌托邦和原始社会这个两难境地之间，将会有保持健全神智的可能性——在某种程度上，这一可能性已经实现了，离开美丽新世界的被放逐者和难民组成社区，生活在保留区内。在这个社区里，经济的运作在按照反集权主义和亨利·乔治[①]的理念进行，而政治的运作则按照克鲁泡特金和合作社主义者的想法进行。科学和技术会被利用，但就像安息日那样，它们是为人类而设的，而不应该是人去适应它们和被它们所奴役（这正是当前的情况，而在《美丽新世界》里更是变本加厉）。宗教应该是有意识地理智地追求人类终极目标的过程，追求高屋

① 亨利·乔治（Henry George，1839—1897），美国哲学家、记者，曾进行土地改革和自由社会的实践，代表作有《进步与贫穷》、《保护或自由贸易》等。

建瓴的天道或逻各斯和超凡脱俗的神格或梵。主流的生命哲学应该是高度功利主义的哲学，至乐的准则应该让位于终极目标的准则——在生活中的每一次事件中要提出并回答的首要问题应该是："这个想法或行动是否有助于我和尽可能多的个体去实现人类的终极目标，还是妨碍它的实现？"

野人在原始的环境下长大（在那本假想中的新的版本里），直到他有机会亲身了解到由追求健全神智的自由合作的个体所组成的社会的本质之后才被带到乌托邦世界里。这么一改，《美丽新世界》将实现艺术意义上（如果能将一个如此宏大的词语和一本小说联系在一起的话）和哲学意义上的圆满，而这显然是当前这个版本所欠缺的。

但《美丽新世界》是一本关于未来的作品，无论它的艺术品质或哲学意味是什么，一本关于未来的作品只有在它的预测似乎可能会实现的情况下才能引起我们的兴趣。在现代历史的斜面上又下滑了十五年后，站在当前我们的有利位置，它的预测是否符合事实呢？在这段充满痛苦的时间里发生了什么事情，证实了或证伪了在一九三一年所作出的预测呢？

你立刻就会发现一个明显而且重大的预测失败。《美丽新世界》没有提到原子裂变，而这确实是很奇怪的过失，因为开发原子能的可能性在这本书创作之前就已经是一个热门的话题。我的老朋友罗伯特·尼克尔斯[①]甚至就这个主题创作了一部成功的戏剧，我记得自己还在出版于二十年代末的一本小说里简略地提到过这个话题。因此，如我所说，我们的福特纪元七世纪的火箭和直升机不是用原子裂变供应能源似乎很荒唐。这个疏忽或许不可原谅，但至少可以很容易解释清楚。《美丽新世界》的主题并不是科技的进步，而是科技的进步对人类个体的影响。物

---

① 罗伯特·马利斯·鲍尔·尼克尔斯（Robert Malise Bowyer Nichols，1893—1944），英国作家、诗人、剧作家，代表作有《这就是我的歌唱》、《司芬克斯的微笑》等。

理、化学和工程所取得的胜利被视为理所当然心照不宣的内容。唯一专门进行描写的科学进步是应用于人类身上的未来生物学、生理学和心理学的研究结果。只有借助生命科学的手段，生命的质量才能被深刻地改变。物质科学可以被应用于毁灭生命或使得生活变得极其复杂和痛苦，但除非作为生物学家和心理学家的手段，它们并不能改变生命的自然形态和表达。原子能的开发开启了人类历史的一场大革命，但并不是最具深刻意义的最终革命（除非我们将自己炸得粉身碎骨，从而终结了历史）。

这场真正具有革命意义的革命将不是在外部世界而是在人类的灵与肉中实现。萨德侯爵[①]生活在一个革命的年代，自然而然地，他以革命的理论去合理化解释他独特的癫狂。罗伯斯庇尔只实现了政治层面的最肤浅的革命。巴贝夫[②]尝试进行更加深入的经济革命。萨德侯爵认为自己的革命具有真正的革命意义，而不只是政治层面和经济层面的革命——那是影响到每一个男女老少的革命，他们的身体自此将成为所有人共同拥有的性财产，他们的思想中天生的体面观念和传统文化辛辛苦苦进行灌输的禁忌将被涤荡一空。当然，虐待狂和具有真正革命意义的革命之间并没有必要的或不可避免的关联。萨德侯爵是一个疯子，他的革命的目标是让全世界陷入混乱和毁灭。统治着美丽新世界的人或许神智并不健全（以这个词语的绝对含义而言），但他们并不是疯子，他们的目标并不是无政府状态，而是社会的稳定。正是为了实现稳定，他们才通过科学手段发动了最终的、个体性的、真正具有革命意义的革命。

但与此同时，我们正处于或许是倒数第二次革命的初始阶段。下一个阶段将可能是原子弹战争，到那时候，我们就不用去预测未来了。但

---

① 多纳西安·阿方斯·弗朗索瓦（Donatien Alphonse François，1740—1814），封号萨德侯爵，法国作家、诗人，代表作有《牧师与垂死之人的对话录》、《卧室里的哲学》等。

② 弗朗索瓦-诺尔·巴贝夫（François-Noël Babeuf，1760—1797），法国政治活动家、记者，曾从事社会主义革命活动，后被法国政府逮捕并处决。

可以想象，或许我们拥有充分的理性，即使不能完全避免战争，至少能够像我们十八世纪的祖先那样理性行事。三十年战争那难以想象的恐怖情景是对人类的一个教训，之后在一百多年的时间里，欧洲的政治家和军人有意识地抵制动用武力去实施毁灭或（在大部分冲突里）直至将敌人彻底消灭为止的无休止的战争。当然，他们仍在发动侵略，贪婪地觊觎利益和荣耀，但他们也是保守主义者，一直决心不惜代价保全自己的世界。过去三十年来，保守主义者不见了，只有左翼和右翼的激进民族主义者。最后一位保守主义政治家是第五任兰斯道恩侯爵[①]，在写给《泰晤士报》的一封信里，他表示第一次世界大战本应像十八世纪的大多数战争那样以妥协而结束，但这份曾经奉行保守主义的报纸的编辑却拒绝刊登这封信。当时是激进民族主义者得势，而结果我们都知道了——布尔什维克主义、法西斯主义、通货膨胀、大萧条、希特勒、第二次世界大战、欧洲的毁灭与全世界的饥荒。

那么，假设我们能够像先辈从马格德堡[②]中汲取教训那样从轰炸广岛汲取教训的话，或许我们可以度过一段虽然没有和平但只有局部性而且不具备彻底毁灭性的战争的时期，而原子能将会在这段时期被应用于工业。显然，结果将会是一系列迅速而彻底的经济和社会变革。人类生活所有的现有模式将会被打破，新的模式会应运而生以适应原子能这个非人类的因素。原子能科学家就是穿着现代服饰的普洛克路斯忒斯[③]，他们将准备好人类将不得不躺下的床。如果人类无法适应那张床——嗯，对于人类来说那可就太糟糕了。有的人会被拉长，有的人会被截

① 亨利·查尔斯·基斯·佩蒂-菲茨莫里斯（Henry Charles Keith Petty-Fitzmaurice，1845—1927），第五任兰斯道恩侯爵，英国政治家，曾担任印度总督、国防部长、外交部长等职务。

② 在三十年战争中，马格德堡曾被神圣罗马帝国实施屠杀和洗劫，约有两万名居民被杀，城市被纵火焚毁。

③ 普洛克路斯忒斯（Procrustes），希腊神话中的一个强盗，强迫被绑架的路人躺在他的床上，不够床的长度的人会被拉长身子，超过床的长度则会被砍掉双腿。

肢——这种拉长和截肢的做法自科技的应用高歌猛进以来就一直在进行，只是这一次它们会比以前更具戏剧性。这些痛苦的行动将会由高度集中的极权主义政府主导。这是不可避免的，因为短期的未来和不久前的过去是相似的，而在不久前的过去，在大规模生产的经济和绝大多数人都是无产者的人口中所发生的科技的迅速改变总是会导致经济和社会的动荡。为了克服动荡，权力已经被集中，政府的控制日益增强。即使在原子能得以应用之前，或许全世界的政府会彻底走向极权主义，而在原子能得以应用的期间及之后，可以完全肯定，它们将走向极权主义。只有大规模的反对集中化和倡导自助的群众运动才能阻止当前迈向中央集权的趋势。但目前并没有这么一场运动会发生的迹象。

当然，没有理由认为新的极权主义会和旧的极权主义一样。依靠大棒、火枪队、人为的饥荒、大规模监禁、大规模迁徙而实施的统治不仅灭绝人性（如今没有人在乎这些了），而且是效率低下的体现——而在高科技的年代，效率低下就是亵渎神明的原罪。在一个真正有效率的极权主义国家里，为政治领导人服务的无所不能的干部及其麾下的管理者大军控制着一群不需要实施胁迫的奴隶，因为他们热爱自己的奴役身份。让他们爱上奴役就是安排给当前的极权主义国家里宣传部门的干事、报纸的编辑和学校的老师的任务。但他们的方式仍很原始和不符合科学。耶稣会曾经夸口说，如果由他们负责一个孩子的教育，他们将能够塑造那个人的宗教思想。但这只是一厢情愿的想法。当代的教育家在塑造学生的反射神经方面的效率或许还远远不如教育伏尔泰的可敬的神父。宣传工作已经取得的最伟大的成就不是让被影响者去做什么，而是让他们不去做什么。真相是重大的，但更重大的事情，从实际的角度看，是对真相保持沉默。极权体制的宣传工作者只需对某些话题保持沉默，拉下丘吉尔先生所说的“铁幕”将群众和政治领导人认为不好的事实或争论隔绝开来，这对思想的影响就要比最雄辩的谴责或最不可抗拒的逻辑驳斥更卓有成效。但光是沉默并不足够。如果迫害、消灭和其他社会摩擦的现象要得以避免的话，正面宣传必须和反面宣传同样有效。未来最重要的曼哈顿计划将由政府资助，对政治家和参与其中的科学家所说的“幸福的问题”进行探究——换句话说，让人们热爱奴役身份的问题。没有经济上的安稳，对奴役身份的热爱就不可能存在。为了节约篇幅，我假定无所不能的干部和管理者会彻底解决长治久安的问题。但安稳很快就会被视为理所当然。它的成就只是表层的外部性的革命。只有在对人的身心进行深刻革命的情况下才能实现对奴役身份的热爱。要实现这一革命，除了其他手段之外，我们还需要下面这些发现与发明。首先，心理暗示技术的飞跃——先是通过婴儿培育，然后借助药物如莨菪碱。其次，全方位的对人与人的差别的认识，使得政府能够为任何个体分配他或她在社会和经济等级体系中适合的位置。（圆凿方枘将会带来对社会体制有害的想法和煽动起他人的不满。）第三，（因为无论现实多么美妙，人们总是希望去度假。）酒精和尼古丁的替代品，能比杜松子酒或海洛因带来更强烈的快感，而且危害更小。第四，（但这将是一个长期的计划，需要经过几代人时间的极权主义控制才能成功实现。）一个不会出错的优生学机制，目的是使人类的繁衍实现标准化，协助管理者的任务。在《美丽新世界》里，人类繁衍的标准化被渲染到了离奇的程度，但并非不可能实现。从技术手段和意识形态上，我们还要经过漫长的路程，才能实现瓶装婴儿和一组组的经过波卡诺夫斯基流程处理的半白痴。但到了福特纪元六〇〇年时，天知道还有什么事情是不会发生的。与此同时，那个更加幸福和安稳的世界其他特征——诸如苏摩、睡眠教育和科学的种姓制度——或许再过三四代人就能够实现。而《美丽新世界》里的性滥交似乎也不是非常遥远。美国几座城市的离婚人数已经和结婚人数相当。无疑， 再过几年，结婚证将会像养狗证那样被贩卖，有效期为十二个月，而且没有法律禁止换狗或在一段时间内养多于一只宠物。随着政治和经济自由的消亡，性的自由会相应地增加作为补偿。独裁者（除非他需要炮灰和依靠家庭去殖民空旷或被征服的地区）

会致力于倡导这一自由。这些，连同在药物、电影和收音机的作用下做白日梦的自由，将有助于他的臣民接受命中注定的奴役。

考虑到这一切之后，似乎乌托邦比十五年前任何人所想象的离我们都更加接近。当时我预测它将在六百年后实现，今天看来，一个世纪内，那个恐怖的世界就将降临到我们头上，要是我们能够不让自己在这段时间里被炸得粉身碎骨的话。事实上，除非我们抵抗中央集权和利用应用科学，不把它当作以人为手段的目标，而是缔造自由个体的手段，否则我们只有两个选择：要么是由几个奉行民族主义的极权主义军事国家，以原子弹的恐怖立足，结果是人类文明的毁灭（如果是有限度的战争，军国主义将阴魂不散）；要么是迅速的科技进步和原子弹革命所导致的社会混乱将促使一个极权主义超级大国的诞生，为了效率和稳定，世界演变成为一个好战而残暴的乌托邦。你付出了金钱，而且你将承担起选择的后果。

一九四六年

第一章

这是一座低矮的灰色建筑，只有三十四层楼高。正门入口的上方写着**中伦敦生育与培育中心**，在一面徽章上刻着世界国的格言：**集体、身份、稳定**。

底楼那个宽敞的房间面朝北方。尽管室内像热带一样炎热，整个夏天窗外却很冷。一道微弱暗淡的光线从窗户射入，饥渴地寻找着披着布帘的人体模型或面容苍白冻得起鸡皮疙瘩的学术人士，却发现只有实验室里的玻璃器皿、镀镍器皿和闪烁着清冷光芒的瓷器。四下萧瑟交叠。那些工人们穿着白色的工作服，手上戴着死尸般苍白的橡胶手套。灯光凝滞而死气沉沉，像是一个幽灵。只有在显微镜的黄色镜筒上它才折射出一丝生机。那些显微镜和擦亮的试管放在一起，像一块块美味的黄油，在工作台上摆了长长的一列。

“还有这间，”主任打开门，“是受精室。”

三百位受精操作员正俯身操作着仪器，生育与培育中心的主任走进房间时，在几乎听不到呼吸声的安静中是全神贯注之下不经意间发出的自言自语的喃喃声或口哨声。一群新来的学生可怜兮兮地跟在主任身后，他们都很年轻，朝气蓬勃但阅历尚浅。每个人都拿着笔记本，只要这位大人物一开口就忙不迭地做着笔记。这可是权威可靠的信息，机会难得。中伦敦生育与培育中心的主任总是很重视亲自带新生参观各个部门。

“大致向你们介绍一下，”他向他们进行讲解。因为他们当然必须有一些大致的认识，才能够理智地进行工作——但还是知道得越少越好，如果他们想要成为快乐的社会好公民的话。因为众所周知，具体就是美德与快乐，而概述则是思想上必要的恶。社会的骨干不是哲学家，而是锯木匠和集邮爱好者。

“明天，”他略带威胁却又亲切地朝他们微笑着补充道，“你们将开始进行严肃的工作。你们没有时间听笼统的介绍。与此同时……”

“与此同时”，权威可靠的信息，机会难得，抄到笔记本里。这帮男生疯也似的抄写着。

主任走进房间，他个子高瘦，但身材笔挺，下巴很长，牙齿大而凸出，当他没有说话时，刚好被他那丰润饱满的嘴唇遮住。他是老是少？三十岁？五十岁？五十五岁？实在是很难辨认。反正在安稳的福特纪元六三二年这个年头，你不会想到去问这个问题。

“我这就开始。”生育与培育中心的主任说道，那些学生更加热切地在笔记本里做着记录：“这就开始。”他挥挥手，“这些就是培育器。”他打开一扇绝缘门，向他们展示一排排标着号码的试管。“这个星期的卵子供应，”他解释道，“以血温进行保存，而男性的精子，”说到这里他打开另一扇门，“它们必须以三十五度保温，而不是三十七度。正常的血温会杀死它们。裹得热乎乎的公山羊可没办法配种生出羊羔。”

他仍然倚在向他们展示的培育器上，简略地讲述着现代受孕过程，那些铅笔在页面上匆忙地书写着难以辨认的字迹。当然，首先是关于操作流程的介绍——“这是为了社会福利的志愿行动，更何况它的奖金抵得上六个月的工资。”接着他继续介绍让被剥离的卵巢保持活性和积极发育的技术，然后谈到理想温度、卫生、黏度的通盘考虑，提到保存那些被提取出来的成熟卵子的液体，然后领着学生走到工作台边，当场向他们展示如何从试管里抽出这种液体并一滴滴地放置在经过特别加温的显微镜的载玻片上，如何检查里面那些卵子是否有异常，如何计算数目和如何转移到一个多孔的容器里，（现在他带他们去观看操作）如何将这个容器浸泡在微温的黏稠液体中，里面有自由游动的精虫——并强调最低密度是每立方厘米十万条，经过十分钟后，如何将这个容器从液体中取出来，对里面的卵子再次进行检查，如果有卵子仍未受孕，如何再次浸泡在液体中，如果有必要的话，再浸泡一遍。如何将这些受精的卵子放回培育器里，阿尔法和贝塔的卵子得一直等到被装进瓶里为止，而伽玛、德尔塔和埃普斯隆的卵子只经过三十六小时就又被取出来，进行波卡诺夫斯基流程处理。

“波卡诺夫斯基流程。”主任重复道，那些学生在他们的小笔记本里划了下划线。

一个卵子，一个胚胎，一个正常的成年人。但一个经过波卡诺夫斯基流程处理的卵子会长出胚芽，会增生，会分裂，从八个到九十六个胚芽不等，每一个胚芽都会成长为一个形态完美的胚胎，每一个胚胎都将成长为一个正常体格的人。以前只能培育出一个人，现在可以培育出九十六个。这就是进步。

“基本上，”生育与培育中心的主任总结道，“波卡诺夫斯基流程包含了一系列对发育的抑制。我们阻止正常的生长，而吊诡的是，卵子的反应就是发育出胚芽。”

“反应就是发育出胚芽。”那些铅笔匆忙地书写着。

他指着一条缓缓移动的传送带，上面有一个摆满了试管的架子，正进入一个大的金属盒子里，另一个摆得满满的架子正在出现。机器发出轻微的运作声。主任告诉他们，试管要花八分钟才能通过盒子。一个卵子最多只能承受八分钟的高强度X光照射。有几个死了，剩下的卵子里面，最脆弱的卵子分裂成两个胚芽，大部分卵子分裂成四个，有几个分裂成八个。所有的卵子都会被送回到培育器里，胚芽在里面开始发育。两天后突然将其冷却以阻碍发育。两个、四个、八个，那些胚芽自己又发育出了胚芽，然后用酒精将其几乎毒死，接着它们又发育出胚芽——从胚芽再发育出胚芽再发育出胚芽——再进一步阻碍发育通常会导致死亡——然后就由得它们自然发育。到了这时，原先的卵子从八个变成了可观的九十六个胚胎——你会认同这确实是一个惊人的进步。一模一样的多胞胎——但不是旧式的胎生方式那种偶然性分裂的没有实质意义的双胞胎和三胞胎，而是一次性培育出十几胞胎乃至几十胞胎。

“几十胞胎。”主任挥斥方遒地挥舞着手臂，似乎正在撒钱。“几十胞胎哪。”

但一个学生傻乎乎地询问这么做有什么好处。

“我的好孩子！”主任一个箭步冲到他跟前，“你不明白吗？难道你真的不明白吗？”他举起一只手，表情肃穆地说道：“波卡诺夫斯基流程是社会稳定的主要手段之一！”

“社会稳定的主要手段。”

标准化的男人和女人，标准化的群体。一座小型工厂的员工可能就是同一个波卡诺夫斯基流程处理的卵子的产物。

“九十六个一模一样的多胞胎操作九十六部一模一样的机器！”他的声音几乎因为兴奋而发颤。“现在你们知道自己置身于何处了。历史上第一次，”他引用了世界国的格言，“集体、身份、稳定。”多么伟大的言论。“如果我们能将波卡诺夫斯基流程无限制地进行下去的话，所有的问题都将得以解决。”

由标准的伽玛，一成不变的德尔塔，整齐划一的埃普斯隆得以解决。数以百万计的多胞胎。大规模生产的准则终于被应用在生物学上。

“唉，但是，”主任摇摇头，“我们无法将波卡诺夫斯基流程无限制地进行下去。”

九十六个似乎就是极限。七十二个是一个平均数目。由同一个卵子和同一个男性的精子尽可能多地孕育出一模一样的多胞胎——那是他们所能做到的最好成绩（遗憾的是，这并不是最优秀的成绩），而就连这个也很难做到。

“因为按照自然规律，要花三十年才能让两百个卵子成熟。但我们的任务是在这个时候就稳定人口，就在这里，就是现在。花上四分之一世纪的时间去慢慢地孕育多胞胎——这有什么意义呢？”

显然，根本没有意义。但荚裂技术大大加速了成熟的过程。它们能保证两年内产出至少一百五十个成熟的卵子，然后进行受精和波卡诺夫斯基流程处理——换句话说，以七十二的倍数递增，你能够培育出平均数目将近一万一千个兄弟姐妹，分为一百五十组，所有人的岁数相差只有两岁。在特殊情况下，我们能够用一个卵巢孕育出一万五千多个成人。”

一个脸色红润的金发青年碰巧经过，主任朝他招了招手，“弗斯特先生，”他说道。那个年轻人走了过来。“弗斯特先生，你能告诉我们单独一个卵巢的纪录吗？”

“本中心的纪录是一万六千零十二个。”弗斯特先生毫不犹豫地回答。他有一双活泼的蓝色眼眸，语速很快，显然很享受引用数字。“一万六千零十二个，一百八十九组多胞胎。但其他人当然干得更出色，”他口若悬河地继续说道，“在几个热带中心，新加坡经常产出一万六千五百多个，蒙巴萨曾达到一万七千个。但他们拥有不公平的优势。你们应该去看看一个黑人的卵子是如何对脑垂体分泌物作出反应的！真是太惊人了，尤其当你习惯于处理欧洲人种的时候。但不管怎样，”他一边大笑一边补充道（但他的眼睛里闪烁着好胜的光芒，挑衅地抬起下巴），“但是，如果可以的话，我们会打败他们的。目前我正在处理一个非常优秀的次等德尔塔卵子。才十八个月，已经孕育出了一万两千七百个孩子，包括出瓶了的孩子和胚胎。它还很强壮，我们会打败他们的。”

“我欣赏的就是这种精神！”主任高声喊道，拍了拍弗斯特先生的肩膀。“一起来吧，让这些孩子们能够向你这位专家学习。”

弗斯特先生谦逊地微笑着，“荣幸之至。”

他们走进瓶装室，里面正和谐而有序地忙碌运作着。一片片已经被裁成合适尺寸的新鲜的母猪腹膜从地下一层的器官仓库由几部小电梯被飞速运上来。嗖！然后，哒！电梯门打开了，流水线装瓶员只需要伸出一只手，接过一片腹膜，插进去，抚平，还没等那个流水线上的瓶子沿着没有尽头的队列被送到伸手够不着的地方，嗖！哒！另一片腹膜已经从下面被运上来了，准备被放入另一个瓶子里，然后装瓶员动手操作下一个流水线上缓缓前行的无穷无尽的瓶子。

装瓶员的旁边站着录取员。接着，那些卵子一个挨一个地从试管里被转移到更大的容器里，他们灵巧地将腹膜的衬里裁开，放入桑葚胚，灌入生理盐水……瓶子过去了，现在轮到那些标签员。出身、受精日期、波卡诺夫斯基组别的身份——这些细节从试管被转移到瓶子上。它们不再是无名的胚胎，而是有名字和身份的胚胎，这个流程缓缓地进行，通过墙上的一个开口，进入“命运规划室”。

“八十八立方米的索引卡片，”他们进房时，弗斯特先生说道。

“包含了所有相关信息。”主任补充道。

“每天早上及时更新。”

“每天下午进行协调规划。”

“在此基础上进行精确计算。”

“有多少个体，分别是什么品质，”弗斯特先生介绍。

“以某某数量进行分配。”

“任何时候都能实现最优出瓶率。”

“意料之外的浪费会立刻得以纠正。”

“是立刻，”弗斯特先生重复道，“要是你们知道上一次日本地震之后我加班加点干了多久就好了！”他爽朗地大笑着，摇了摇头。

“命运规划员将他们的数字发给受精操作员。”

“他们就会提供所需的胚胎。”

“那些瓶子会被运到这里，详细地进行命运规划。”

“然后它们被送到下面的胚胎库。”

“我们现在就去那里。”

弗斯特先生打开一扇门，引路走下楼梯，来到地下室。

他们来到一个昏暗的地方，这里的气温仍像是热带。两扇门和一条有两个拐弯的通道确保地窖不会被日光照射到。

“胚胎就像是照片的菲林，”弗斯特先生诙谐地说道，一边打开第二扇门，“他们只能忍受红光。”

现在学生们跟着他走进了闷热的黑暗中，但那是深红色而且能看得见东西的黑暗，就像夏日午后闭上眼睛的黑暗。一排排的层层叠叠的细颈凸肚瓶闪烁着不胜其数的红宝石般的光芒，在红宝石之间，昏暗的红色幽灵般的男男女女的影子在穿梭走动，他们长着紫色的眼眸，而且看得出脸上长着红疮。机器的嗡鸣声和咔哒声轻轻地搅动着空气。

“向他们介绍几个数字吧，弗斯特先生。”主任说道，他说话说累了。

弗斯特先生十分乐意为他们介绍数字。

二百二十米长，两百米宽，十米高。他朝上指去。就像小鸡喝水一样，那些学生抬眼朝高处的天花板望去。

底楼、一楼和二楼有三层架子。

蜘蛛网一般的钢架层层叠叠，从四面八方消失在黑暗中。在它们旁边有三个红色的幽灵正忙碌地从一条传送梯上把细颈凸肚瓶搬下来。

那条传送梯是从社会命运规划室出来的。

每一个瓶子都会被放在十五个架子中的其中一个，每一个架子都是一个传送机，以肉眼看不见的每小时三十三点三厘米的速度前进。以一天八米的速度前进二百六十七天，总共走两千一百三十六米，在底层转一圈，在一楼转一圈，在二楼转半圈，到了第二百六十七天的早上，在出瓶室的日光下，成为了所谓的独立个体。

“在这个过程中，”弗斯特先生总结道，“我们为它们付出了很多。噢，真的很多。”他的笑声里透着博学和得意。

“我欣赏的就是这种精神。”主任又说了一遍，“我们四处走走吧。由你来讲解，弗斯特先生。”

弗斯特先生为他们进行了详细的讲解。

告诉他们胚胎如何在腹膜里发育，让他们尝了尝供给营养的馥郁的替代血液，还解释了为什么它们必须用胎盘粉和甲状腺素进行刺激，介绍了黄体萃取物；给他们看从起点到第两千零四十米处每十二米设置的自动喷射器，讲解了在行进过程中的最后九十六米处逐渐增加的脑垂体激素的剂量，描述了在第一百一十二米处装入每个瓶子的人工母体循环，给他们看盛着替代血液的蓄池，让替代血液在胎盘里循环并流经人工肺和废物过滤器的离心泵；他还提到胚胎很容易贫血的麻烦，以及因此必须大剂量供应的猪胃和马驹胎盘的萃取物。

他还向他们展示了在每八米的最后两米，让所有的胚胎都同时摇晃以熟悉运动的简单装置；提到了由于重力而引起的所谓的“出瓶之痛”，以及对瓶中的胚胎进行适当的训练将震动所带来的危险降到最低的种种预防措施；向他们讲解在第二百米附近进行的性别测试，解释了标签系统——T 表示男性，O 表示女性，那些将会成为雄化雌体的胚胎则会标一个白底黑字的问号。

“当然，”弗斯特先生说道，“绝大部分情况下，拥有生育能力是很讨厌的事情。一千两百个人中有一个拥有生育能力的卵巢对我们来说就足够了，但我们希望有好的选择，你当然总是希望有高的安全系数。因此，我们允许最多百分之三十的女性胚胎正常发育。其他的胚胎在剩下的行程里每二十四米就进行男性荷尔蒙注射。结果就是：它们被培育成了雄化雌体——在结构上很正常（他不得不承认只是它们确实有极为轻微的长出胡子的趋势），但没有生育能力，保证没有生育能力。现在是最后的内容，”弗斯特先生继续说道，“绝不只是对自然的模仿，而且进入了更加有趣的人类创造发明的世界。”

他搓着双手。他们当然不满足于只是孕育胚胎，任何一头奶牛都可以做得到。

“我们还进行命运规划和培育。我们将试管中的婴儿培育成社会化的个体，无论是阿尔法或是埃普斯隆，培育未来的下水道工人或未来的……”他本想说“未来的世界主宰”，但他改口说的是“未来的生育与培育中心的主任。”。

生育与培育中心的主任微笑着接受了这一赞美。

他们正经过第十一个架子的第三百二十米处。一个年轻的次等贝塔技术工人正忙碌地用螺丝刀和扳手对经过的瓶子的替代血液离心泵进行调整。随着他将螺丝逐渐旋紧，电动马达嗡嗡嗡的声音越来越深沉，低点，再低点……最后拧一下，然后瞧一眼旋转器，大功告成。他往流水线挪了两步，对下一个离心泵进行同样的操作。

“通过减少每分钟的转数，”弗斯特先生解释道，“替代血液的循环就会慢下来，从而以较长的间歇流经肺部，胚胎就得到较少的氧气。而氧气不足是让胚胎发育不良的最佳手段。”他又搓着双手。

“但为什么要让胚胎发育不良呢？”一个聪明的学生问道。

“笨蛋！”已经默不作声很久的主任突然插话了，“难道你没有想过，一个埃普斯隆的胚胎必须有一个埃普斯隆的环境和埃普斯隆的资质吗？”

显然，他没有想到过这一点。他的脸上写满了迷惑。

“人种越低贱，”弗斯特先生说道，“氧气供应就越少。第一个受影响的器官就是大脑，接着是骨骼。在百分之七十的正常氧气供应下，你可以培育出侏儒。低于百分之七十的话就会培育出没有眼睛的畸形儿。”

“他们根本一无是处。”弗斯特先生总结道。

而如果他们能发明一种缩短成熟期的技术（他的声音变得私密而热切），那将会是莫大的成功，能对社会作出伟大的贡献！

“想想马吧。”

他们就开始想马。

马六岁就成熟，大象十岁就成熟，而一个十三岁的人还没有性成熟，要等到二十岁才完全长大。当然，延迟发育的好处是人类拥有智慧。

“但在埃普斯隆身上，”弗斯特义正词严地说道，“我们不需要人类的智慧。”

不需要，也不会得到。但是，虽然埃普斯隆的思想十岁时就成熟，他们的身体要长到十八岁才适合进行劳动。长年的多余的不成熟时期就这么白白浪费掉了。如果身体的发育能被加速到，比方说，像奶牛的发育一样快的话，将能为集体厉行节约！

“厉行节约！”那些学生喃喃地念叨着。弗斯特先生的热情感染了他们。

他开始介绍技术环节，谈到了非正常内分泌调节，它能让人生长缓慢，却会导致生殖细胞突变，这一后果能够被消除吗？埃普斯隆的培育能够像狗和牛那样通过适当的技术恢复正常的发育吗？这就是问题所在。它还没有得到解决。

在蒙巴萨的皮尔金顿培育出了四岁就性成熟和六岁半就完全成熟的个体。这是科学上的胜利，但毫无社会意义。六岁大的男女太笨了，甚至连埃普斯隆人的工作都做不了。整个过程就只有成功或失败两种情况，你要么根本没办法进行改造，要么实现彻底的改造。

他们仍然在尝试找到二十岁的成年人和六岁的成年人之间的理想的中间状态，但迄今为止仍未取得成功。弗斯特先生长叹一声，摇了摇头。

他们穿过深红色的昏暗光线，来到九号架子第一百七十米旁。从这里开始，九号架子被封闭起来，在接下来的行程中，那些瓶子进了一条隧道，每隔两三米就有一个开口。

“热度培育。”弗斯特先生说道。

热管与冷管交错排布，寒冷与强力 X 光造成的不适被联系在一起，当胚胎出瓶时会很怕冷，按照安排，他们将被分配到热带地区，去当矿工、醋酸丝纺织工人和炼钢工人。

然后他们的意识会接受培育以认同他们的身体的感受。“我们培育它们能在高温下茁壮成长。”弗斯特先生总结道，“而我们楼上的同事会教导他们去热爱它。”

主任语重心长地说道：“而这就是快乐和美德的秘密——热爱你必须去做的事情。培育的目标就是：让人们热爱他们无法逃避的社会使命。”

在两根管子的中间，一个护士正小心翼翼地用一根长长的注射器将凝胶质的东西注入一个经过的瓶子。那些学生和他们的向导站在那儿，静静地看着她。

“很好，莱妮娜，”弗斯特先生说道。最后，她抽出注射器，挺直腰板。

转过身时她吓了一跳。虽然她的脸上长着红斑，而且眼睛是紫色的，却是一个非常漂亮的女孩。

“亨利！”她脸红地朝他微微一笑，露出一排皓齿。

“真是迷人，真是迷人，”主任喃喃说道，轻轻地拍了她几下，莱妮娜恭敬地微笑以示致意。

“你在给他们注射什么？”弗斯特先生以非常职业的口吻问道。

“噢，就是普通的伤寒和锥虫病疫苗。”

“热带的工人在一百五十米处开始接种，”弗斯特先生对学生解释道，“这些胚胎仍然有鳃。我们给鱼打防止将来得人类疾病的疫苗。”然后转身对着莱妮娜，“今天下午四点五十分屋顶见，”他说道，“老时间。”

“真是迷人。”主任再次说道，最后拍了她一下，然后跟在其他人后面离开了。

在第十号架子上，一排排的下一代的化学工人正接受增强铅、腐蚀性苏打、焦油和氯的耐受性的培育。在三号架子上，两百五十个尚处于胚胎状态的火箭飞船工程师中的第一批正经过第一千一百米的标志线。一个特别的机关不停地将容器旋转着。“这是在增强他们的平衡感，”弗斯特先生解释道，“在太空中进行火箭外部维修是一件很棘手的工作。我们在他们正立的时候减缓循环，这样他们就会陷入半饥饿状态，在他们倒立的时候加倍替代血液的流动。他们就会将倒立与快乐联系在一起。事实上，当他们拿大顶时，他们开心得不得了。”

“现在，”弗斯特先生继续说道，“我想向你们展示培育优等阿尔法知识分子的很有趣的方法。我们在一楼的五号架有很多胚胎。”他对着两个正准备下楼的男生说道。

“它们在大约九百米处，”他解释道，“得等到那些胚胎的尾巴掉了才能进行真正有意义的智力培育。跟我来。”

但主任看着他的表，“两点五十分了，”他说道，“我担心没有时间去参观知识分子的胚胎了。我们得在孩子们午睡结束到上面的育儿所去。”

弗斯特先生很失望，“至少去出瓶室看一眼也行。”他央求道。

“那好吧。”主任宽容地微笑着。“就看一眼吧。”

第二章

弗斯特先生被留在出瓶室里。生育与培育中心的主任和他的学生们走进最近的电梯，来到五楼。

门牌上写着：**育儿所新巴甫洛夫培育室。**

主任打开一扇门。他们来到一间空荡荡的大房间，光线很亮堂，因为整面南墙就是一扇窗户。六七个护士，穿着正式的粘胶纤维布料的白色夹克和长裤，头发掖在白色的无菌帽下面，正忙碌地在地板上摆放长长的一列盛着玫瑰花的碗。那些碗很大，满满地盛着玫瑰花，有几千片成熟绽放的花瓣，像丝绸一般柔滑，就像是无数小天使的面颊。在明亮的光线下，这些小天使的脸庞不只有粉嫩的白人脸庞和雅利安人的脸庞，还有明黄色的中国人的脸庞、墨西哥人的脸庞，还有好像吹天堂之号累得中风般的脸庞，还有死人一样的苍白色的脸庞，就像大理石那么苍白。

生育与培育中心的主任进来时，那几个护士立正敬礼。

“把书摆好。”他简扼地说道。

那几个护士默默地遵守命令。在玫瑰花碗之间整齐地摆好书——四开本的幼儿读本打开着，上面印着格外招人喜爱的鸟兽虫鱼的彩色图片。

“现在把孩子们带进来。”

她们匆忙走出房间，一两分钟后回来了，每个人推着一架高高的小型升降机，上面有好几个四面围着铁丝网的架子，里面是八个月大的婴儿，全都长得一模一样（显然是一组波卡诺夫斯基多胞胎），全部都穿着黄褐色的衣服（因为他们的级别是德尔塔）。

“把他们卸下来。”

那些婴儿被卸了下来。

“把他们转过身，这样他们可以看到鲜花和书本。”

那些婴儿被转过身，立刻安静了下来，然后开始朝那些亮丽的色彩斑斓的花瓣和白纸上鲜艳活泼的图案爬去。他们爬近时，太阳暂时从乌云后面露出来。那些玫瑰似乎绽放出内在的激情，那些闪闪发亮的书页似乎弥漫散发出新的深奥含义。那些正蹒跚爬行的婴儿们兴奋地尖叫着，开心得咯咯咯地笑个不停。

主任搓着双手，“很好！”他说道，“简直就是天造地设的安排。”

爬得最快的几个婴儿已经来到了终点，漫无目的地伸出小手，触摸着、紧抓着和撕扯着变形的玫瑰花，那些闪闪发光的书页被揉成一团。主任等到所有的孩子都玩得不亦乐乎时，开口说道：“仔细看好了。”然后他举起手发出信号。

站在房间另一头的开关面板旁边的护士长拉下一个小小的拉杆。

一声剧烈的爆炸声响起，然后是尖利的警报声，声音越来越尖，几乎让人疯狂。

那些孩子被吓得哇哇大哭，脸蛋因为恐惧而扭曲着。

“现在，”主任高喊着（因为噪音震耳欲聋），“现在我们开始用中等强度的电击实施培育。”

他再次挥了挥手，那个护士长拉下第二个拉杆。那些婴儿的啼哭突然间变了腔调。他们发出尖利的痉挛般的叫嚷，声音里透着绝望和癫狂。他们小小的身体僵硬地抽搐着，四肢似乎在看不见的丝线牵引下呆板地扭动着。

“我们可以给整片地板通电。”主任高声解释道，“但这样就够了。”他朝那位护士做了个手势。

爆炸声平息了，铃声也停止了，尖利的警报声的频率渐渐降低，直至悄无声息。那些僵硬的抽搐的身躯松弛了下来，原本失魂落魄的痛哭哀号回到了正常的出于恐惧的啼哭。

“再把鲜花和书本给他们。”

那些护士执行了命令。但是那些玫瑰花一凑近过来，一看到那些鲜艳的猫咪、公鸡、黑绵羊的图片，那些婴儿就恐惧地缩开了，哭声突然间转弱为强。

“看到了吗？”主任志得意满地说道，“看到了吗？”

书本与噪音，鲜花与触电——已经在这些婴儿的头脑里紧密地联系在一起，经过两百次相同或类似的重复教育，将会变得根深蒂固。人类缔造的联系是大自然无力解开的。

“他们长大以后将会，用心理学家的话说，‘本能地’痛恨书本和鲜花。那是无法改变的条件反射。他们会一辈子对书本和鲜花避之唯恐不及。”主任转身对护士们说道：“把他们带走吧。”

这些穿着黄褐色衣服的婴儿仍然哭哭啼啼的，被抱到升降机上，然后被推了出去，留下一股馊牛奶的味道和令人感到舒心的宁静。

一个学生举起手，虽然他很清楚为什么你不能让下等人把集体时间浪费在书本上，他们读到的内容或许会对他们的应激反应造成负面影响，这样的危险总是存在，但是……他不明白为什么不能碰鲜花。为什么要费尽心思让德尔塔不喜欢鲜花？

生育与培育中心的主任耐心地进行解释。让那些孩子一看到鲜花就惊叫痛哭是基于崇高的经济政策。在不是很久之前（大概一个世纪左右），伽玛、德尔塔甚至埃普斯隆，都被设定为喜欢鲜花——喜欢大自然，尤其是喜欢鲜花，让他们一有机会就想去郊外，这样就能够促使他们使用交通工具。

“那他们不是使用交通工具了吗？”那个学生问道。

“用得很多，”生育与培育中心的主任回答道，“但别的什么都没有消费。”

他指出樱草花与风景有一个严重的缺陷：它们是免费的。热爱自然使得工厂开工不足。他们决定消除对于大自然的热爱，至少对低下阶层要这么做，消除对大自然的热爱，但不是消费交通工具的倾向。当然，他们应该继续往郊区跑，虽然他们很痛恨它。问题是要找出更加合乎经济法则的方式，而不是纯粹出于对樱草花和风景的热爱，而这个方法被适时地找到了。

“我们培育群众憎恨郊野，”主任总结道，“但与此同时，我们安排他们热爱一切郊野运动。与此同时，我们确保所有的郊野运动都需要使用精密的器械。因此，促使他们会去消费工业品和交通工具。于是就采取了电击这一手段。”

“我懂了。”那个学生说道，然后默不作声，崇拜得五体投地。

沉默了一会儿之后，主任清了清喉咙，开始说道：“从前，当我们的主福特依然在世时，有一个小男孩名叫鲁本·拉宾诺维奇。鲁本的父母是说波兰语的。”主任打断了自己，“我想你们知道什么是波兰语吧？”

“一门已经灭绝的语言。”

“就像法语和德语一样。”另一个学生多嘴地插话以展现自己的博学。

“那‘父母’呢？”生育与培育中心的主任问道。

那些学生不安地沉默着。几个男生脸红了。他们还没有学会区分意义重大但非常微妙的淫秽与纯粹科学之间的区别。最后，一个男生大胆地举起手。

“人类以前……”他面红耳赤地犹豫着，“嗯，他们以前是胎生的。”

“说得很对，”主任赞许地点点头。

“当婴儿出瓶时……”

“是出生。”有人更正道。

“嗯，那时候他们是父母生出来的——我是说，当然不是现在的婴儿，而是那时候的婴儿。”那个可怜的男生完全迷糊了。

主任总结道：“简单地说，父母就是父亲和母亲。”这个下流但很有科学启示意义的词语重重地砸在这帮目光畏缩默不作声的男生的心头。

“母亲，”他在沉默中高声重复着，然后靠在椅子上，语气沉重地说道，“我知道，这些事实让人觉得很讨厌，但那时候大部分的史实确实让人觉得很讨厌。”

他又谈起小鲁本——在他的房间里，有一天晚上，由于一时疏忽，他的父母（哐！哐！）不小心让收音机一直开着。

（“你们必须记住，由于那时候是肮脏的胎生，孩子们总是由他们的父母抚养大，而不是在国家培育中心里成长。”）

当孩子睡着时，一则来自伦敦的广播突然开始播放，第二天早上，他的“哐！哐！”（几个胆子大一点的男生互相挤眉弄眼）惊讶地发现小鲁本醒来后一字不差地背诵着由古怪的老作家乔治·萧伯纳写的一篇长文（“他是少数几位作品获准流传到我们这一代人的作家之一。”），他正按照一种经考证确有其事的传统在谈论自己的才华。对于小鲁本的（挤眉弄眼）来说，听这一番话当然就像在听天书一样，还以为自己的孩子突然发疯了，于是带他去看医生。幸好医生懂英语，听出那就是昨晚萧伯纳发表的演讲，意识到这件事情的重大意义，并就这件事给医学杂志写了一封信。

“睡眠教育或催眠教育的原则被发现了。”生育与培育中心的主任吊人胃口地停了下来。

这个原则被发现了，但要等到许多年后，这个原则才能得到完全的应用。

“小鲁本的这个案例就发生在我们的福特的第一辆T型轿车投放市场的二十三年后。”（说到这里，主任在腹部比出T的姿势，所有的学生都毕恭毕敬地跟着做。）“但是……”

那帮学生狂热地做着笔记。“催眠教育最初应用于福特纪元二一四年。为什么不是在此之前？有两个原因，其一……”

“那些早期的实验者，”生育与培育中心的主任说道，“走了弯路。他们以为催眠教育能够作为智力教育的一个手段……”

（一个小男孩侧着右半边的身子睡着了，伸出右手，无力地垂在床边。一个温柔的声音正从一个匣子侧面的圆形格栅里传出来。

“尼罗河是非洲最长的河流，也是全世界第二长的河流，但长度比不上密西西比-密苏里河。尼罗河是所有河流的源头，其流域长度跨越三十五度的纬度……”

第二天早上吃饭时，某人问：“汤米，你知道非洲最长的河是什么河吗？”他摇了摇头。“可是难道你不记得是这么开头的吗：尼罗河是……”

“尼 罗 河——是——非 洲——最 长 的——河 流——和——全 世界——第二长的——河流……”那些话脱口而出，“虽然——长度——比不上……”

“那好，非洲最长的河流是什么河？”

那双眼睛一片茫然。“我不知道。”

“那尼罗河呢，汤米？”

“尼 罗 河——是——非 洲——最 长 的——河 流——和——全 世界——第二长的……”

“那最长的河流是什么河呢，汤米？”

汤米眼泪夺眶而出，“我不知道。”他哀号着。）

主任解释得很清楚，这声哀号让最早期的研究者们感到灰心丧气。那些实验被中止了，不再尝试在孩子们睡着的时候教他们尼罗河的长度。这是很正确的。除非你了解个中的内容，否则你无法学习一门科学。

“不过，要是他们一开始的时候进行的是道德教育就好了，”主任说道，朝门口走去。那些学生跟在身后，走进电梯和一路上去的时候都在拼命地做着笔记。“道德教育在任何情况下都不应该是理性的。”

“肃静。肃静。”他们来到十四楼时一个高音喇叭宣布，“肃静。肃静。”每一条走廊都有高音喇叭在不知疲倦地重复着。那些学生，甚至还有主任本人，自觉地踮起了脚尖。

当然，他们都是阿尔法，但就连阿尔法也经过严格的培育。“肃静。肃静。”十四楼的空气回荡着要人绝对服从的嘶嘶作响的声音。

踮着脚尖走了五十码远，他们来到了一扇门那里，主任小心翼翼地打开那扇门。他们迈过门槛，来到一间挂着百叶窗帘的幽暗的宿舍。八十个婴儿摇篮靠墙排成一排。他们听见轻微的有规律的呼吸声和延绵不停的喃喃声，就像是有人在远方轻声低语着。

他们进屋的时候，一个护士站起身，在主任面前立正。

“今天下午上什么课？”他问道。

“前四十分钟我们上了性基础课。”她回答道。

“现在上的是基础阶级意识课。”

主任沿着那一长排婴儿摇篮缓缓地走过去。八十个娇嫩红润的小男孩和小女孩正在惬意地睡觉，呼吸很轻柔舒缓。每一个枕头下都传出低语声。主任停下脚步，俯身专注地倾听着一个婴儿摇篮的声音。

“你是说基础阶级意识吗？让我们在喇叭上大声点再听一遍。”

在房间的一头有一个高音喇叭挂在墙上。主任走到那里，摁下一个开关。

“……都穿绿衣服，”一个柔和但非常清晰的声音从一句话的中间开始讲述，“而德尔塔孩子穿黄褐色的衣服。噢，不，我不要和德尔塔孩子一起玩。埃普斯隆更糟糕。他们笨得大字不识一个。而且他们穿的是黑色的衣服，那个颜色丑死了。我是一个贝塔，好开心哦。”

那个声音停了一下，然后继续讲述道：“阿尔法孩子穿的是灰色的衣服。他们比我们更加勤勉工作，因为他们聪明绝顶。我是贝塔，真是太开心了，因为我的工作不用那么辛苦。我们比那些伽玛和德尔塔幸福多了。伽玛傻乎乎的。他们都穿绿衣服，而德尔塔孩子穿黄褐色的衣服。噢，不，我不要和德尔塔孩子一起玩。埃普斯隆更糟糕。他们笨得……”

主任关掉开关，那个声音消失了。只有那个微弱的幽灵般的低语声继续在那八十个枕头下嘀咕着。

“在他们醒来之前，它们会再重复上四五十遍，然后星期四再进行一次，星期六再进行一次，总共一百二十遍，一周三次，连续进行三十个月。然后接着上更高级的课程。”

玫瑰花和电击，德尔塔黄褐色的衣服和阿魏[①]的恶臭在这些孩子们学会说话之前就根深蒂固地联系在一起，没有言语的条件作用粗糙而笼统，无法让他们理解细微的区别，无法传授更复杂的行为模式。因此要达到这个目的就必须使用语言，但必须是无理性的言语。简而言之，这就是睡眠教育。

“有史以来最伟大的道德教化和社会化的力量。”

那些学生在小本子里记下了这番话。这可是权威可靠的信息。

主任又按下了开关。

“……聪明绝顶。”那个不知疲倦的娓娓道来的柔和的声音继续说道，“我是贝塔，真是太开心了，因为……”

虽然确实有水滴石穿这回事，但这些话并不像水滴，毋宁说，它们更像是蜡滴，一滴滴地附着在它们滴落的石头上，将它包裹起来，和它结合在一起，直到最后，那块石头变成了一个深红色的蜡团。

“直到最后那个孩子的思想就是这些话，而这些话就是那个孩子的思想。不只是孩提时的思想，他长大了也会秉承这个思想——一辈子都是这样。思想的判断、欲望和决定都由这些暗示所主宰，而所有的暗示都是我们的暗示！”主任志得意满地高声说道，“国家的暗示。”他用力一拍最近的桌子，“因此……”

一个声音响起，他转过身。

“噢，吾主福特啊！”他换了个腔调，“我把孩子们给吵醒了。”

① 植物树脂，以前用作解痉药。

第三章

外面的花园里，正是玩耍的时间，在六月暖和的阳光中，六七百个男童和女童或是尖叫着在草坪上奔跑，或是玩着球类游戏，或是三三两两静静地坐在鲜花绽放的灌木丛间。玫瑰花开得正盛，两只夜莺自得其乐地在树丛里歌唱，一只布谷鸟正在酸橙树丛间百转千回地叫唤着，蜜蜂和直升飞机的嗡嗡声令人昏昏欲睡。

主任和他的学生们站着看了一会儿离心力碰碰球的游戏。二十个孩子正围成一个圆圈，中间是一座镀铬钢塔。一个球被扔到塔顶的平台，滚落到塔身里面，掉到一个高速旋转的圆盘上，从圆柱形的塔身上密布的一个孔洞里弹出来，孩子们得接住这个球。

“奇怪，”他们转身离开的时候，主任沉思着，“真是奇怪，想象一下，即使在我们的主福特那个时代，大部分游戏用的只不过是一两个球、几根棍子或一张球网，想象一下，允许人们玩完全不会增加消费的精心设计的游戏是多么愚蠢的事情。真是疯了。如今主宰者们是不会批准新的游戏的，除非能证明它能像现有的最复杂的游戏一样消耗同样多的器械。”他打断了自己的沉思。

“那个小组挺有意思的。”他说道，指着某一个小组。

在一小块草地上有几丛长得很高的地中海石楠，里面有两个孩子，一个是年约七岁的男孩，另一个是或许大一岁的女孩。他们正在非常严肃地进行基础性爱游戏，就像正在进行探索的科学家一样全神贯注。

“有意思，有意思！”主任情不自禁地重复着。

“有意思。”那些男生们礼貌地表示同意。但他们的微笑带着几分轻蔑。他们刚刚摆脱了类似的幼稚的娱乐，现在看着这些游戏心里会觉得鄙夷。有意思吗？不就是两个孩子在玩傻乎乎的游戏嘛。如此而已，孩子们的游戏。

主任继续以动情的口吻说道："我总是在想……"这时吵闹声打断了他。

从附近的一处灌木丛里走出一个护士，牵着一个小男孩的手，他一边走一边大吵大闹。一个愁眉苦脸的小女孩紧跟在她的身后。

"怎么了？"主任问道。

那个护士耸了耸肩膀，回答道："没什么。这个小男孩似乎不肯参加正常的情色游戏。我以前注意到一两回了。今天又是这样。他刚刚才开始叫嚷……"

那个愁眉苦脸的小女孩插话了，"我真的不是有心要伤害他。真的，真的。"

"你当然不是有心的，亲爱的。"那个护士安慰她，然后转身继续向主任解释："所以我正要带他去见心理学系的副主任，看看是不是哪里不正常。"

"做得对。"主任说道，"带他进去吧。你留在这儿，小姑娘。"护士带着那个仍然吵吵闹闹的小男孩离开时，主任补充了一句："你叫什么名字？"

"波莉·托洛茨基。"

"好名字。"主任说道，"你现在可以离开了，看看能不能找别的男孩子玩。"

那个小女孩蹦蹦跳跳地跑进树丛中离开了。

"小姑娘真漂亮！"主任望着小女孩的背影，然后转身对他的学生说道："我现在要告诉你们的内容或许听起来很离奇。但你们对历史不是很熟悉，大部分史实听起来都很离奇。"

他道出了离奇的真相。在我们的主福特那个时代之前有一段漫长的时间，甚至之后几代人的时间，孩子们之间进行情色游戏被认为是不正常的举动（学生们哄堂大笑），不只是不正常，而且很不道德（不会吧！），因此被加以镇压。

他的那些听众的脸上露出惊诧莫名的怀疑的表情。不许可怜的小孩子们自己来点乐子？他们无法相信会有这种事情。

“甚至直到青春期。”主任说道，“就像你们现在这个年纪……”

“不会吧！”

“连一点偷偷摸摸的自体性行为和同性恋行为都不行——绝对禁止。”

“什么也不能做？”

“绝大部分情况下不能。直到他们过了二十岁。”

“二十岁？”那些学生异口同声地高声嚷道。

“二十岁。”主任重复了一遍，“我告诉过你们会觉得难以置信。”

“但是到底怎么了？”他们问道，“结果怎么样了？”

“结果很糟糕。”一个深沉的充满磁性的声音突然插入他们的对话。

他们转头望去，在这个小组的边上站着一个陌生的男子——中等身高，长着黑色头发和鹰钩鼻，嘴唇鲜红饱满，眼眸是深黑色的，眼神很凌厉。“很糟糕。”他重复了一遍。

生育与培育中心的主任刚才坐到了遍布在花园里的一张钢铁和橡胶做的便民长凳上，但看到这个陌生人，他跃起身冲上前，伸出手，咧开嘴露出热情洋溢的微笑。

“主宰者大人！真是太意外太开心了！孩子们，你们知道吗，这位就是主宰者大人，穆斯塔法·蒙德阁下。”

在中心的四千个房间里，四千口电子时钟同时敲响了四点钟。从高音喇叭里传出飘渺的声音。

“白天主要班次任务结束，白天第二班次接替。白天主要班次任务结束。”

他们乘着电梯一路往上去更衣室。亨利·弗斯特和助理命运规划员故意背对着心理处的伯纳德·马克斯，回避这个名声不太好的男人。

轻微的嗡嗡声和机器的运转声仍然搅动着胚胎贮藏室深红色的空气。轮班的人来来去去，一张张长着红斑的面孔依次而过，传送带浩浩荡荡永无休止地载着未来的男男女女向前进。

莱妮娜·克劳恩轻快地朝房门走去。

穆斯塔法·蒙德阁下！这群顶礼膜拜的学生的眼珠几乎夺眶而出。穆斯塔法·蒙德阁下！西欧的居民主宰者！世界十大主宰者之一，十大……之一……他与主任就坐在那张长凳上。他准备留下来，是的，留下来，和他们谈话……金科玉律，来自我们的主福特本人的绝对权威的信息。

两个皮肤像棕虾一样的孩子从附近的一个树丛里跑出来，睁大着眼睛诧异地盯着他们看了一会儿，然后回到树丛继续他们的玩耍。

"你们都记得，"主宰者以浑厚的声音说道，"我想你们都记得我们的主那句美妙而鼓舞人心的话：历史算个球[①]。"他缓缓地重复着："历史算个球。"

他挥了挥手，似乎拿着一把看不见的鸡毛掸子，将几粒灰尘给掸掉，这几粒尘埃就是哈拉帕、迦勒底的乌尔。还有几张蜘蛛网，它们是底比斯、巴比伦、克诺索斯和迈锡尼。掸一掸，掸一掸——奥德修斯在哪儿呢？约伯在哪儿呢？朱庇特、佛陀和耶稣在哪儿呢？掸一掸，掸一掸——那些什么雅典、罗马、耶路撒冷、中央王国——统统都不见了。掸一掸，掸一掸——那个原来是意大利的地方变得空荡荡了。掸一掸，掸一掸，所有大教堂都不见了。掸一掸，掸一掸，《李尔王》和帕斯卡尔

① "历史算个球。"（History is bunk.）出自一九一六年《芝加哥论坛报》对亨利·福特的采访。英文原文是：History is more or less bunk. It's tradition. We don't want tradition. We want to live in the present, and the only history that is worth a tinker's damn is the history that we make today.

的《思想录》不见了。掸一掸，受难曲不见了，掸一掸，安魂曲不见了，掸一掸，交响曲不见了，掸一掸，……

“亨利，今晚去看感官电影吗？”助理命运规划师问道，“我听说阿罕布拉宫那个新人很正点。他们在熊皮地毯上云雨交合，大家都说实在是叹为观止。每一根熊毛都纤毫毕现，真是最美妙的感官效果。”

“这就是为什么不教你们历史的原因。”主宰者说道，“但现在是时候……”

主任犹豫地看着他。有传闻说在主宰者的书房的保险箱里藏有古老的禁书：《圣经》、诗集——吾主福特知道还有什么东西。

穆斯塔法·蒙德捕捉到他不安的眼神，红润的嘴角讽刺地翘了起来。

“没事的，主任。”他语带讥讽地说道，“我不会把他们带坏的。”

主任心里充满了迷惑。

觉得自己受鄙视的人都会努力装出一副盛气凌人的样子。伯纳德·马克斯脸上露出轻蔑的微笑。还每一根熊毛！

“我一定会去的。”亨利·弗斯特回答道。

穆斯塔法·蒙德俯身向前，朝他们摇晃着一根手指。“尝试着想象一下，”他说道，他的声音让听众的横膈膜异样地颤动着。“尝试着想象一下一个十月怀胎的母亲是什么模样。”

又是那个诲淫诲盗的词语。但这一次没有人想笑。

“尝试着想象一下生活在家庭里意味着什么。”

他们试了一下，但显然想象不出来。

“你们知道‘家’意味着什么吗？”

他们摇了摇头。

莱妮娜 · 克劳恩从昏暗的深红色的地下室上了十七楼，出了电梯，向右转，穿过一道长长的走廊，打开一扇写着“女更衣室”的房门，走进一个震耳欲聋的满是胳膊、胸脯和内衣的乱糟糟的房间。一百个浴室里，热水正四处飞溅或汩汩流出。八十个真空振荡按摩器或隆隆作响，或嘶嘶作响，正同时轻揉着吮吸着八十位女性结实的古铜色的躯体。每个人都扯着最高的嗓门在说话。一部合成音乐机正在播放一曲动听的小号独奏。

“你好，芬妮。”莱妮娜朝一个年轻女人打招呼，两人的衣架和储物柜连在一起。

芬妮在瓶装室工作，她也姓克劳恩。不过，由于世界上二十亿人只有一万个名字，这种巧合并不会让人觉得惊奇。

莱妮娜将外套的拉链往下拉，双手拉着裤子两边的拉链，再往下一扯，脱掉她的内衣，仍然穿着鞋袜，朝浴室走去。

家，家——几个狭小的房间，住着一个苦闷的男人、一个时不时就会生孩子的女人、一群吵吵闹闹的不同年龄的男孩和女孩。没有空气，没有空间，一座没有充分消毒的监狱。充斥着黑暗、疾病和恶臭。

（主宰者唤起了形象生动的情景，有一个男生要比其他人更加敏感，单是听到这些描述就变得脸色煞白，差点呕吐出来。）

莱妮娜走出浴室，用浴巾擦干身子，拿起一根长长的插在墙上的伸缩管，将管口放在胸脯上，似乎想要自杀，然后按下开关。一股暖风将上好的爽身粉喷在她的身上。八种不同味道的香薰和古龙水的旋钮开关就设在洗手盆的上面。她旋开从左边数起的第三个旋钮开关，为自己选了素心兰味的香水，手里拿着鞋袜，走出去看看有没有一台真空振荡按摩器是空闲的。

家，无论是现实的家还是精神的家，都是那么肮脏。在精神上它就像一个兔子洞或一座垃圾堆，由于紧密结合的生活而充满了摩擦，充斥着情感。家庭成员之间是亲密关系，令人窒息的多么危险、疯狂、肮脏的关系！母亲疯疯癫癫地养育着孩子（她自己的孩子）……就像一只母猫养育着它的猫咪。但那是一只会说话的母猫，一只反反复复地说着“我的宝贝，我的宝贝”的母猫，我的宝贝，噢，噢，到我的怀抱里来。那些小手，肚子饿了，还有那难以言状的充满痛苦的快乐！直到最后，我的孩子睡着了，我的孩子嘴角泛着白色的奶沫睡着了。我的小宝贝睡着了……

“是的，”穆斯塔法·蒙德点了点头，“你们或许会不寒而栗。”

“你今晚和谁出去？”莱妮娜问道，她刚做完真空振荡按摩，整个人看上去就像一颗白里透红的珍珠。

“不和谁出去。”

莱妮娜惊讶地扬起眉毛。

“我最近觉得有点不舒服，”芬妮解释道，“威尔斯医生建议我吃点代孕药。”

“但是，亲爱的，你才十九岁。要到二十一岁才必须进行第一次代孕。”

“我知道，亲爱的。但有的人如果早点开始会比较好。威尔斯医生告诉我，像我这样的宽骨盆的黑发女人应该在十七岁就进行第一次代孕。所以呢，我是迟了两年，而不是早了两年。”她打开自己的储物柜的门，指着上面的架子上那一排排盒子和贴着标签的小玻璃瓶。

“黄体糖浆，”莱妮娜大声读着那些名字，“卵巢素，保证新鲜。请于福特纪元六三二年八月一日前服用。乳腺萃取素：日服三次，饭前以水送服。胎盘素：每三天静脉注射五毫升……呃！”莱妮娜打了个冷战。“我好讨厌静脉注射，你呢？”

“我也是。但只要有利于身体……”芬妮是个格外敏感的女生。

我们的主福特——我们的主弗洛伊德，出于某个神秘的原因，在谈及心理学的问题时他选择以这个名字示人——我们的主弗洛伊德是第一个揭示家庭生活骇人听闻的危险的人。世界上到处都是父亲——因此到处都充满了悲剧，到处都是母亲——因此就有了各种各样的反常，从虐待狂到守贞，到处都是兄弟姐妹叔伯姑婶——因此充满了疯狂和自杀。

“但是，在萨摩亚和新几内亚海岸外的某些岛屿上的野人中……”

热带的阳光就像温暖的蜂蜜洒在孩子们赤裸的身上，在芙蓉花丛中徜徉。家就是二十座棕榈叶屋顶的房子中的一间。在特罗布里恩群岛，怀孕是祖先的幽灵作祟的结果，没有人曾经听说过父亲这回事。

“两个极端相遇了，”主宰者说道，“它们注定是要相遇的。”

“威尔斯医生说现在三个月的代孕能让我在接下来的三四年健康大有改观。”

“嗯，我希望他说得对。”莱妮娜说道，“但是，芬妮，你真的说接下来三个月你不打算……”

“噢，不，亲爱的，就只是一两个星期而已。今晚我会去俱乐部打音乐桥牌。我想你会出去吧？”

莱妮娜点了点头。

“和谁？”

“亨利·弗斯特。”

“又是他？”芬妮那张和蔼的圆月般的脸庞露出痛苦和不赞同的别扭的表情。“你是说你仍然和亨利·弗斯特在交往？”

父亲、母亲还有兄弟姐妹。但是，还有丈夫、妻子、恋人。还有一夫一妻制和浪漫。

“虽然或许你们不知道那些是什么。”穆斯塔法·蒙德说道。

他们摇了摇头。

家庭、一夫一妻制、恋爱。一切都是排他性的，一条狭窄的释放冲动和能量的渠道。

“但是，人人为我，我为人人才是真理。”他以睡眠教学法的格言作为结束语。

那些学生点了点头，非常认同这则在夜晚重复了六万两千次的格言，它不仅是真理，而且是不言自明的无可辩驳的定理。

“但是，说到底，”莱妮娜抗议道，“我和亨利在一起不过才四个多月。”

“才四个多月！亏你说得出口。”芬妮继续说道，伸出一只手指责难她，“这段时间除了亨利就没有别人了，是吧？”

莱妮娜满脸通红，但她的眼神和声音仍然不服气，“是的，一直没有别人，”她回答时的口吻几乎带着挑衅，“我不明白为什么要扯上别人。”

“噢，她还真搞不清楚状况哦。”芬妮重复着，似乎在对着莱妮娜左肩后面一个看不见的人在说话。然后，她的声音突然一变，“但是，说正经的，”她说道，“我真的认为你得小心点。一直像这样子只和一个男人交往很不好。四十岁或四十五岁，还不算太糟糕。但是，在你这个年纪，莱妮娜！不，这样真的不好。你知道主任非常反对感情强烈或长久的关系。四个多月和亨利·弗斯特在一起，没有别的男人——为什么？要是他知道的话，他会很生气的……”

“想象一下压力下的水管里的水。”他们想象着这幕情景。“我只要戳一个洞，”主宰者说道，“水就会喷射而出！”

他将它戳了二十个洞，出现的则是二十条涓涓的水流。

“我的宝贝，我的宝贝……”

“妈妈！”疯狂是会传染的。

“我的爱人，我仅有的唯一的爱人，宝贝，宝贝……”

母亲、一夫一妻制、恋爱，所以水喷得老高，泡沫四溅，汹涌澎湃，因为冲动只有一个发泄口。我的爱人，我的宝贝。难怪那些可怜的前现代人都那么疯狂、邪恶和可怜。他们的世界不让他们轻松面对，不允许他们保持理性、高尚和快乐。由于母亲和爱人，由于他们没有接受培育服从的禁令，由于有那些诱惑和寂寞的悔恨，由于有种种疾病和无尽的孤立的痛苦，由于种种无常和贫穷——他们不得不产生强烈的情感。而有了强烈的情感（更何况是在孤独和弃世的绝望中），他们怎么能稳定呢?

“当然，没有必要和他分手。时不时和别人在一起，就是这样。他也在和别的女孩子交往，不是吗？”

莱妮娜承认了。

“他当然有别的女孩子。要知道，亨利·弗斯特可是个完美的绅士——总是一贯正确。而且还有主任呢，你知道他是个很固执己见的人。”

莱妮娜点了点头，“他今天下午从后面……拍了拍我。”莱妮娜说道。

“是吧，你知道的！”芬妮很得意，“这表明了他的立场。最严格的传统。”

“稳定，”主宰者说道，“稳定。没有社会稳定就没有文明；没有社会稳定就没有个人稳定。”他的声音就像一个号角。听着他的声音，他们觉得更加高大，更加温暖。

那部机器转啊，转啊，必须保持永远运作下去。如果它停止运作了，死亡将会降临。这部机器开始运转的时候，地球上生活着十亿人。在一百五十年里，人口增加到了二十亿。停止机器的运作，在一百五十星期内，人口将会再减至十亿，十亿人将会活活饿死。

齿轮必须稳定地运作，但不能听之任之。必须有人去看管它们，就像轮盘稳稳地固定在机轴上的男人，理性的人，听话的人，因为满足而意志坚定。

哭泣；我的宝贝，我的母亲，我唯一的唯一的爱的呻吟；我的罪恶，我可怕的上帝，痛苦地惨叫着，狂热地呓语着，为衰老和贫穷而哀叹——他们怎么能够去看管机器呢？如果他们无法看管那些机器……那十亿男女的尸体就无处安葬，无处火化。

芬妮以诱哄的口吻说道："说到底，除了亨利之外再和一两个男人好又不是什么痛苦或难过的事情。你知道的，你应该更放纵一些……"

"稳定，"主宰者坚持说道，"稳定是首要的终极的需要。稳定。因此就有了这一切。"

他朝花园扬了扬手，宏伟的培育中心，那些或躲在树丛里或在草坪上奔跑的赤身裸体的孩子们。

莱妮娜摇了摇头，若有所思地说道："不知道为什么，我最近不是很想滥交。有时候你就是没有兴致。难道你没有同感吗，芬妮？"

芬妮同情和理解地点了点头。"但一个人总得去作出努力，"她语重心长地说道，"这是你的责任。说到底，人人为我，我为人人。"

"是的，人人为我，我为人人。"莱妮娜缓缓地复述了一遍，叹了口气，沉默了一会儿，然后握住芬妮的手，轻轻地捏了捏，"你总是说得很对，芬妮。我会努力的。”

被抑制的冲动决堤了，这道洪水就是情感，这道洪水就是激情，这道洪水甚至就是疯狂。它取决于浪潮的力量和堤坝的高度与强度。无拘无束的水流顺着指定的河道自由地流淌，成为平静的康庄之河。（胚胎饿了，日复一日，替代血液不停地以每分钟八百转的速度旋转着。瓶中的婴儿放声啼哭，一个护士马上拿着一瓶外分泌激素出现了。在欲望与满足的间隙潜伏着情感，将这个间隙缩短，打破一切旧的不必要的障碍。

“幸运的男孩子们！”主宰者说道，“我们尽心尽力不辞辛劳，为的就是让你们过着轻松的情感生活——尽可能地不让你们产生任何情感。”

“吾主福特登临御车，”生育与培育中心的主任喃喃说道，“天下太平了。”

“莱妮娜·克劳恩？”亨利·弗斯特一边拉上裤子的拉链一边回答助理命运规划师的问题，“噢，她是个好女孩，身材丰满。我很奇怪你怎么还没上了她。”

“我也不知道为什么。”助理命运规划师说道，“一有机会我就会把她给上了。”

伯纳德·马克斯面朝着更衣室过道的对面，偷听到了他们的说话内容，脸色顿时变得苍白。

“说老实话，”莱妮娜说道，“我开始对每天只有亨利的日子有点厌倦了。”她套上左脚的袜子。“你认识伯纳德·马克斯吗？”她以明显故作轻松的口吻问道。

芬妮的表情很惊讶，“你不是要说……？”

“为什么不可以？伯纳德是优等阿尔法。而且他叫我和他去一个野人保留区。我一直想去看看野人保留区。”

“但他名声不大好。”

“我干吗要理会他的名声呢？”

“他们说他不喜欢玩障碍高尔夫。”

“他们说，他们说。”莱妮娜模仿着她的口吻。

“还有就是，他大部分时候老是自己一个人。”芬妮的声音里透着惊恐。

“嗯，和我在一起的时候他就不孤独了。人们对他的态度那么恶劣，不知道为什么。我觉得他人很好啊。”她冲着自己微笑着。他真是太害羞了！就好像她是世界的主宰者，而他只是一个次等伽玛机修工一样。

“想想你们自己的生活吧，”穆斯塔法·蒙德说道，“你们有谁曾经遇到过无法克服的困难吗？”

对于这个问题，大家以沉默表示否定。

“你们有谁被迫在产生欲望和得到满足之间等候很漫长的时间吗？”

“嗯，”一个男生开口了，但犹豫不语。

“说嘛。”主人说道，“不要让大人久等。”

“我曾经等了将近四个星期，我想要的一个女孩子才让我和她好。”

“然后你觉得情绪很激动？”

“太可怕了！”

“说得很对，太可怕了。”主宰者说道，“我们的祖先是那么愚昧和目光短浅，当第一批改革者出现了，并提出将他们从这些可怕的情感中解救出来时，他们不想跟他们扯上关系。”

“当她是一坨肉那样谈论她。”伯纳德咬牙切齿地想着，“左一句上她，右一句上她。就像一块羊肉，就当她是一块羊肉。她说她会考虑一下，这个星期给我答复。噢，吾主福特，主啊，主啊！”他恨不得走到他们面前，狠狠地迎脸揍上一拳，又一拳，再一拳。

“是的。我真的建议你把她上了。”亨利·弗斯特说道。

“以体外发育为例。菲茨纳和川口已经研究出了整套技术。但政府会过目吗？不会的。曾经有一种叫基督教的事物，逼女人进行怀胎生育。”

“他长得太丑了。”芬妮说道。

“但我蛮喜欢他的长相。”

“而且那么瘦小。”芬妮扮了个鬼脸，瘦小是很糟糕的事情，而且是低层阶级的典型特征。

“我觉得很可爱啊。”莱妮娜说道，“你会觉得你想要呵护他。你知道的，就像一只猫咪。”

芬妮惊呆了。“他们说当他还在瓶子里的时候有人犯了错——以为他是一个伽玛，往他的替代血液里放了酒精。这就是为什么他这么矮小的原因。”

“胡说八道！”莱妮娜愤怒了。

“睡眠教育以前在英国是被禁止的。有一种事物叫自由主义。议会，如果你知道那是什么的话，通过法律将其取缔。那些记录仍然保留着。尽说什么个体的自由。自由是没有效率和可悲的，正好比方凿圆枘格格不入。”

“但是，我亲爱的伙计，不用客气，我向你保证。不用客气。”

亨利·弗斯特拍了拍助理命运规划员的肩膀。

“说到底，人人为我，我为人人。”

一周三晚重复一百次，一连进行四年，伯纳德·马克斯是催眠教育的专家。六万两千四百次重复造就了一则真理。傻瓜！

“或以等级体制为例。一直在提出议案，一直被予以否决。以前有民主这个东西，似乎人不止在物理—化学意义上是平等的。”

“嗯，那我能说的就是，我会接受这次邀请。”

伯纳德憎恨他们，痛恨他们。但他们有两个人，而且体格庞大而健壮。

“福特纪元一四一年，九年战争爆发。”

“即使他的替代血液里掺了酒精这件事是真的我也会接受邀请。”

“碳酰氯、三氯硝基甲烷、乙烷基碘醋酸盐、二苯代胂腈、三氯甲苯、氯甲酸盐、二氯二乙硫醚。更别说还有氢化氰酸。”

“我才不信呢。”这就是莱妮娜的结论。

“一万四千架飞机嗡嗡作响铺天盖地而来。但是，在选帝侯大街和巴黎第八区，炭疽炸弹的爆炸声就像一个纸袋爆开的声音一样轻微。”

“因为我真的想去看看野人保留区。”

“三硝基甲苯加雷酸汞等于什么呢？地上一个大洞、一堆石头瓦砾、一团模糊的血肉、一只断脚，上面仍然穿着靴子，飞到半空中，扑通一声落在天竺葵丛中——那种鲜红色的天竺葵。那个夏天，场面何其壮观！”

“你没救了，莱妮娜。我拿你没辙了。”

“俄国人污染水源的技术实在是太巧妙了。”

芬妮和莱妮娜背靠着背，沉默地继续换衣服。

“九年战争，经济大萧条。世界在控制和毁灭之间进行选择，在稳定和……”

“芬妮·克劳恩也是个好女孩。”助理命运规划员说道。

在育儿所里，基础阶级意识课结束了，那些声音开始转而灌输对工业供应品的未来需求。“我真的喜欢飞行。”它们悄声说道，“我真的喜欢飞行。我真的喜欢穿上新衣服。我真的喜欢……”

“当然，自由主义就像炭疽一样致命，但你不能靠暴力行事。”

“比不上莱妮娜那么丰满，噢，根本比不上。”

“可是，旧衣服丑死了，”不知疲倦的耳语继续说道，“我们总把旧衣服给扔掉。丢衣服比补衣服好，丢衣服比补衣服好，丢衣服比……”

“政府是坐天下，不是打天下。你们是用头脑和屁股进行统治，绝对不能用拳头进行统治。比方说，强制性的消费。”

“好了，我准备好了。”莱妮娜说道，但芬妮一直没有说话，还转过身去。“我们言归于好吧，亲爱的芬妮。”

“每一个男人、女人和孩子每年都被迫要进行定量的消费。为了工业的利益，唯一的结果……”

“丢衣服比补衣服好。补丁越多越是穷光蛋。补丁越多……”

芬妮阴沉着脸，“总有一天你会惹上麻烦的。”

“爆发了大规模的基于良心的反对。什么都不消费，回归自然。”

“我真的喜欢飞行。我真的喜欢飞行。”

“回归文化，是的，真真正正地回归文化。光是坐在书斋里读书你是没办法吸收多少文化的。”

“我看上去怎么样？”莱妮娜问道。她的外套用的是深绿色的醋酸丝纤维布料，袖口和领口是绿色的粘胶纤维布料。

“在格勒斯绿地，八百个朴素生活者被机关枪扫射消灭掉了。”

“丢衣服比补衣服好，丢衣服比补衣服好。”

绿色灯芯绒短裤配白色粘胶纤维羊毛袜子，在膝盖下面打了个褶。

“然后是著名的大英博物馆大屠杀。两千名文化拥护者被二氯二乙硫醚毒死。”

一顶绿白相间的骑师帽遮住了莱妮娜的眼睛，她的鞋子是明绿色的，擦得很亮。

穆斯塔法·蒙德说道：“最后，主宰者们意识到武力是不好的。于是采取了较为缓慢但更加可靠的体外培育、新巴甫洛夫式条件作用培育和睡眠教育……”

她腰际缠着一条银纹绿色仿摩洛哥皮革挎带，鼓鼓囊囊的（因为莱妮娜不是雄化雌体），装满了必备的避孕药品。

“菲茨纳和川口的发明终于派上了用场，开展反对胎生方式的热烈宣传……”

“真好看！”芬妮兴奋地叫嚷着。她总是无法长久抵挡莱妮娜的魅力。“好漂亮的马尔萨斯节育带！”

“随之而来的是一场反对历史的运动：关闭博物馆，炸毁历史纪念碑（幸运的是，大部分纪念碑早在九年战争期间就已经被摧毁了），销毁所有在福特纪元一五〇年之前出版的书籍。”

“我也得弄一条这种挎带。”芬妮说道。

“比方说，以前有叫‘金字塔’的东西。”

“我那条老的挎带……”

“以前有一个人名叫莎士比亚。当然，你们没有听说过这些。”

“我自己那条挎带真是丑死了。”

“这些就是真正的科学教育的好处。”

“补丁越多越是穷光蛋，补丁越多越是穷光蛋……”

“我们的主福特的第一台 T 型轿车的推出市场……”

“我已经戴了它快三个月了。”

“被确立为新纪元的起始日。”

“丢衣服比补衣服好，丢衣服比补衣服好……”

“我刚才说过，以前有基督教这种东西。”

“丢衣服比补衣服好。”

“是基于消费不足的伦理与哲学…………”

“我爱新衣服，我爱新衣服，我爱……”

“在生产力低下的时代很有必要，但在一个机器和固氮作用的时代——绝对是反社会的罪恶。”

“是亨利·弗斯特给我的。”

“所有的十字架的顶部都被砍掉，变成了 T 字架。以前还有‘上帝’这种东西。”

“它是真的仿摩洛哥皮革。”

“如今我们有了世界国，有了‘福特节’的庆典，还有社区大合唱和团结仪式。”

“吾主福特啊，我恨透他们了！”伯纳德·马克斯心想。

“以前有‘天堂’这种东西，但他们仍然酗酒无度。”

“就像肉，就像一坨肉。”

“以前有‘灵魂’这种东西，还有‘不朽’这种东西。”

“问问亨利他是从哪儿买到的。”

“但他们总是吸食吗啡和可卡因。”

“更糟糕的是，她认为自己就是一坨肉。”

“两千名药理学家和生化学家于福特纪元一七八年接受资助。”

“他看上去闷闷不乐的，”助理命运规划员指着伯纳德·马克斯说道。

“六年后实现了商业化生产。完美的药品。”

“我们逗逗他。”

“能产生欣悦的快感，有麻醉作用，出现美妙的幻觉。”

“心情不好啊，马克斯？心情不好的话，”有人拍了拍他的肩膀，吓了他一跳。他抬头一看，是那个粗鲁的亨利·弗斯特。“你需要来一克苏摩。”

“拥有基督教和酒精的所有好处，却没有它们的任何缺点。”

“吾主福特啊，我要杀了他！”但他说出口的却是，“不了，谢谢。”把那管递过来的药片推开了。

“可以随时摆脱现实，事后不会导致头疼或迷糊。”

“收下吧，”亨利·弗斯特坚持道，“收下吧。”

“稳定得到了切实的保证。”

“一克解千愁，”助理命运规划员引用了那句耳熟能详的催眠哲理。

“剩下要征服的就只有衰老。”

“该死的，该死的！”伯纳德·马克斯嚷道。

“轻浮自大。”

“性激素荷尔蒙，输入年轻人的血液，镁盐……”

“记住哦，吃苏摩好过受折磨。”两人大笑着出去了。

“旧时代的所有生理上的弊端都被克服了。当然，伴随着这些……”

“别忘了问他关于那条马尔萨斯节育带的事情。”芬妮说道。

“所有的老年人的精神特征也被一扫而空。他们一辈子都会有稳定的性格。”

“……天黑前打两圈障碍高尔夫。我一定要飞行。”

“工作、娱乐——我们在六十岁的时候仍像十七岁时一样精力充沛胃口大开。在糟糕的旧时代，老人会消沉、退休、皈依宗教，把时间花在阅读和思考上——思考！”

“白痴，猪猡！”伯纳德·马克斯一边朝走廊的电梯走去一边自言自语。

“这就是进步，老年人能工作，老年人能交媾，老年人一直在享乐，没有时间，没有时间坐下来去思考——即使由于偶然的不幸，在令人心里踏实的消遣之间出现了空隙，他可以服用苏摩，美妙的苏摩，半克苏摩就能享受半个假期，一克苏摩就能度过周末，两克苏摩就能神游东方极乐世界，三克苏摩就能来到永恒的漆黑的月球世界，回来时他们会发现自己已经度过了空隙，每天脚踏实地地工作和消遣，一部感官电影紧接着另一部感官电影，和一个又一个丰满的女孩子交往，打一圈又一圈的电磁高尔夫……”

“走开，小姑娘，”主任生气地嚷道，“走开，小男孩！你们没看到这位大人忙得很吗？去别的地方玩你们的情色游戏吧。”

“可怜的孩子。”主宰者说道。

在轻微的机器运转的嗡嗡声中，传送带浩浩荡荡地缓缓向前推进，每小时三十三厘米。无数红宝石在暗红的漆黑中闪烁着光亮。

第四章

一

电梯里挤满了从阿尔法更衣室里出来的人，莱妮娜走进去时，许多人对她友好地点头微笑。她是个很受欢迎的女孩子，曾和他们当中几乎所有人共度一夜春宵。

向他们回礼示意时，她在心里想，他们都是亲切而且魅力十足的男生！但是，她还是希望乔治·埃德泽尔的耳朵没那么大。（或许他在第三百二十八米处被注射了太多的甲状旁腺激素？）看着本尼托·胡佛，她不禁想起他脱光衣服时全身毛茸茸的样子。

想起了本尼托那身卷曲的黑毛，她不禁有点难受，转头看到角落里伯纳德·马克斯那个瘦小的身躯和那张忧郁的脸庞。

“伯纳德！”她走到他身边，“我正在找你呢。”在电梯运行的嗡嗡声中，她的声音显得很清脆。其他人好奇地转头望着他们。“我想和你谈谈我们去新墨西哥的计划。”她的眼角瞥见本尼托·胡佛惊讶地倒吸一口凉气。她觉得很讨厌，心里嘀咕着：“居然很吃惊我没有央求和他再去旅行一趟！”然后她以更热情的口吻大声说道：“我很想七月份和你一起去度假一周。”（她在大庭广众之下表明自己对亨利的不忠。芬妮应该很高兴，即使那个人是伯纳德。）莱妮娜朝他露出最甜美可人的微笑：“如果你还想和我交往的话。”

伯纳德苍白的脸一下子变红了。“到底怎么了？”她觉得很惊讶，但与此同时对这个赞美她的魅力的独特方式觉得很感动。

“我们到别处谈这件事好吗？”他说话都结巴了，表情很不自在。

“我说了什么骇人听闻的话吗？”莱妮娜心想，“他的脸色怎么这么难看，似乎我开了一个肮脏的玩笑似的——问他的母亲是谁或其他类似的玩笑。”

“我是说，有这些人在场……”他心存疑虑，欲言又止。

莱妮娜的笑声很坦率而且丝毫不带恶意，“你太逗了！”她是真的觉得他很逗。“提前至少一周通知我，好吗？”她换了一个语气，“我想我们会乘蓝色太平洋火箭去吧？起点是查林T字塔吗？还是从汉普斯泰德出发？”

伯纳德还没来得及回答，电梯就停住了。

“天台！”一个嘶哑的声音说道。

那个管电梯的男人长得像一只猿猴，是个半痴呆儿，穿着黑色的次等埃普斯隆的制服。

“天台！”

他猛地一下拉开电梯门。下午和煦明媚的阳光令他为之一振，他眨巴着眼睛。“噢，天台！”他欣喜地重复了一遍，似乎突然间从死气沉沉的昏迷中愉快地醒来。“天台！”

他朝电梯乘客的面孔露出像小狗一样期盼崇拜的微笑。他们说说笑笑地一起走出电梯，来到阳光中。那个管电梯的男人望着他们的背影。

“天台？”他又困惑地念叨了一遍。

然后铃声响起，电梯天花板的高音喇叭开始播放，以温柔而威严的语气开始宣布命令。

“下楼。”它说道，“下楼。十八楼。下楼，下楼。十八楼。下楼，下……”

那个管电梯的男人关上大门，摁下一个按钮，电梯立刻回落到昏暗的嗡嗡作响的天井里，回到他所习惯的浑浑噩噩的状态中。

屋顶很暖和明亮。夏日午后过往的直升飞机发出令人昏昏欲睡的嗡嗡作响的声音，还有视线之外的火箭飞机高速飞过的时候发出的更深沉的嗡嗡声，从明媚的天空上方五六英里的高空掠过，就像爱抚着柔和的空气。伯纳德·马克斯深深地吸了一口气，仰头望着天空，然后环顾眺望着蓝色的地平线，最后低头看着莱妮娜的脸庞。

“好美啊，不是吗？”他的声音微微颤抖着。

她冲着他微笑着，脸上带着最深切的理解和关怀的表情。“去玩障碍高尔夫球最好不过了。”她兴高采烈地回答。

“我现在必须得飞了，伯纳德。如果我让亨利一直等的话他会生气的。挑个合适的时间告诉我日期吧。”她挥挥手跑开了，穿过宽阔平坦的天台，朝机库跑去。伯纳德站在那儿望着渐渐远去的闪闪发亮的白色长袜，那双晒得黝黑的膝盖充满活力地弯曲、伸直、弯曲、伸直，在深绿色的夹克下那条合身的灯芯绒短裤轻柔地摆动着。他的脸上露出痛苦的表情。

“我得说，她很漂亮。”他的身后传来一个洪亮而爽朗的声音。

伯纳德吓了一跳，回头一看，是本尼托·胡佛那张胖乎乎的红润的脸庞，正低头冲他展现出露骨的热诚的开怀微笑。本尼托是个出了名的好人。人们都说他这辈子都用不着去碰苏摩。其他人会心情不好和发脾气，得去度假，但他从来不受侵扰。对于本尼托来说，世界总是明媚的。

“而且非常丰满。多好的姑娘！”然后他口气一变：“不过，听我说，”他继续说道，“你看上去闷闷不乐的！你需要来一克苏摩。”本尼托将右手插进裤袋里，拿出一个小玻璃瓶，“一克解十忧……喂，听我说啊！”

伯纳德突然转身跑开了。

本尼托盯着他的背影，心想：“这家伙到底怎么了？”然后摇了摇头，觉得酒精进了这个可怜的家伙的替代血液的那个传闻一定是真的。“我想影响到脑子了。”

他把装苏摩的瓶子放好，拿出一包性荷尔蒙口香糖，将一片塞进嘴里，缓步朝机库走去，细细咀嚼回味着。

亨利·弗斯特已经将他的飞机开出了机库，莱妮娜到的时候他正坐在驾驶舱里等候着。

当她登上驾驶舱坐到他身边时，他只说了这么一句：“迟到了四分钟。”然后启动引擎，将直升飞机挂上挡。直升飞机垂直地升到空中。亨利开始加速，推进器的蜂鸣声从马蜂的声音变成了小蜜蜂的声音，又从小蜜蜂的声音变成了蚊子的声音，速度计显示他们正以每分钟两英里的最高速度在升空。伦敦在他们身下消失。几秒钟后，那些庞大的平顶建筑物就好像是一床从公园和花园的绿地上冒出来的形状各异的蘑菇。在它们中间，有一株比较高的颀长苗条的霉菌，是直指天空的查林 T 字塔，顶端是一个闪烁着光亮的混凝土圆台。

一朵朵硕大清新的白云就像健美的运动员的身躯，在他们头顶的蓝天上翻腾舒卷。突然间，一只细小的深红色的昆虫从云间落下来，发出嗡嗡嗡的声音。

“那是红色火箭。”亨利说道，“从纽约来的。”他看了看手表，“晚了七分钟。”他补充了一句，然后摇了摇头，“这些大西洋航班……出了名的不靠谱。”

他将脚从加速器上放开。发动机的嗡鸣声降低了一个半音符，从小蜜蜂的声音变回马蜂的声音，再变为大黄蜂的声音，再变为金龟子的声音，再变为锹甲虫的声音。直升飞机的疾升之势减缓下来，过了一会儿，他们静止在半空中。亨利推下一个控制杆，发出咔哒咔哒的声音。一开始很慢，然后越来越快，直到眼前出现一个迷离的圆团，他们前面的螺旋桨开始旋转，水平方向的风声愈发尖利。亨利盯着旋转计数器，当指针指着一千两百转时，他关掉了直升飞机的引擎，现在飞机已经有足够的前进动力能在这个高度继续往前飞了。

莱妮娜低头看着脚下地板的窗户。他们正飞在将伦敦中心和卫星郊区一环隔开的六公里园林地带的上方，那片绿地挤满了像蛆虫一样短暂的生命。一座座离心力碰碰球高塔在树丛间闪闪发亮。在牧羊人丛林附近，两千名次等贝塔混合双打正在打黎曼曲面网球。从诺丁山到威尔斯登，公路两边是双排自动电梯墙手球场地。在伊林体育馆，一场德尔塔体操表演和社区合唱正在进行。

“多难看的黄不拉叽的颜色！”莱妮娜说出了睡眠教学法针对她这个阶层灌输的偏见。豪恩斯洛的感官电影制片厂的几座建筑物占据了七英亩半的面积。旁边是一群穿着黑色和卡其色制服的劳动者，正在忙碌地修整大西路的路面。其中一台巨大的移动式坩埚在他们飞过时正被旋开。融化的石头倾泻而下，在路上留下了一道闪烁不定的炽热的痕迹。石棉压路机来来去去，一辆绝缘洒水车的尾部升起一道白色的水蒸气。

在布伦特福德，电视公司的厂房就像是一座小镇。

“他们一定正在换岗。”莱妮娜说道。

那些穿着叶绿色服装的伽玛女孩和穿着黑色服装的半痴呆儿就像蚂蚁和蚜虫一样或簇拥在入口处，或排队准备搭单轨电车。深紫色的次等贝塔在人群中来回穿梭。主楼的屋顶一派忙碌，直升飞机正在起飞和降落。

“说真的，”莱妮娜说道，“我很高兴自己不是伽玛。”

十分钟后，他们来到了斯托克·波吉斯，开始打第一圈障碍高尔夫球。

二

伯纳德低垂着眼睛快步走过天台，即使偶尔看到一个同伴也会立刻回避。他就像一个被追捕的男人，他不愿意看见自己的敌人，担心他们要比他想象中怀着更深的敌意，让他的心中产生更沉重的罪恶感，感到更加孤独无助。

“那个该死的本尼托·胡佛！”但他是出于一片好心，而这在某种程度上使得事情变得更加糟糕。那些一片好心的人和那些不怀好意的人所做的事情没什么两样。就连莱妮娜也给他带来痛苦。他记得那几个星期的胆怯和犹豫，他对有没有勇气去向她表白经历了观望、渴望和绝望。他敢面对被轻蔑地拒绝而遭受侮辱的危险吗？但是，如果她说愿意的话，那会是多么开心的事情！嗯，现在她已经答应了，但他仍然觉得很苦恼——因为她觉得今天下午最适合玩障碍高尔夫；因为她离他而去，和亨利·弗斯特在一起；因为她觉得他不想在大庭广众谈论两人最私密的事情很好笑。总而言之，因为她的行为就像任何一个健康体面的英国女孩的行为，而不是乖张离奇而感到苦恼。

他打开自己的机库，叫来一对闲着没事的次等德尔塔的员工，要他们将他的飞机推到屋顶。这里的机库由单独一组波卡诺夫斯基多胞胎照料，那些人都是孪生子，长得都一模一样，个头瘦小，肤色黝黑，相貌丑陋。伯纳德以尖刻、傲慢甚至咄咄逼人的口吻命令他们做事，一个人对自己的优越地位没有底气时就会这么做。对于伯纳德来说，与下等阶层的成员打交道一直是最犯怵的事情，因为无论是什么原因（现在关于他的替代血液里掺进了酒精这个传闻很可能就是真的，因为事故总是会发生），伯纳德的体格比起普通的伽玛好不到哪儿去，比起标准的阿尔法身高，他足足矮了八厘米，而且身材瘦削。与下等阶层的成员接触总是让他痛苦地想起这个身体上的缺陷。“我就是我，但我希望我不是我。”过于敏锐的自我意识给他带来了沉重的压力。每次他发现自己平视着而不是俯视着一名德尔塔的面孔时，他就觉得很屈辱。那头畜生会对他抱以符合他的地位的尊重吗？这个问题一直困扰着他。这不是没有原因的。因为伽玛、德尔塔、埃普斯隆所接受的培育在一定程度上将体格与社会地位联系在一起。事实上，睡眠教育造成的对大个子的青睐是普遍现象。因此，那些他表白过的女人嘲笑他，和他同一级别的男人拿他开玩笑，这些讥讽让他觉得自己像一个局外人，而因为他觉得自己是一个局外人，他的言行举止就像是一个局外人，这使得别人对他的成见更深，从而强化了由他的身体缺陷所引起的轻蔑和敌意，而这进一步导致他觉得寂寞孤独。他总是担心会被人瞧不起，他避免与同一阶层的人接触，在与地位低于自己的人接触时自发地捍卫自己的尊严。他多么妒忌像亨利·弗斯特和本尼托·胡佛这样的人！他们从来用不着朝一个埃普斯隆大呼小叫地让他执行命令，他们认为自己的优越地位是天经地义的事情，在等级体制中如鱼得水游刃有余——如此悠然自在，对自己优裕的得天独厚的条件熟视无睹。

他似乎觉得那两个孪生员工将他的飞机推到天台上时很不情愿，动作拖拖拉拉的。

“赶紧地！”伯纳德不耐烦地说道。其中一个员工瞪着他。他在那双空洞的灰色的眼睛里发现了一种兽性的嘲讽吗？“赶紧地！”他更大声地吼了一声，声音很嘶哑难听。

他登上飞机，一分钟后就朝南边的那条河流飞去。

宣传部和情感工程学院的各个部门位于弗里特街一座六十层楼高的独立建筑。在底楼和最底下的几层是三份伦敦大报的出版部门和办公室——给上层阶级看的《准点广播》、淡绿色的《伽玛公报》和印在黄褐色的纸上的用的都是一个音节的单词的《德尔塔镜报》。然后是宣传部的电视部门、感官电影部门、合成歌舞与音乐部门等等——占了二十二层楼。再往上是各个研究机构和供作曲家创作用的密封隔音的房间。最高的十八层楼是情感工程学院。

伯纳德降落在宣传部的天台，然后走出飞机。

“给下面的赫姆霍兹·华生先生打电话，”他命令那个优等伽玛的门房，“告诉他伯纳德·马克斯先生正在天台等他。”

他坐了下来，点着一根香烟。

口信传下来的时候，赫姆霍兹·华生正在写字。

“告诉他我马上就过去。”他挂上了听筒。然后他转身对秘书说道：“你帮我把东西放好。”他的语气一直都是那么正式，不带任何个人色彩，没有理会她那风情万种的微笑，站起身，快步向门口走去。

他是个体格魁梧的男人，肩宽膀阔但行动敏捷，精明干练。他那滚圆粗壮的脖子支撑着一个轮廓美妙的头颅，长着一头黑色的卷发，五官轮廓鲜明。他相貌英俊，举止有力而威严，他的秘书总是不厌其烦地重复着：他看上去每一寸肌肤都有优等阿尔法的风采。他的职业是情感工程学院的讲师（创作部），在授课间隙，以情感工程师的身份定期为《准点广播》投稿，撰写感官电影的剧本，写口号和睡眠教育顺口溜很有一套。

“能干”，这是他的上级对他的评语，（他们会摇摇头，然后放低声音）“或许太能干了点”。

是的，太能干了点。他们是对的。思想冗余对赫姆霍兹·华生身上所造成的影响与身体缺陷对伯纳德·马克斯所造成的影响非常相似。体格的不足使得伯纳德被他的同伴孤立，而这种被疏远的感觉按照当前的标准，就是思想冗余，它成为伯纳德进一步被孤立的原因。而让赫姆霍兹如此不自在地意识到自身存在和孤独的原因则是他太能干了。这两个人的共同特点是，他们都知道自己是独立的个体。但是，身体有缺陷的伯纳德一辈子都因为知道自己被疏远而痛苦，直到不久之前他才意识到自己的思想冗余；而赫姆霍兹·华生也知道自己与身边的人不同。这位自动扶梯壁球冠军，这位不知疲倦的情场高手（据说在不到四年里他和六百四十个不同的女孩好过），这位令人尊敬的多个委员会的成员和交际老手突然意识到运动、女人、社区活动对他来说都只是次要的。事实上，打心眼里，他对别的事情感兴趣。但那是什么呢？是什么呢？那就是伯纳德过来和他探讨的问题——或者说，总是赫姆霍兹在说，而伯纳德在听，今天两人又聚在了一起。

他走出电梯时，三个来自宣传部合成音乐处的漂亮女孩拦住了他。

“噢，赫姆霍兹，亲爱的，来嘛，和我们去埃克斯摩尔吃顿野餐晚饭嘛。”她们包围着他，苦苦哀求着。

他摇了摇头，推搡着穿过她们身边。“不了，不了。”

“我们没有邀请别的男人哦。”

但赫姆霍兹甚至不被这番美妙的承诺所打动。“不了。”他重复了一遍，“我很忙。”然后毅然决然地离开了。那三个女孩跟在他身后。直到他真的登上伯纳德的飞机，关上舱门，她们才放弃了纠缠，口中不无怨言。

“这些女人！”飞机升上空中时，他说道，“这些女人！”然后摇摇头，皱着眉头，“太可怕了。”伯纳德假意应和着，心里却希望说这些话的人是他自己，而且他希望能像赫姆霍兹那样轻易地将那么多女孩子搞到手。突然间他很想吹嘘一番。“我要带莱妮娜·克劳恩去新墨西哥。”他尽量以平淡轻松的语气说道。

“是吗？”赫姆霍兹说道，根本不感兴趣。然后稍作停顿，“过去一两周来，”他继续说道，“我已经与我那几个委员会和所有女人断绝关系了。你无法想象他们在学院里闹出了多大的动静。但是，我想这是值得的。结果就是……”他犹豫着，“嗯，事情很奇怪，太奇怪了。”

身体缺陷会导致思想冗余。这个过程似乎是可逆的。思想冗余似乎为了自身的目的，能够导致自发性的刻意孤独的失眠和耳聋，以及人为的禁欲和性无能。

这趟短暂的飞行接下来的时间就在沉默中度过了。他们来到伯纳德的房间，舒舒服服地伸着懒腰坐在充气沙发上，赫姆霍兹又开始了。

他缓缓地说道：“你是否感觉到你的内心似乎有某种一直未曾被使用的过剩的精力，在等候着你给它机会宣泄出来——你知道的，就像奔腾而下变成瀑布而不是流入涡轮发电机的水流？”他疑惑地看着伯纳德。

“你是说如果置身于不同的情形，一个人可能体验到的所有的情感？”

赫姆霍兹摇了摇头。“不完全是。我想说的是，我有时候会有一种奇怪的感觉。我觉得我有重要的东西要说，而且我有能力把它说出来——但我不知道要说些什么，因此无法使用那股力量。如果有某种不同的创作方式……或别的写作题材……”他沉默着，然后说道：“你知道的，”他最后说道，“我很擅长遣词造句——你知道的，那种突然间让你为之一振的语句，就像你坐到了一根钉子上，它们似乎很新颖和振奋人心，即使它们写的是睡眠教育的浅显内容。但那似乎并不足够。光是有好的语句并不足够，你所写的题材也得好才行。”

“但你写得很好啊，赫姆霍兹。”

“噢，还行啦。”赫姆霍兹耸了耸肩膀，“但它们没办法深入，它们还不够分量。我觉得我能写出更有分量的东西。是的，更加激烈，更加澎湃的东西。但那是什么呢？什么是更有分量的东西呢？当别人都知道你要写什么，你怎么能够充满激情呢？文字就像X光，如果你运用恰当的话——它们能够穿透一切。你阅读着那些文字，然后你就被穿透了。那就是我试图教给我的学生的一件事情——如何写出有穿透力的文字。但被一篇关于集体歌曲或香薰设备的最新改进的文章穿透有什么好处呢？而且，你真的能让文字具有穿透力吗——你知道的，就像非常强烈的X光——当你尽写那些东西的时候？你能就虚而论实吗？归根结底就是这个问题。我一直在尝试着，尝试着。”

“嘘！”伯纳德突然说道，然后竖起一根手指表示警告。两人倾听着，“我想门口有人。”他轻声说道。

赫姆霍兹站起身，踮着脚走过房间，猛地一下将房门打开。当然，门口没有人。

“抱歉。”伯纳德说道，内心和表情很不自在。“我猜想我已经有点神经过敏了。当人们对你起疑心时，你也开始对他们起疑心。”

他将手从眼前掠过，叹了口气，他的声音变得很悲哀，开始为自己辩护开脱。“要是你知道最近我所承受的一切就好了，”他几乎眼泪汪汪地说道，他的自怜自伤突然泉涌而出。“要是你能知道就好了！”

赫姆霍兹·华生听着他的倾诉，心里很不是滋味。“可怜的小伯纳德！”他在心里说道。但与此同时他为这位朋友感到羞愧。他希望伯纳德能多展现出一点尊严。

第五章

一

到了八点钟，光线渐渐昏暗下来。斯托克·波吉斯俱乐部的高塔上的高音喇叭开始以比男高音更高亢的声音宣布球道即将关闭。莱妮娜和亨利中止了球局，朝俱乐部走回去。从内外分泌托拉斯的所在地传来那里的数千头牛的哞哞声，它们不仅提供荷尔蒙和牛奶，而且还为皇家法汉姆的那间大型工厂提供原材料。

黄昏中不停地嗡嗡嗡地响着直升飞机的声音。每两分半钟就会有钟声和尖利的哨声宣告一列轻轨火车载着下级阶层的高尔夫球手从各个球道回城里去。

莱妮娜和亨利上了他们的飞机，出发了。到了八百英尺的空中，亨利减缓了直升飞机的飞行速度，在渐渐昏暗的风景上空停留了一两分钟。伯恩汉姆的山毛榉林像一个漆黑的大池塘，一直延伸到西边明亮的天际。在暗红的天际，残阳渐渐消逝，从淡橙色往上变成黄色和水一般的淡绿色。在北边，越过树丛，内外分泌工厂那座二十层楼高的厂房每一扇窗户都透着电灯耀眼的光芒。他们的下方是高尔夫俱乐部的建筑——有宽敞的下级阶层的宿舍，一墙之隔是专供阿尔法与贝塔会员入住的小一点的房屋。轻轨车站周边黑压压地挤满了蚂蚁一样的下级阶层的人员。一列灯火通明的火车从玻璃穹顶下驶入开阔地带，顺着东南走向的轨道穿过黑漆漆的平原，将他们的目光引到斯洛火葬场巍峨的建筑。为了夜间飞行安全，它的四根高耸的烟囱都点满了灯。而且张贴着深红色的“危险”标志。它是一座地标。

“为什么那些烟囱四周都有像阳台一样的设施呢？”莱妮娜问道。

“为了磷回收。”亨利立即解释道，“气体在烟囱里上升的过程中要经过四个处理步骤。以前将死人火化时，五氧化二磷直接被排放到空气里。现在他们回收百分之九十八的磷，每具尸体能够回收不止一点五公斤。每年光是英国就能回收超过四百吨的磷。”亨利的口吻快乐而自豪，打心眼里为这个成就感到欢欣鼓舞，似乎这是他自己的成就一样。“想到即使我们死了也能够继续为社会做贡献真好。帮助植物生长。”

与此同时，莱妮娜移开了视线，正垂直地看着下方的轻轨车站。“真好。”她表示赞同。“但奇怪的是，即使是阿尔法和贝塔也并不比下面那些肮脏矮小的伽玛、德尔塔和埃普斯隆更能帮助植物生长。”

“所有人在物理和化学意义上都是平等的。”亨利语重心长地说道，“而且，即使是埃普斯隆也在作出不可或缺的贡献。”

“就连埃普斯隆……”莱妮娜突然想起当她还是个小姑娘在上学的时候，有一回她在夜里醒来，第一次发现在她睡着的时候一直有声音在悄悄说话。她又见到了月光和一张张白色的小床，又听到了那轻柔的声音在说（那些话经过如此多的漫长的夜晚的重复，印在了脑海里，无法被忘却）：“人人为我，我为人人。每个人都是不可或缺的。就连埃普斯隆也是有用的。我们离不开埃普斯隆。人人为我，我为人人。每个人都是不可或缺的……”莱妮娜记得一开始时的恐惧与惊讶，她醒了半个小时，然后，在那些不断重复的声音的影响下，她的思绪渐渐平静下来，陷入令人心安的舒缓的悄悄袭来的睡意中……

“我想埃普斯隆真的不介意成为埃普斯隆。”她大声说道。

“他们当然不会介意。他们怎么会介意呢？他们不知道成为其他身份是怎么一回事。当然，我们会介意。但如果是那样的话，我们将会接受不同的培育。而且，我们的天资不同。”

“我很庆幸自己不是埃普斯隆。”莱妮娜坚定地说道。

“如果你是埃普斯隆，”亨利说道，“你所接受的培育会让你对自己不是贝塔或阿尔法同样感到庆幸的。”他启动了推进器，朝伦敦飞去。在他们身后的西边方向，深红色与橘黄色的霞光几乎消失了，一团黑压压的乌云已经飘过头顶的天空。他们飞过了火葬场，飞机顺着烟囱升起的热气流冲天而上，直至遇到上方下沉的冷气团才突然往下沉。

“多好玩的转折啊！”莱妮娜高兴地哈哈大笑着。

但这时亨利的语气里几乎带着忧郁：“你知道什么是转折吗？”他说道，“是某个人最终消失无痕。变成一股升腾的热气。我很好奇，想知道那会是谁——男人还是女人，阿尔法还是埃普斯隆……”他长叹一声，然后以坚定而热情的语气总结道：“不管怎样，有一件事情我们可以肯定：无论他是谁，当他活着的时候他很开心。现在每个人都很开心。”

“是的，现在每个人都很开心。”莱妮娜跟着说了一遍。这句话他们俩每天晚上要重复听一百五十遍，一直听了十二年。

他们将飞机停在位于威斯敏斯特亨利住的那座有四十层楼高的公寓大楼的屋顶，然后直接下楼去了餐厅，和喧哗快乐的同伴们一起美美地吃了顿饭。喝咖啡的时候他们吃了苏摩，莱妮娜吃了两片半克的药片，亨利吃了三片。九点二十分的时候，他们走过大街，去那间新装修的威斯敏斯特大教堂看卡巴莱表演。夜空中几乎没有一片云彩，也没有月亮，但星光灿烂。幸运的是，莱妮娜和亨利并没有察觉到这件令人不快的事情。空中的各式灯光招牌有效地隔绝了外边的漆黑。“加尔文·斯托普斯和他的十六位萨克斯风手”。新装修的大教堂的正面闪烁着巨大的字母，诱人地写着：“伦敦最美妙的香薰与彩色屏幕，最新的合成音乐，应有尽有。”

他们进去了。里面的空气弥漫着龙涎香和檀香的味道，有点闷热。在大厅的穹顶，彩色屏幕正放映着一幅热带日落的图画。那十六位萨克斯风手正在演奏一首大家都喜欢听的老歌：“你是我的可爱的小瓶儿，世上没有哪一个瓶儿能够比得上。”四百对舞伴正在光亮的地板上跳着五步舞。很快莱妮娜和亨利成为了第四百零一对。萨克斯风哀怨地吹奏着，就像是猫咪在月亮下叫春，女低音与男高音在呻吟，似乎快死掉了一样。伴随着丰富的和声，他们带着颤音的合唱逐渐接近高潮，越来越高亢响亮。最后，指挥家将手一扬，开始演奏最后一段支离破碎的飘渺的乐章，将十六个只是凡人的萨克斯风手撤掉，先是高昂的A大调，然后，在一片寂静和漆黑中，是一段逐渐转弱的通透的乐章，从四分音符下沉到气若游丝却又不断气的弦乐演奏（而那个五四节拍仍在乐声下脉动），让漆黑中的每一秒钟都充满了紧张的期待。最后，期待得到了满足。朝阳骤然绽放光芒，与此同时，那十六位合成萨克斯风手开始演奏。

我的小瓶儿，我要的就是你！
我的小瓶儿，为什么我非得出瓶来？
在你怀中天空总是蔚蓝，永远云清气爽。
你是我的可爱的小瓶儿，世上没有哪一个瓶儿能够比得上。

莱妮娜和亨利与另外四百对舞伴绕着威斯敏斯特大教堂跳着五步舞，仿佛置身于另一个世界——色彩丰富的温馨友好的苏摩节的世界。每个人都是那么善良、好看和令人愉悦！“我的小瓶儿，我要的就是你……”莱妮娜和亨利得偿所愿——此时此刻他们就置身于瓶中——安全地置身于风和日丽的终年蔚蓝的天空下。然后，那十六位萨克斯风手停止了演奏，合成音乐设备正在播放最新的舒缓的马尔萨斯蓝调音乐，他们就像多胞胎的胎儿，在替代血液的汪洋浪潮中轻柔地摇摆着。

“晚安，亲爱的朋友们。晚安，亲爱的朋友们。”高音喇叭以温柔、亲切而悦耳的声音下达了命令。“晚安，亲爱的朋友们……”

莱妮娜和亨利与其他人一样乖乖地听从命令，离开了大教堂。令人不快的繁星已经在天空中走过了一段距离。虽然隔开夜空的灯光招牌现在已经熄灭了大半，但这两个年轻人仍然很快乐，对夜色没有察觉。

在节目结束前半个小时他们吃了苏摩，现在药力在现实和他们的意识之间筑起了一道无法逾越的高墙。他们置身于瓶中，穿过街道；他们置身于瓶中，搭电梯来到亨利位于二十八楼的公寓。但是，虽然她仍然置身于瓶中，虽然第二克苏摩起作用了，但莱妮娜并没有忘记进行所有规定的避孕措施。多年高强度的睡眠教育，和从十二岁到十七岁每周三次的马尔萨斯避孕训练，使得这些预防措施几乎就像眨眼睛一样自然而且不可避免。

“噢，我想起来了，”从浴室里回来时莱妮娜说道，“芬妮 · 克劳恩想知道你送给我的漂亮的绿色仿摩洛哥皮革挎带是从哪儿弄到的。”

二

每隔一周的星期四是伯纳德的团结仪式日。在阿佛洛狄宫（赫姆霍兹前不久根据第二法令被选入）一早吃过晚饭后，他与朋友们道别，在屋顶叫了一辆的士，吩咐司机飞到福特之子合唱歌厅。飞机升到几百米的空中，然后朝东边飞去，在转向的时候，巍峨壮丽的歌厅出现在伯纳德的眼前。那是一座足有三百二十米高的灯火通明的白色仿卡拉拉大理石建筑，在路德门山的山顶闪烁着雪一般的光芒。四个角落都有停放直升飞机的平台，一个巨大的 T 字在夜空中闪烁着暗红色的光芒，从二十四根金色的大喇叭口中传出庄严的合成音乐。

“该死的，我迟到了。”伯纳德一眼望见歌厅那口亨利大钟，自言自语道，“该死的，我迟到了。”果不其然，就在他付车费的时候，亨利大钟敲响了四点钟。“吾主福特，”所有的金色喇叭奏响澎湃的低音，“福特、福特、福特、福特……”一连唱了九次。伯纳德朝电梯跑去。

进行福特节庆典和其他集体合唱节目的大礼堂位于大楼的底部。在它的上方，每层楼有一百个房间，共有七千个房间供团结小组进行每两周一次的仪式。伯纳德来到第三十三楼，匆忙沿着走廊来到三二一〇室，在外面犹豫了一下，然后弓起身子，打开房门走了进去。

感谢吾主福特！他不是最后到场的人。圆桌旁边的十二张椅子还有三张仍虚位以待。他以最低调的姿态溜到最近的一张椅子，准备好等那些比他还迟的人一到就朝他们皱眉头摆脸色。

他左边那个女孩转身问他："今天下午你在玩什么？障碍高尔夫球还是电磁高尔夫球？"

伯纳德看着她（吾主福特啊！她是莫甘娜·罗斯柴尔德）。他脸红了，羞赧地承认他两样都没玩。莫甘娜惊讶地盯着他。两人尴尬地沉默着。

然后她断然转过脸去，与左边另一个更喜欢运动的男士聊天。

"对于团结仪式来说，真是一个好的开始。"伯纳德悲哀地想着，意识到自己将会再一次无法获得救赎。要是他刚才能给自己一点时间四周观察一下而不是匆忙奔向最近的椅子就好了！他原本可以坐在菲菲·布拉德拉弗和乔安娜·迪塞尔的中间，而他却像一只没头苍蝇那样坐在了莫甘娜的身边。莫甘娜！吾主福特啊！她那两条黑漆漆的眉毛——那两条眉毛，在鼻梁上蹙到了一块儿。吾主福特啊！他的右边是克拉拉·迪特丁。确实，克拉拉的眉毛没有蹙到一块儿，但她实在是太丰满了。而菲菲和乔安娜就很正点：身材丰满，一头金发，体格不至于太庞大……可那个蠢货汤姆·卡瓦古奇现在就坐在了她们中间。

到得最迟的人是莎萝吉尼·恩格斯。

"你迟到了。"这群人的主席严肃地说道，"下不为例。"

莎萝吉尼道了歉，溜到吉姆·波卡诺夫斯基和赫伯特·巴枯宁之间的座位上。现在人到齐了，团结仪式的圈子成为了一个完整无缺的圆形，以一男一女的排列围坐在桌旁。他们十二个人准备好了融为一体，失去自己的个体性，成为一个更伟大的个体。

主席站起身，比出T字的手势，然后打开合成音乐，播放柔和的无休止的鼓点声和管弦乐的和声，不停地重复着第一首团结赞美诗那简短而无法逃避的旋律，演奏了一遍又一遍——不是耳朵在聆听脉动一般的韵律，而是横膈膜在感受；那些反反复复的婉转嘹亮的和声迷惑的不是意识，而是充满向往的热情。

主席又比了个T字手势，然后坐了下来。仪式开始了。一盒精致的苏摩药片被摆放在桌子的中心处。盛着草莓冰淇淋苏摩的友爱之杯从一只手传递到另一只手中，并念出那句规定的话："我喝下苏摩，消灭我自己。"十二个人都一饮而尽。接着，在合成交响乐的伴奏下，他们唱起了第一首团结赞美诗。

福特，我们是十二个人，
噢，请让我们融为一体，
就像融入社会之河的水滴；
噢，让我们现在一起奔跑，
就像您那闪闪发亮的轿车一样迅捷。

这段充满向往的歌词唱了十二遍。接着友爱之杯被传递了第二遍。"为更伟大的个体干杯"是时下最流行的祝词。所有人都喝了下去。音乐不停地播放着。鼓声响起，和声的呐喊和碰撞令融化了的心灵陷入痴迷。他们唱起了第二首团结赞美诗。

来临吧，伟大的个体，社会之友，
将合而为一的十二个人统统消灭！
我们渴望死亡，因为当我们死去时，
我们更伟大的生命将会开始。

又唱了十二遍。到了这个时候，苏摩开始起作用了。他们眼神迷离，两颊绯红，每一张脸都在快乐而友好地微笑着，绽放着内心的普世仁慈之光。就连伯纳德也觉得自己似乎稍稍融化了。当莫甘娜·罗斯柴尔德转身朝他微笑时，他尽自己的最大努力同样报以微笑。但那两条眉毛，那两条连成一体的黑漆漆的眉毛，哎呀，但它们仍在脸上，无论他如何努力，他都无法做到视而不见。融合还没有彻底实现。要是他坐在菲菲和乔安娜的中间就好了……友爱之杯被传递了第三遍。“我为他的降临而畅饮。”莫甘娜·罗斯柴尔德说道，碰巧轮到她发起圆桌仪式。她兴高采烈地说道。她吃了一口，将杯子递给了伯纳德。“我为他的降临而畅饮。”他重复了一遍，努力地尝试体验他的到来，但那双眉毛一直让他觉得很别扭，而且他离达到高潮还远着呢，真是太糟糕了。他吃了一口，把杯子递给了克拉拉·迪特丁。“又要失败了。”他对自己说道，“我就知道会失败的。”但他继续努力保持微笑。

友爱之杯又被传递了一圈。主席举手做了一个手势，合唱转入了第三首团结赞美诗。

感受伟大个体的来临！
快乐着，在快乐中死去！
在鼓点的音乐声中融化！
因为我就是你，而你就是我。

随着一段段赞美诗的重复，歌声变得越来越兴奋。伟大个体的降临那种迫切的感觉就像是空气中的电压。主席关掉了音乐，唱完最后一段歌词后，陷入了绝对的沉默——是紧绷的期待下的寂静，带着电流般的生命力在颤抖着蠕动着。主席伸出手，突然间，一个低沉雄壮的声音，比人的声音更加悦耳、丰富、温暖，更加充满爱意地震颤，令人向往和怜悯，一个神秘的动听的不可思议的声音在他们头顶开口说话了，缓缓地说道：“噢，福特，福特，福特。”声音越来越低沉，渐渐减弱。一股温暖的感觉令人战栗地从听众的太阳穴扩散蔓延到身体的每一个部位。他们热泪盈眶，心潮澎湃，似乎获得了独立的生命。“福特！”他们正在融化，“吾主福特！”融化了，融化了。然后，另一个声音骤然响起。“听啊！”那个声音就像小号一样嘹亮。“听啊！”他们倾听着。过了一会儿，降为呓语声，但那比最高亢的尖叫更有穿透力。“是伟大个体的脚步声。”它重复着下面这句话，“是伟大个体的脚步声。”那个声音几乎消失了。“伟大个体来到了楼梯上。”再一次，房间里陷入了沉默。暂时松弛下来的期盼再次绷紧，越来越紧，似乎到了撕裂的临界点。伟大个体的脚步声——噢，他们听见了，他们听见了，正轻轻地走下楼梯，越来越近，从看不见的楼梯走下来。伟大个体的脚步声。突然间，临界点到了。莫甘娜·罗斯柴尔德大睁着眼睛，双唇张开着，一下子跳了起来。

“我听见他了，”她叫嚷着，“我听见他了。”

莎萝吉尼·恩格斯叫嚷着，“他来了。”

“是的，他来了，我听见他了。”菲菲·布拉德拉弗和汤姆·川口同时跳了起来。

“噢，噢，噢！”乔安娜含糊地响应着。

“他来了！”吉姆·波卡诺夫斯基也叫嚷着。

主席前倾着身子，轻轻一碰，开始播放一段铜铙、喇叭、手鼓的骇人而狂热的演奏。

“噢，他来了！”克拉拉·迪特丁叫嚷着。“啊！”似乎她正被割喉。

伯纳德觉得自己在这个时候得做点什么，他也跳起来叫嚷道：“我听到他了，他来了。”但这并不是真的。他什么也没有听到，而且他觉得没有人正要来——除了音乐和逐渐增强的兴奋之外什么都没有听到。他和他们那些最疯狂的人一起叫嚷着。别人开始扭腰、跺脚、摇摆，他也跟着扭腰、跺脚、摇摆。

他们围成一圈，跳起了舞，每个人的双手放在前面跳舞的人的屁股上，转了一圈又一圈，异口同声地叫嚷着，伴随音乐的节拍跺着脚，拍打着前面那个人的屁股，十二双手就像一双手那样拍打着，十二个屁股就像一个屁股那样发出被拍打的回响。十二人合为一体，十二人合为一体。“我听到了，我听到他正走来。”音乐加快了，鼓点声越来越快，越来越快，那些手拍着屁股的节奏也越来越快，越来越快。突然一个美妙的合成男低音宣布即将到来的救赎和团结的最终圆满，十二个人合一的到来，成为伟大个体的化身。“狂欢之礼，”他高唱着，手鼓继续敲打着热烈的鼓点：

狂欢之礼，福特与欢乐，
亲吻女孩子，和她们结合为一体。
男孩子和女孩子合一得安宁，
狂欢之礼让我们获得释放。

“狂欢之礼，”这群跳着舞的人跟着唱起了朝拜的赞美诗，“狂欢之礼，福特与欢乐，亲吻女孩子……”他们唱着歌的时候，灯光开始慢慢地暗下来——与此同时，变得更加暖和、丰富，更加红通通的，直到最后，他们就在像胚胎仓库那样的深红色的昏暗中跳舞。“狂欢之礼……”在血色的胚胎里般的黑暗中，他们继续踩着不停歇的节拍绕着圈跳舞。“狂欢之礼……”然后，圆圈变形了，溃散了，瓦解了，瘫倒在周围一圈圈的沙发上、桌子上和周边的椅子上。“狂欢之礼……”那个低沉的声音温柔地低吟着，在昏暗的红色灯光中，似乎有一只巨大的黑鸽仁慈地在或躺或趴的舞者头顶上盘旋。

他们正站在屋顶，亨利大钟刚刚敲过了十一点钟。夜色平静而温暖。

“太美妙了，不是吗？”菲菲·布拉德拉弗说道，“真是太精彩了，不是吗？”她看着伯纳德，表情很喜悦，却是没有流露出激动或兴奋的迹象的喜悦——因为兴奋表示尚未满足。她的表情是平静的喜悦，获得满足与平和的喜欢，不是空虚的填塞，而是生命获得平衡、能量得到均衡的平和，丰盈而富有生机的平和。因为团结仪式既有给予也有索取，将人掏空，目的是将进行填充。她获得了满足，获得了完美，她不再只是她自己。“难道你不觉得它很美妙吗？”

她坚持问道，凝视着伯纳德的脸庞，她的眼睛闪烁着异样的光芒。

“是的，我觉得非常美妙。”他撒了个谎，看着别处。看到她那张变形的面孔就像遭到谴责，让他想起自己的隔阂。现在的他就像仪式刚刚开始的时候一样可怜孤独——更加孤立，因为他那死气沉沉的空虚并未得到填补。其他人都与伟大个体结合了，而他仍孤身一人，没有得到救赎，即使被莫甘娜拥抱时也是孤独的——事实上，更加孤独，更加绝望，就像这辈子一样茕茕孑立。他从深红色的昏暗中走了出来，来到灯光下，因为内心的极度苦恼而带着强烈的自我意识。他实在是太可悲了，或许（她那双闪闪发亮的眼睛在责备他），或许这是他自己的错。“太美妙了。”他重复了一遍，但他想到的只是莫甘娜的眉毛。

第六章

一

怪人，怪人，怪人，这就是莱妮娜对伯纳德·马克斯的评价。事实上，他确实很古怪，接下来的几个星期里她不止一次犹豫着要不要改变主意，不去新墨西哥度假，而是和本尼托·胡佛去北极。问题是，她去年夏天刚和乔治·埃德泽尔去过北极，而且觉得那里很荒凉，什么都没得玩，酒店很落后——房间里没有电视，没有香薰设备，只有顶讨厌的合成音乐，两百多个客人只能玩不到二十五个自动扶梯壁球场。不要，她决定不会再去北极了。而且美国她只去过一回。而且那一回根本不够尽兴！就只是在纽约度过一个廉价的周末，是和让-雅克·哈比卜拉还是波卡诺夫斯基·琼斯一起去的？她不记得了。这又不是什么大不了的事情。想到飞去西域，待上一个星期，真的很令人向往。而且那个星期至少有三天他们会待在野人保留区里。整个中心只有五六个人曾去过野人保留区。作为一名优等阿尔法心理学家，伯纳德是她认识的人中少数几个能搞定通行证的人。对莱妮娜来说，这可是难得的机会。但伯纳德也是一个难得一见的怪人，让她觉得很犹豫，不知道要不要把握这个机会，甚至真的想过要和风趣的本尼托再去一回北极。至少本尼托是个正常人，而伯纳德……

“替代血液里掺了酒精”，这是芬妮对每一种古怪的言行举止的解释。但是，有一天晚上她和亨利在床上热切地讨论她的新爱人，亨利将可怜的伯纳德比喻为一头犀牛。

“你不能教会犀牛玩杂耍，”他以简洁而生动的方式解释道，“有些人根本就是犀牛，没办法根据条件作出适当的反应。可怜的家伙！伯纳德就是其中之一。幸运的是，他工作干得还不赖，不然的话主任可不会留他。”他安慰性地补充了一句：“不过我觉得他与人无害。”

与人无害，或许吧，但也很不令人放心。首先，他很喜欢独自行动，这实际上意味着无所事事，因为一个人孤零零的时候有什么事情好做呢？（当然，睡觉除外，但一个人不能老在睡觉。）是的，有什么事情好做呢？基本上没什么事情了。他们一起出去的第一个下午过得很开心。莱妮娜建议去托基的乡村俱乐部游泳，然后去牛津学社吃饭。但伯纳德觉得人太多了。那么去圣安德鲁的电磁高尔夫球场转转呢？也不行。伯纳德觉得去打电磁高尔夫球很浪费时间。

“那时间是干吗用的？”莱妮娜惊讶地问道。

显然，去湖区散散步，这就是他的提议，登上斯基多的山顶，然后在石楠花丛里散步几个小时。“和你单独相处，莱妮娜。”

“但是，伯纳德，我们整晚都可以单独相处。”

伯纳德脸红了，看着别处，嗫嚅着说道：“我是说，单独聊天。”

“聊天？说什么呢？”散步和聊天——这似乎是很古怪的消遣下午的方式。

最后她说服了他，但他很不情愿。两人飞到阿姆斯特丹观看重量级摔跤锦标赛女子半决赛。

“又是一群人在一起，”他嘟囔着，“总是这样。”整个下午他一直闷闷不乐，没有和莱妮娜的朋友聊天（他们在摔跤比赛的间隙在冰淇淋苏摩吧遇到了十几个朋友）。他心情不好，所以她给他端来一杯加了半克苏摩的红莓圣代，但他断然拒绝了。“我宁愿做自己，”他说道，“做卑微的自己，也不愿做别人，无论那会多么快乐。”

“一克及时省九克。”莱妮娜说出了一句在睡梦中学到的金玉良言。

伯纳德不耐烦地推开递给他的那杯圣代。

“现在可别发脾气。”她说道，“记得哦，一克苏摩解千愁。”

“噢，看在吾主福特的分上，别说了！”他吼了一句。

莱妮娜耸了耸肩，“吃苏摩好过受折磨。”她严肃地说道，自己喝了那杯圣代。

回去的路上飞越海峡时，伯纳德固执地要停下推进器，让直升飞机在波涛上方的一百英尺处盘旋。天气变糟了，刮起了西南风，天空中乌云密布。

“看哪。”他提出要求。

“太吓人了。”莱妮娜说道，从窗户边上缩了开去。即将到来的空虚的夜晚、下方黑漆漆的起伏不定的泡沫飞溅的海水和苍白的月亮，在飞速移动的云朵映衬下，显得如此萧瑟惆怅，让她觉得很害怕。“我们打开收音机吧，快点！”她伸手摸到仪表盘上的旋钮，随便选了个电台。

“……你的胸怀是一片蓝天，”十六个假声唱法的歌手正在唱着，“永远……”然后顿了一下，静了下来。伯纳德将电台关掉了。

“我想静静地看海。”他说道，“吵吵闹闹的根本看不了。”

“但电台很好听啊，我不想看海。”

“但我想看海。”他固执地说道，“它让我觉得似乎……”他犹豫着，想找出合适的字眼表达自己的感受，“似乎我更像是我，如果你明白我想表达什么的话。更加独立，而不是完全属于某样东西的一部分。不只是社会的一分子。难道你没有这种感觉吗，莱妮娜？”

但莱妮娜哭了，“太可怕了，太可怕了。”她不停地重复着，“你怎么能说出这些话？不想成为社会的一分子？说到底，人人为我，我为人人。我们不能离开任何人，就连埃普斯隆们……”

“是的，我知道。”伯纳德语带讥讽地说道，“就连埃普斯隆们也都有用途！我也是！我真他妈的希望自己一无用处！”

莱妮娜被他这番离经叛道的话吓坏了。“伯纳德！”她惊讶而难过地抗议道，“你怎么能说出这种话？”

他换了个语气，若有所思地念叨着：“我怎么能说出这种话？不，真正的问题是：我怎么不能说出这种话呢？更确切地说——因为，说到底，我很清楚为什么我不能说出这种话——如果我能说出这种话，如果我是自由的，而不是被我的培育所奴役的话，会是什么样子呢？”

“伯纳德，你说的这些话太吓人了。”

“难道你不想获得自由吗，莱妮娜？”

“我不知道你在说什么。我很自由。自由自在地享受着最美好的时光。现在每个人都很幸福。”

他大笑起来。“是的，现在每个人都很幸福。我们对孩子从五岁就开始灌输这些。但是，难道你不希望以另外一种方式享受自由和快乐吗，莱妮娜？比方说，以你自己的方式，而不是其他人的方式。”

“我不知道你在说什么。”她重复了一遍。然后转过身背对着他，“噢，我们回去吧，伯纳德。”她央求道，“我真的不喜欢待在这里。”

“难道你不喜欢和我在一起吗？”

“当然喜欢，伯纳德。但这个地方太可怕了。”

“我觉得我们应该更……在这里更加紧密——什么都没有，只有这片大海和这轮明月。比和那群人在一起的时候更加紧密，甚至比在我的房间里的时候更加紧密。难道你不明白吗？”

她断然说道：“我不明白。我什么都不明白。”她决定不再纠结下去，而是换了个口气问道：“当你有了这些可怕的念头时，为什么你不吃点苏摩呢？你会统统都忘掉的。你不会感到悲伤，你将会变得快乐，非常快乐。”她微笑着重复着，尽管她的眼睛里充满了疑惑和焦虑，但她仍希望能以撩人的甜言蜜语打动他。

他默默地看着她，脸上没有表情，死死地盯着她看。过了几秒钟，莱妮娜的眼睛移开了，尴尬地笑了一下，试着想说点什么，却又说不出来。沉默一直持续着。

伯纳德终于开口了，声音很轻，显得很疲惫。“那好吧，我们回去吧。”他重重地踩着加速器，让直升飞机冲上天空。到了四千尺的高空处他启动了推进器。两人静静地飞了一两分钟，然后，突然间，伯纳德开始大笑起来。莱妮娜心想：真是个怪人，但不管怎样，那起码是笑声。

“感觉好点了吗？”她试探着问道。

他从控制杆上抬起一只手，然后搂着她，开始抚摸她的胸脯，以此作为回答。

“感谢吾主福特。”她对自己说道，“他又恢复正常了。”

半个小时后他们回到了他的房间。伯纳德一口吞下了四片苏摩，打开收音机和电视机，开始脱衣服。

第二天下午他们在屋顶见面时莱妮娜淘气地问道：“怎么样，你觉得昨天好玩吗？”

伯纳德点了点头。两人登上飞机。颠簸了一下之后，飞机起飞了。

莱妮娜拍着自己的大腿，若有所思地说道：“每个人都说我特别丰满。”

“太糟糕了。”伯纳德的眼睛流露出痛苦的神情。“就像一坨肉。”他在心里想着。

她忧郁地抬头看着他，“你不会觉得我太丰满了吧？”

他摇了摇头。简直就是一坨肉。

“你觉得我很好吗？方方面面都很好吗？”

他又点了点头。

“好得很。”他大声地说道。然后心里想的是：“这就是她对自己的想法。她并不介意当一坨肉。”

莱妮娜得意地微笑着，但她得意得太早了。

“不管怎样，”稍作停顿后他继续说道，“我还是希望能够以不一样的方式结束。”

“不一样的方式？还有别的结束方式吗？”

“我不希望我们以上床作为结束。”他的回答很具体。

莱妮娜惊呆了。

“不是立刻就上床。不是在第一天就上床。”

“那该怎么办……”

他开始说一大堆危险的无稽之谈。莱妮娜竭力不去听他在说什么，但她时不时还是能够听到只言片语，“……尝试一下压抑我的冲动会是什么结果。”她听到他这么说。这番话似乎触动了她。

“今朝及时须行乐，莫待明日空蹉跎。”她严肃地说道。

“从十四岁到十六岁半，每周两次，重复两百遍。”这就是他的评论。疯狂的胡言乱语一直说个不停。“我想知道什么是激情。”她听到他在说，“我想要体验某种强烈的东西。”

“当个体感知时，集体就会动摇。”莱妮娜断然说道。

“嗯，为什么就不能让它稍微动摇呢？”

“伯纳德！”

但伯纳德仍然很淡定。

“工作时像成年人一样理智，”他继续说道，“然后像婴儿一样纵欲。”

“我们的主福特可喜欢婴儿了。”

伯纳德没有理会被打断，继续说道：“有一天我突然想到，或许有可能一直当一个成年人。”

“我不明白。”莱妮娜的语气很坚定。

“我知道你不明白。这就是为什么我们昨天像婴儿一样上了床，而不是像成年人那样等待。”

“但那很开心，不是吗？”莱妮娜坚持说道。

他回答道：“噢，那是最美妙的快乐。”但声音是如此悲伤，而且表情非常痛苦。莱妮娜突然觉得她的得意顿时烟消云散。或许他还是觉得她太丰满了。

“我告诉过你的。”当莱妮娜过来找她倾诉时，芬妮就只会说，“他的替代血液里被掺了酒精。”

莱妮娜固执地说道："但我仍然喜欢他。他的双手很好看。还有他端起肩膀的样子——太迷人了。"她叹了口气，"但我希望他不是那么古怪。"

二

伯纳德在主任的房间门口停了一会儿，深深地吸了口气，端平自己的肩膀，准备好迎接他很肯定会面对的厌恶与不满。他敲了敲门，然后走进房间。

他尽量以轻松的口吻说道："有份通行证请您签字，主任。"将那份文件放在书桌上。

主任乖戾地看着他。世界主宰者办公室的印章就盖在文件的抬头处，底下还有穆斯塔法·蒙德的签名，又黑又粗。一切都办得很妥当。主任没得选择。他用铅笔签了自己的名字缩写——两个小而苍白的字母，贴在穆斯塔法·蒙德的签名的脚下——正准备不置一言或亲切地说"愿我们的主福特保佑你"就把文件退回去时，他看到通行证的正文写了什么。

"去新墨西哥的野人保留区？"他问道，他的语气和他抬头看着伯纳德时的表情显得很激动吃惊。

伯纳德没想到他会这么吃惊，点了点头，一言不发。

主任靠在椅子上，皱着眉头。"那是多久之前的事情了？"这番话更像是对自己而不是对伯纳德说的。"我想有二十多年了，快二十五年了。那时候我和你差不多年纪……"他叹了口气，摇了摇头。

伯纳德觉得很不自在。像主任这么一位传统严谨的人——居然会如此失态！他想要掩面夺门而出。不是因为亲耳听到别人讲述任何久远的过去这件事在本质上令人反感，那是他已经彻底杜绝了的（他以为是这样）睡眠教育灌输的偏见之一，而是因为他觉得难堪，他知道主任并不赞成——不赞成，但又违心做了不想做的事情。是出于什么内在的压力呢？尽管心里很别扭，伯纳德仍专注地倾听着。

“那时候我和你的想法一样。”主任说道，“想去看一看那些野人。获得了去新墨西哥的通行证，然后在暑假的时候去了那里。和当时的女朋友一起去的。她是个次等贝塔，我想，”（他合上了眼睛。）“我想她长着一头黄发。我记得她很丰满，特别丰满。我们去了那里，看了野人，然后骑着马到处逛。然后——那是我的假期最后一天——然后……她失踪了。我们骑马上了那些令人讨厌的山的其中一座，那天很闷热，吃完午饭我们去睡觉。或者说，我睡着了，而她应该去散步了，独自一人。反正当我一觉醒来时她不在身边。然后我见过的最可怕的暴风雨朝我们袭来。大雨倾盆，电闪雷鸣，几匹马挣脱缰绳都跑掉了。我摔下了马，想要去追它们，却弄伤了膝盖，几乎没办法走路。但我还是一边叫一边找，一边叫一边找。但是没有她的踪迹。然后我想她应该是自己回招待所去了。于是我顺着来时的路爬下山谷。我的膝盖疼得要命，而且我的苏摩丢了。这段路花了我几个小时，直到半夜过后我才回到招待所。她不在那里。她不在那里。”主任重复着，然后沉默下来，最后又开口说道：“第二天我们展开了搜寻，但找不到她。她一定是掉进了某处的岩壑，或被一头山狮吃掉了。只有吾主福特知道。这件事情太可怕了。当时我很难过，非常难过，我得说，我本不应该这么难过的，因为，说到底，像这样的事故可能会发生在任何人身上。当然，但社会主体会一直长存，虽然它的个体一分子或许会发生改变。但这个睡眠教育的思想安慰似乎不是特别奏效。”他摇了摇头，“有时候我还会梦见这件事。”主任继续低声说道：“梦见被雷声惊醒，发现她不见了。梦见在树底下搜寻着她。”他陷入了沉默的缅怀中。

“您一定吓得不轻。”伯纳德的语气几乎带着羡慕。

他的回答让主任内疚地意识到自己是在办公室里，他扫了一眼伯纳德，然后把眼睛移开，脸涨得通红，然后突然狐疑地看着他，气愤地捍卫自己的尊严，“不要以为我和那个女孩有什么不正当的关系。我们没有感情，没有长久的感情。那是非常健康正常的关系。”他把通行证递给伯纳德。“我真的不知道为什么我会说起这桩不值一提的陈年旧事来烦你。”他对自己透露了一个不体面的秘密感到很恼火，把气撒到伯纳德身上。现在他的眼神流露着赤裸裸的恶意。“马克斯先生，我想利用这个机会告诉你，我对收到的关于你在工作时间之外的行为报告感到很不满意。你或许会说这不关我的事。但我必须为中心的名誉着想。我的员工必须不受人非议猜疑，特别是那些身份最高贵的人。阿尔法所受的培育使得他们在情感行为上不一定非得像婴儿一样，但是，正因为如此，他们更应该特别努力服从规范。他们的责任就是保有赤子情怀，即使这有违他们的天性。因此，马克斯先生，我严肃地警告你，”主任的声音现在变得正义凛然，不带任何私人情感，激于愤慨而颤抖着——他是在代表社会表示不满。“如果我再听到任何关于你背离赤子情怀的行为失检，我就会把你调到一间分所——可能会是冰岛。再见。”他将椅子一转，拿起钢笔开始写字。

“这番话会给他个教训。”他自言自语道。但他想错了。因为伯纳德大摇大摆地离开了房间，砰的一声关上了门，兴高采烈地幻想着自己孤身一人对抗秩序，想到自己是那么重要和突出而感到心醉神迷。就连遭受迫害这个想法也没有让他觉得不开心，让他觉得很振作而不是消沉。他觉得自己很坚强，能面对并克服一切苦难，就连去冰岛也觉得没什么大不了的。因为现在他并不相信自己面临什么危险，因此更是信心爆棚。没有人会因为这种事情而被调走。冰岛只是一个威胁，最刺激和令人振奋的威胁。走在过道里的时候，他居然吹起了口哨。

当天晚上，他讲述了他与主任见面时的英勇表现。他总结道：“于是，我坦率地告诉他滚到历史的无底洞去吧，然后大步走出了房间。事情就是这样。”他热切地看着赫姆霍兹 · 华生，等候着他应得的同情、鼓励和钦佩。但赫姆霍兹什么也没说，静静地坐着，盯着地板。

他喜欢伯纳德，而且因为伯纳德是他认识的人中唯一可以谈论他觉得很重要的话题的人，对此心怀感激。但是，伯纳德身上有一些地方让他觉得很讨厌。比方说，这一番吹嘘，还有不时会爆发的可怜兮兮的自怜自伤，还有他总是在事后才故作英勇的卑劣习惯，毫无镇定自若的气度。他讨厌这些——因为他喜欢伯纳德。时间一秒秒地过去，赫姆霍兹继续盯着地板。伯纳德突然面红耳赤，转过脸去。

三

这趟行程很平静。蓝色太平洋火箭在新奥尔良提早了两分半钟发射，在得克萨斯州遇到了龙卷风耽误了四分钟，但在西经九十五度处飞进了顺风的气流，比规定时间晚了不到四十秒就在圣达菲着陆。

“六个半小时的飞行迟了四十秒，还不算太糟糕。”莱妮娜大度地说道。

当晚他们在圣达菲就寝。酒店很不错——比起去年夏天让莱妮娜吃尽苦头的奥罗拉·波拉酒店要好得多得多。每个房间都摆放了液态空气、电视机、真空震动按摩器、收音机、热乎乎的咖啡因饮品、最新的避孕药和八种不同气味的香薰。他们走进大堂时听到合成音乐机正播放着音乐，就觉得别无所求。电梯里的一则告示让他们了解到酒店里有六十个自动电梯壁球场，而且公园里既可以打障碍高尔夫球也可以打电磁高尔夫球。

“听起来太美妙了。”莱妮娜嚷嚷着，“我好想待在这儿。六十个自动电梯壁球场呢……”

“保留区里可没有壁球场。”伯纳德给她打预防针，“而且没有香薰，没有电视，甚至没有热水。如果你觉得没办法忍受，那就待在这里等我回来吧。”

莱妮娜心里很不舒服，“我当然受得了。我只是说这里很美妙，因为……嗯，因为进步是美妙的，不是吗？”

“从十三岁到十七岁，每周一次，重复五百遍。”伯纳德倦怠地说道，似乎在自言自语。

“你说什么来着？”

“我说进步是美妙的。这就是为什么你不能来保留区的原因，除非你真的想来。”

“但我真的想来。”

“那好吧。”伯纳德说道，这句话几乎是一个威胁。

他们的通行证得由保留区的区长签名，第二天早上，他们准时来到他的办公室。一个优等埃普斯隆黑人门卫查看了伯纳德的卡片，立刻给他们放行。

区长是一个金发碧眼头颅很短的次等阿尔法，个头瘦小，圆圆的脸庞很红润，肩膀很宽，声音洪亮，张口闭口都是睡眠教育的格言智慧。他是一座不相干的信息的宝库，不用别人问起就会自发地提出好建议。而一旦开了口他就会兴高采烈地说个不停。

“……五十六万平方公里，分为四个独立的保留区，每一个都有高压电线围栏。”这时，不知道是因为什么，伯纳德突然想起他的浴室里的古龙香水旋钮忘了关，一直敞开着流个不停。

“……由大峡谷水电厂供电。”

“等我回去的时候得花一大笔钱啊。”伯纳德在脑海里似乎看到香薰刻度的指针就像蚂蚁一样不知疲倦地一圈又一圈地缓缓地转动着。“得赶快给赫姆霍兹·华生打电话。”

“……五千多公里长的围栏，通了六万伏的电流。”

“您不是说真的吧！”莱妮娜礼貌地说道，其实她根本不知道区长说了些什么，但他那戏剧性的停顿让她有所察觉。当区长开始滔滔不绝地讲述时，她偷偷地吃了半克苏摩，结果就是，现在她能安安静静地坐着倾听，什么也不去想，蓝色的大眼睛紧盯着区长的脸，显得格外专注。

“碰到围栏就会当场死亡。”区长严肃地说道，“根本不可能从野人保留区里溜掉。”

“溜掉”这个字暗示着什么。伯纳德心想：“或许我们得开溜了。”那根细细的黑色刻度指针正像一只小虫迅速爬行着，随着时间的流逝，正在蚕食他的金钱。

“无路可逃。”区长重复了一遍，招手示意要他在椅子上坐定。通行证还没有签署，因此伯纳德别无选择，只能乖乖听命。“那些在保留区里出生的人——记住，我亲爱的年轻的女士，”他补充道，色眯眯地朝莱妮娜使了个眼色，以猥琐的耳语说道，“记住，在保留区里，还有生孩子这回事，是的，真的是生出来的，太恶心了，似乎……”（他以为说起这么一件羞耻的事情会让莱妮娜脸红，但她只是故作理解地微笑着，然后说道：“您不是说真的吧！”）区长失望地继续说下去：“我再重复一遍，那些生于保留区的人注定会死在这里。”

注定会死在……每分钟就是十分之一升古龙香水，一小时就是六升哪。伯纳德又试探着说：“或许我们应该……”

区长前倾着身子，用食指敲着桌子，“你问我有多少人生活在保留区？我的回答就是……”他得意洋洋地说道，“我的回答就是不知道。我们只能估算。”

“您不是说真的吧！”

“我亲爱的小姐，这就是我的回答。”

六乘以二十四——不对，应该是六乘以三十六。伯纳德脸色苍白，不耐烦地抖着身子。但那番滔滔不绝的话还在继续。

“……大概有六万名印第安人和混血儿……彻头彻尾的野人……我们的巡查员时不时会进行探访……除此之外，与文明世界完全断绝联系……仍然保留着他们令人作呕的习惯和风俗……婚姻，如果你知道那是怎么一回事的话，我亲爱的小姐。家庭……没有经过培育……丑陋的迷信……基督教、图腾崇拜还有祖先崇拜……灭绝的语言，比如说，祖尼语、西班牙语和阿萨巴斯卡语……美洲狮、豪猪和其他脏兮兮的动物……传染病……牧师……有毒的蜥蜴……”

“您不是说真的吧！”

他们终于离开了。伯纳德冲到电话跟前。快点，快点，快点。但他花了将近三分钟的时间才接通了赫姆霍兹·华生的电话。“我们或许已经置身于野人当中了。”他抱怨道。“真他妈的太无能了！”

“来一克苏摩吧。”莱妮娜建议。

他拒绝了，宁可一直生气下去。最后，感谢吾主福特，他打通了。是的，赫姆霍兹接电话了，他对赫姆霍兹解释了事情的缘由，赫姆霍兹答应他立刻过去把香水的开关拧紧，是的，立刻就去，还利用这个机会告诉他昨天晚上主任公开宣布的消息……”

“什么？他在找人代替我的位置？”伯纳德的声音透着愤怒，“也就是说事情已经决定了？他提过冰岛吗？你说他提过？吾主福特啊！冰岛……”他挂上话筒，转身对着莱妮娜。他脸色苍白，一副失魂落魄的神情。

“出什么事了？”她问道。

“出什么事了？”他重重地坐在椅子上。“我要被发配到冰岛了。”

以前他总是会猜想接受重大考验会是什么情况（不吃苏摩，全凭自己的精神世界去支撑），会蒙受一些痛苦，遭受一些迫害，他甚至渴望苦难。就在一个星期前，在主任的办公室，他还幻想过自己英勇地进行抵抗，一言不发地坚强地承受折磨。主任的威胁曾令他感到得意洋洋，让他觉得比真实的自己更加高大。但现在他意识到，那是因为他并没有将威胁放在心上，他曾经不相信真到这个时候主任会采取行动。现在看起来似乎威胁真的就要来临了，伯纳德吓坏了。那想象中的坚韧和幻想中的勇气顿时烟消云散，没有留下一丝痕迹。

他对自己很恼火——真是一个笨蛋——和主任作对——不再给他一个机会，现在他心里非常清楚了，主任一直想找机会整他。冰岛、冰岛……

莱妮娜摇摇头，“过去未来多烦忧，”她引用了一句话，“吃上一克复何求。”

最后她劝说他吃了四片苏摩。五分钟后，历史的根与未来的果都被统统剪除，只有当下的花朵在灿烂绽放。那个门卫过来传话，说奉区长的命令，一个保留区的卫兵开着飞机过来了，正在酒店的天台等候。他们立刻上楼。一个穿着绿色伽玛制服的有八分之一黑人血统的混血儿敬了个礼，开始背诵上午的行程。

先是鸟瞰十来个主要的印第安人村庄，然后在熔岩区的山谷降落吃午饭。那里的招待所很舒服，然后上山去那个印第安人的村庄，那些野人们或许正在庆祝他们的夏祭。那是过夜的最好的地方。

他们在飞机上坐好后就出发了。十分钟后，他们就穿越了将文明与野蛮分隔的边境。围栏延绵不绝，呈一道不可抗拒的直线，在山脉中上下蜿蜒，穿越盐漠或沙漠，横穿森林、深沟纵壑的大峡谷、峭壁、山峰和平顶山，圈出彰显人类意志的得意的几何图案。在它的脚下零星点缀着白骨，一具在黄褐色的地面映衬下还没有腐烂的发黑的尸体，那不知是野鹿、野牛、美洲狮、箭猪、土狼的尸体，还是贪婪的秃鹫被腐肉的气息吸引，却离毁灭性的电线太近，遭到电击而死，仿佛冥冥中自有报应。

“它们从不学习，”那个穿着绿色制服的飞行员指着他们下面那些骨骸道，“也从不吸取教训。”他补充了一句，哈哈大笑，似乎那些被电死的动物也是他个人的丰功伟绩。伯纳德也笑了。吃了两克苏摩后，这个玩笑似乎变得好好笑。笑完之后他们立刻沉沉睡去，在睡梦中飞越了陶斯和特苏基，飞越了纳姆比、皮库里斯和波瓦基，飞越了席亚、科切蒂，飞越了拉古纳、阿科马和神秘的平顶山，飞越了祖尼、奇波拉和奥霍·卡连特，醒来时发现飞机已经着陆。莱妮娜把行李箱搬进一间小平房里，那个穿着绿色伽玛制服的混血儿正和一个年轻的印第安人说着听不懂的话。

“这里就是熔岩区的招待所，”伯纳德走出来时，那个飞行员解释道，“今天下午在村子里有跳舞节目。他会带你们去。”他指着那个脸色阴沉的年轻野人。“我想会很有趣的。”他咧嘴一笑，“他们做的每件事都很有趣。”说完他登上飞机，启动了引擎。“明天就回去。记住，”他安慰莱妮娜，“野人们都很温顺，不会伤害您的。他们已经尝够了毒气弹的滋味，知道自己绝对不能玩任何把戏。”他仍然哈哈大笑，启动了直升飞机，加速，飞走了。

第七章

那座平顶山就像一艘搁浅在黄沙之峡的船只。峡谷在险峻的崖壁之间蜿蜒，在倾斜的岩壁之间，贯穿着一条绿带——那是河流和它的原野。在峡谷的中央，那艘石船的船首，有一块几何形状完整的光秃秃的岩石，似乎是它的一部分，那里就是熔岩区的所在。高耸的岩石层层叠叠，越高的层面积越小，就像被锯开的金字塔，直指蓝色的天空。在它们的脚下错落分布着几座低矮的房屋，墙壁纵横交错，悬崖的三面陡峭地在平原上直耸而起。几道烟柱在无风的空中垂直升腾，然后消逝无痕。

“真古怪，”莱妮娜说道，“真是太古怪了。”这是她埋怨时常说的话。

“我不喜欢这里，我不喜欢那个男的。”她指着那个被指派带他们到村子里的印第安向导。显然，她的这种感觉得到了回应，那个人走在他们前面，背影敌意很深，态度阴沉而轻蔑。

她压低了声音，“而且他臭死了。”

伯纳德没有表示反对。他们继续走着。

突然间，似乎整个空间活了过来，悸动着，悸动着，就像血液不知疲倦地流淌着。在上方的村庄，鼓点正在敲响。一行人的脚步跟随着那个神秘的心脏的节奏，加快了步伐，一路来到悬崖的脚下。巨船一般的平顶山的峭壁矗立在他们面前，离船沿有三百英尺的高度。

“要是我们把飞机开过来就好了。”莱妮娜说道，懊恼地仰头看着巍然而立的光秃秃的岩壁。“我不喜欢走路。而且站在山脚下，让你觉得自己是那么渺小。”

他们在平顶山的影子里走了一段路，绕过一道突岩，在一处被流水冲刷而成的峡谷里，有宛如舱室扶梯的小径。他们缘梯而上，小径非常陡峭，在沟壑间呈之字形拐来拐去。有时候他们根本听不见鼓点的声音，而有时候它们似乎就从拐角处传过来。

走到半路的时候，一只雄鹰从他们身边飞过，挨得那么近，翅膀带起的风让他们觉得扑面生寒。在一处岩缝里有一堆骨头，让人觉得心里沉甸甸的，而且那个印第安人的气味越来越强烈。终于，他们穿过峡谷来到了灿烂的阳光中。平顶山的顶部是一片平坦的石坪。

“就像查林T字塔一样。”莱妮娜说道，但还没等她因为这个相似之处感到心安有多久，身后传来了轻微的脚步声。他们回头望去。两个印第安人正沿着小路跑过来，从脖子到肚子不着寸缕，深棕色的身体上画满了白色的条纹（“就像沥青网球场一样，”莱妮娜后来是这么解释的），他们的脸涂着红色、黑色和赭色的颜料，看上去人不像人鬼不像鬼。黑色的头发结成辫子，嵌着狐狸毛皮和红色的法兰绒。火鸡羽毛织成的披风在他们的肩膀上摆动着，头上戴着蓬松艳俗的羽冠。每跑一步，他们佩戴的沉重的银镯、骨珠和绿松石珠链就会叮叮当当作响。他们一语不发，脚上穿着鹿皮软靴，脚步声很轻。其中一个拿着一根羽毛掸子，另一个人远远看去，双手似乎拿着三四根粗绳，有一根绳子在不安地扭动着，突然间，莱妮娜看清原来那些是几条蛇。

那两个人越来越近，黑色的眼眸看着她，但没有流露出认出她或察觉到她的存在的最细微的迹象。那条蠕动的蛇又软趴趴地和其他几条蛇垂在一起。他们跑了过去。

“我不喜欢这里。”莱妮娜说道，“我不喜欢这里。”

在村子的入口处等候着她的情景更令她讨厌。他们的向导走开了，到村子里寻求指示。

首先是肮脏，那一堆堆的垃圾和尘土、那些狗、那些蚊蝇，惹得她整张脸因为恶心而皱成一团。她拿出手帕捂着鼻子。

“他们怎么能够过着这样的生活？”她愤慨而难以置信地叫嚷着。（这根本不可能嘛。）

伯纳德故作深刻地耸了耸肩膀，说道："不管怎样，过去五六千年来他们就是这么生活的。因此，我想他们一定已经习惯了。"

"但卫生仅次于神圣。"她固执地说道。

"是的，文明就是消毒。"伯纳德接着说道，拿睡眠教育的基础卫生理念的第二句进行调侃，"但这些人从未听说过我们的主福特，而且他们还没有开化。因此，没有意义……"

"噢！"她抓住他的胳膊，"看哪。"

一个几乎赤身裸体的印第安人正缓缓地从旁边的房子一楼的平台上顺着梯子爬下来——以老人家的小心翼翼的姿态一级一级地下来。他的脸很黑，而且皱巴巴的，像一张黑曜石做成的面具。没有牙齿的嘴巴很瘪，在两个嘴角上和下巴两侧，几根长长的几乎发白的胡须在黑色皮肤的衬托下闪闪发亮。他那长长的没有扎辫子的花白的头发垂在脸际。佝偻的身子瘦骨嶙峋，几乎没有肌肉。他缓缓地下来，每一级楼梯都会停一停，然后再往下爬一步。

"他怎么了？"莱妮娜低声问道，惊讶而恐惧地睁大着眼睛。

"他老了，如此而已。"伯纳德故作满不在乎地回答。他自己也很惊诧，但努力装出满不在乎的样子。

"老了？"她重复了几遍，"但主任也老了，许多人都老了，他们并不像那副模样啊。"

"那是因为我们不让他们变成那副模样。我们不让他们生病，我们人为地让他们的内分泌维持在年轻时期的平衡，我们不让他们的镁钙比例低于三十岁时的水平，我们给他们换上新鲜的血液，我们一直在刺激他们的新陈代谢。所以，他们当然看上去不是那副模样。"他接着说道，"而另一部分原因是他们中大部分人在活到这个老家伙的年纪之前就已经死掉了。他们一直保持年轻，直到六十岁，然后，咔哒一声！结束了。"

但莱妮娜并没有听他的解释。她一直在看着那个老人。他缓缓地爬下来。他的双脚踏上了地面。他转过身，在深陷的眼窝里，他的眼睛依然很明亮，久久地盯着她看，没有流露出惊奇的表情，似乎当她根本不存在。然后，那个老头弓着身子慢悠悠地从他们身边蹒跚地走开了。

“真是太可怕了。”莱妮娜低声说道，“太可怕了。我们不应该到这儿来的。”她伸手到口袋里找苏摩——却发现她把瓶子落在招待所里了，她之前从来没有过这种疏忽。伯纳德的口袋也是空的。

莱妮娜只能在无助的情况下面对熔岩区的恐怖。可怕的事情汹涌而来，两个年轻女人给孩子喂奶的情景令她面红耳赤，转过脸去。她这辈子从未见过这么不体面的事情。而更糟糕的是，伯纳德并没有机智地装作视而不见，而是对这一令人作呕的胎生现象公开发表评论。现在苏摩的效力已经过去了，他为自己早上在酒店里所表现出来的软弱感到羞愧，刻意想展现自己的坚强和不羁。

“多么美妙亲密的关系。”他故意离经叛道地说，“它将缔造多么深厚的感情！我总是觉得一个人如果不当母亲或许会错过些什么。莱妮娜，你没有当过母亲，可能真的错过了什么。想象一下是你坐在那儿抱着自己的孩子……”

“伯纳德！你真是太过分了！”一个患了眼疾和皮肤病的老媪走了过来，让她顾不上表示愤慨。

“我们走吧。”她央求道，“我不喜欢这里。”

但这时他们的向导回来了，让他们跟在身后，引路顺着房子之间的狭窄巷道一直往前走。他们拐过一个街角，有一只死狗躺在垃圾堆上。一个得了甲状腺肿大的女人正在一个小女孩的头上捉虱子。向导在一架梯子下面停了下来，垂直地举起手，然后呈水平方向用力一挥。他们遵照他无声的指示——爬上梯子，然后穿过通往一个狭长的房间的门道，里面很黑，而且有一股烟味、煮过的油脂的味道和很久没有洗过的衣服的味道。在房间的远端那一头是另一条门道，穿过门道之后迎来一束阳光，响亮的鼓声已经很近了。

他们跨过门槛，发现自己置身于一个宽阔的平台上。在他们下方，被高高的房子包围着，是村子的广场，聚满了印第安人。看着斑斓的毛毯，还有黑色的头发上的羽毛，闪耀的绿松石和散发着热力的黑色肌肤，莱妮娜又用手帕捂住鼻子。在广场中心的开阔地有两个用石头和夯实的黏土建成的圆台——显然，是地下室的屋顶，因为在每个圆台的中心有一个开口，从漆黑一片的下方冒出一条梯子。地下传来悠扬的笛声，在持续的无休止的鼓声中几乎微不可闻。

莱妮娜喜欢这个鼓声。她闭上眼睛，让自己沉浸在舒缓的不断重复的咚咚声中，由得它越来越彻底地占据自己的意识，直到最后世间的万物不复存在，只有那个深沉的悸动的声音。它让她想起在团结仪式和福特节庆典上播放的合成音乐，让她觉得很安心。“狂欢之礼。”她低声自言自语着。鼓声一直重复着同样的节奏。

突然间，歌声令人震惊地爆发了——几百个男人一同声嘶力竭地引吭高歌。唱了几句长长的调子后安静下来，只有雷声般的鼓点在响，然后是女人们回应的尖利而发颤的歌声，接着又是鼓声，接着又是男人们低沉而野蛮地展现男子汉气魄的歌声。

古怪——是的，这个地方真是太古怪了，音乐也是，衣服、甲状腺肿大、皮肤病、衰老，一切都那么古怪。但表演本身却似乎并不让人觉得特别古怪。

“它让我想起了一首下等阶层的集体歌曲。”她告诉伯纳德。

但过了一会儿，她就不觉得这是无伤大雅的盛大集会了。因为突然间，从地底下的密室里涌出一群可怕的怪物。他们戴着丑陋的面具或涂得面目全非，围着广场一圈又一圈地跳起了奇怪的舞蹈，一边跳一边唱，跳了一圈又一圈——每一次都跳得略快一些，鼓点改变了节奏，而且越来越快，听上去就像是发烧时耳朵里的悸动。群众开始与那些舞者一起唱歌，越来越响，一开始是一个女人在尖叫，然后一个接一个，似乎她们要被杀死了。接着那个领舞的人突然离开了队伍，跑到位于广场一头的一个大木头箱子那里，揭开盖子，从里面拿出两条黑蛇。人群开始大声叫嚷，所有其他舞者伸着手冲他跑去。他把蛇扔给第一批跑到他身边的人，然后弯腰从箱子里拿出更多的蛇，越来越多，黑色的棕色的斑驳杂色的蛇——他把它们扔了出去。然后舞蹈又开始了，换了一个节奏。他们拿着蛇一圈又一圈地跳着舞，膝盖和臀部轻柔地扭动着，跳了一圈又一圈。然后领舞的人发出一个信号，一条接一条地，所有的蛇都被扔到广场的中央，一个老头从地下走了上来，往它们身上撒玉米面，然后从另一个开口上来一个女人，用一个黑瓮往它们身上洒水。然后那个老头举起手，周围一片死寂，让人觉得恐惧不安。鼓声停止了，生命似乎来到了终点。老人指着那两个通往地下世界的开口。慢慢地，从一个开口中，看不见的手托着一幅画着鹰的画升了上来，从另一个开口升起了另一幅画，上面画着一个赤身裸体的人被钉在十字架上。它们就悬在那里，似乎自己就能立稳，正在观看着一切。那个老人轻轻地拍了拍手。一个大约十八岁的男孩从人群中走了出来，只缠了一块白色的围腰布。他站在老人面前，双手抱胸，低垂着头。那个老人朝他身上画了个十字，然后转身离开了。那个男孩开始绕着那堆蠕动的蛇慢慢地转圈。走完第一圈，第二圈刚走到一半的时候，舞者中一个戴着豺狼面具手持皮鞭的高个子男人朝他走去。那个男孩继续走着，似乎没有注意到他的存在。那个豺狼男子举起皮鞭，众人久久地期待着，然后嗖的一声，皮鞭呼啸着，发出结结实实地击打在肉体上的响亮的声音。那个男孩的身躯颤抖着，但他没有吭声，仍然以缓慢而坚定的步伐继续走着。豺狼男子又抽了他一鞭子，然后又一下，每抽一下，人群先是倒吸一口凉气，然后发出深切的叹息声。那个男孩继续走着，走了第二圈、第三圈、第四圈，他的身子一直在滴着血，第五圈、第六圈。突然间莱妮娜用手捂着脸，开始哭泣。“噢，让他们停下来，让他们停下来！”她哀求着。但那根鞭子不停地落下。第七圈。突然间那个男孩踉跄着脸朝下栽倒在地上，仍然没有吭声。那个老头弯着腰用一根长长的白色的羽毛轻抚着他的背部，然后高举着它，让人们看到它变成了鲜红色，然后将它在那堆蛇上面挥舞了三下。几滴血掉了下来。突然鼓声再次响起，爆发出激烈而急促的节奏。有人大喊一声，那群舞者冲向前，拿起那些蛇，然后跑出了广场。男人、女人、孩子，所有的人都跟着他们跑掉了。一分钟后，广场上空荡荡的，只剩下那个小男孩，倒在那里一动不动。三个老媪从一座房子出来了，吃力地把他抬进了房子。那只雄鹰和那个十字架上的男人守护着空荡荡的村子。然后，似乎他们已经看够了，从开口处缓缓地沉落，回到看不见的地下世界。

莱妮娜仍在哭泣着，不停地重复着"太可怕了"，伯纳德怎么劝慰她都没有用。"太可怕了！那些血！"她不寒而栗。"噢，我好想吃点苏摩。"

从里屋里传来了脚步声。

莱妮娜没有动，坐在那儿用手捂着脸，不去看那个人，和他保持着距离。只有伯纳德转过身。

走上平台的那个年轻人穿着印第安人的衣服，但他那扎着辫子的头发是淡黄色的，眼睛是淡蓝色的，是个白人，只是晒得很黑。

"你好，早安。"他说的是无可挑剔却很古怪的英语。"你们是文明人吗？你们从保留区外面的异域来的，是吗？"

"你到底是谁？"伯纳德很惊讶。

那个年轻人叹气着摇了摇头。"一个天涯沦落人。"然后指着广场中心那摊血迹，"你看到那个该死的地方了吗？"他动情地颤抖着声音问道。

"吃苏摩好过受折磨。"莱妮娜捂着脸呆板地说着，"我好希望能够吃点苏摩！"

"原本应该是我在那儿的。"那个年轻人继续说道，"为什么他们不让我当祭品呢？我可以完成十圈——十二圈、十五圈。帕洛提瓦最多只能走七圈。他们可以从我身上得到两倍的血。把一碧无垠的海水染成一片殷红。”他伸出双臂摆出一个慷慨大度的姿态，然后泄气地让手臂垂了下来。“但他们不会让我参加的。他们不喜欢我的肤色。一直都是这样，都是这样。”他的眼睛里噙着眼泪，他感到很羞愧，转过身去。

惊讶令莱妮娜忘记了没有苏摩的痛苦。她把脸露出来，第一次看着那个陌生人。“你是说你愿意挨鞭子？”

那个年轻人仍然没有对着她，做了一个确认的姿势。“为了村子——为了祈求降雨和谷物生长，并取悦鹰神普空和耶稣。然后证明我能够承受痛苦，不会哭泣。是的。”突然间，他的声音充满了磁性，他骄傲地端着肩膀转过身来，自豪而倔强地抬起下巴。“证明我是一个男人……噢！”他惊叹一声，然后沉默着，大张着嘴巴。他这辈子第一次看到一个脸蛋不是巧克力色或狗皮那种颜色的女孩子，她长着一头赤褐色的卷发，而且表情亲切和蔼（多么新奇的表情！）。莱妮娜正朝他微笑着，多么英俊的男孩，她心里想着，而且多么健美的身躯。鲜血涌上那个年轻人的脸庞，他垂下眼睛，过了一会儿抬起视线，发现她仍然在朝他微笑着，觉得心醉神迷，只能转过身，假装认真地看着广场另一边的什么东西。

伯纳德的问题吸引了他的注意力。他是谁？他怎么到这儿来的？什么时候来的？从哪儿来的？他一直盯着伯纳德的脸（他是如此渴望见到莱妮娜的笑脸，根本不敢去看她一眼）。这个年轻人努力想解释关于他自己的情况。琳达和他——琳达是他的母亲（这个词让莱妮娜露出尴尬的表情）——不是保留区的原住民。琳达是在很久以前从异域来的，那时候他还没有出世，同行的还有一个男人，就是他的父亲。（伯纳德竖起了耳朵。）她独自一个走到了北边的群山之间，从一个陡峭的地方摔下去，撞伤了头。（“继续说，继续说。”伯纳德兴奋地催促着。）熔岩区的几个猎人发现了她，把她带到村子里。至于那个是他父亲的男人，琳达再也没有见过他。他的名字叫托马金。（对了，主任的名字就叫“托马斯”。）他一定已经飞走了，回到异域，没有带上她——他真是一个无情的坏心眼的没人性的小人。

“于是，我在熔岩区出世。”他总结道，“在熔岩区。”他摇了摇头。

村子外围的那间小房子实在是太肮脏了！

它与村子之间隔着尘土和垃圾。两只饥肠辘辘的狗正在门口的垃圾堆上猥琐地闻来闻去。他们走进屋子时，里面光线昏暗，发出阵阵恶臭，而且蚊虫的声音很响。

“琳达！”那个年轻人喊道。

从里屋传来一个沙哑的女人的声音：“来了。”

他们等候着。地板上有几个碗，里面是一顿饭吃剩的东西，或许是好几顿饭吃剩的东西。

房门打开了。一个非常臃肿的金发白肤的妇人踏过门槛，大张着嘴巴难以置信地看着这两个陌生人。莱妮娜恶心地注意到她的两个门牙不见了，而剩下的牙齿的颜色都……她不寒而栗。她比那个老头更糟糕。那么肥胖，而且一脸皱纹，有气无力的，还有那下垂的双颊，长着紫色的斑点，鼻子上长满了血丝，双眼通红充血。还有她的脖子——那个脖子，还有那条她戴在头上的毛毯——又破又脏。在那件棕色的麻袋一样的束腰外衣下，那对硕大的胸脯和凸起的肚子，还有那个臀部，噢，比那个老头更糟糕，简直糟透了！突然间，这头动物滔滔不绝地开始说话，还伸着双臂朝她冲来——吾主福特啊！主啊！太恶心了，再过一会儿她那对胀鼓鼓的胸脯就会碰到她，她会吐出来的。吾主福特啊！她还流着口水要亲吻她，而且味道那么难闻，显然从来没有洗过澡，而且散发着那种放进德尔塔和埃普斯隆的瓶子里的东西的难闻的恶臭（不，关于伯纳德的传闻都不是真的），绝对就是酒精的臭味。她赶快挣脱开来。

那张浮肿和扭曲的脸正对着她，这头动物正在哭泣。

“噢，我亲爱的，我亲爱的。”在呜咽声中她滔滔不绝地说着，“要是你知道我有多高兴就好了——经过这么些年！看到一张文明人的脸。是的，还有文明人的衣服。我还以为我再也见不到一件真正的醋酸丝绸缎衣服了。”她的手指触摸着莱妮娜的衬衣的衣袖，那些指甲都是黑的。“还有这件迷人的粘胶纤维仿天鹅绒短裤！你知道吗，亲爱的，我那些旧衣服都还留着，我来的时候穿的那些衣服，放在一个箱子里。过会儿我给你看。当然，那件醋酸丝的衣服已经千疮百孔了。不过我还有一条很漂亮的挎带——不过我得说你的绿色仿摩洛哥皮革挎带更加好看。戴上我那条挎带我也好看不到哪里去。”她又开始流泪，“我想约翰告诉过你了。我所承受的苦难——连一克苏摩都吃不到，只能时不时地喝点龙舌兰酒，是波普带给我的。波普是我以前认识的一个男孩。但过后它会让你觉得特别难受，而且仙人掌酒会让你觉得很恶心，总是会在第二天让你有一种很糟糕的羞愧的感觉。我真是觉得很羞愧，想想看：我，一个贝塔——生下了一个孩子。换了你是我你会怎么样？（这个暗示让莱妮娜不寒而栗。）但这不是我的错，我发誓，因为我仍然不知道事情是怎么发生的，我一直在做马尔萨斯节育锻炼——你知道的，一、二、三、四，我发誓，但事情还是发生了。当然，这里没有流产中心，顺便问一句，它还在切尔西吗？”她问道。莱妮娜点了点头。“还是每到星期二和星期四就灯火通明吗？”莱妮娜又点了点头。“那座美丽的粉红色的玻璃高塔！”可怜的琳达闭上眼睛，入神地仰着脸，缅怀着脑海中那个灯火通明的记忆。“还有夜里的河流，”她轻声说道，大滴大滴的眼泪从她紧闭的眼睑后面渗出来。“晚上从斯托克·波吉斯飞回家，然后来一个热水澡和真空震动按摩……但这里……”她深深地吸了口气，摇了摇头，又睁开眼睛，吸了一两口气，然后用手指擤了一把鼻涕，擦在外衣的下摆上。看到莱妮娜不由自主地露出厌恶的神情，她说道：“噢，我非常抱歉。我不应该这么做的。我很抱歉。但没有手帕你能怎么办呢？我记得以前它总是让我觉得很懊恼，那么肮脏，没有清洁用具。他们刚把我带到这里来的时候，我的头上有一道很深的伤口，你想象不到他们用什么给我包扎处理的。泥巴，就只有泥巴。‘文明就是杀菌，’我总是告诉他们。还有：‘斯特雷托科克的G到班布里的T，见到一座漂亮的洗手间去沐浴。’似乎他们还是小孩子一样。但他们当然不能理解，他们怎么能够理解呢？最后，我想我已经习惯了。话又说回来，没有方便的热水你怎么能够保持东西干净呢？看看这些衣服。这些该死的羊毛和醋酸丝可不一样。它很经久耐穿，而且衣服破了你还得补。但我可是一个贝塔，我在受精室里工作，从来没有人教过我这些事情。这不是我应该做的事情。而且，补衣服是不对的。衣服破了就扔掉买新的。‘补丁越多越是穷光蛋’，难道不是吗？补衣服是反社会的举动。但这里什么都不一样，就像和一群疯子生活在一起。他们所做的每一件事情都是疯狂之举。”她看着周围，看到约翰和伯纳德已经离开了，正在屋子外面的尘土和垃圾间走着，但她还是神秘兮兮地压低了声音，凑了上前，而莱妮娜则僵着身子退让着。她挨得那么近，那种棕色的胚胎毒物的恶臭拂动着她脸颊上的绒毛。她嘶哑地低声说道：“比方说，这里的人是怎么相处的。我告诉你吧，太疯狂了，真是太疯狂了。人人为我，我为人人，不是吗？不是吗？”她一直拽着莱妮娜的袖子。莱妮娜点了点转到一边的头，将一直憋着的空气吐出来，然后设法又吸了一口气，总算没有闻到太臭的味道。琳达继续说道：“而这里呢，根本没有人人为我，我为人人这回事。如果你以正常的方式去和人相处，别人就会认为你是反社会的坏人。他们讨厌你鄙视你。以前有很多女人过来闹事，因为他们的男人过来找我。怎么不行呢？然后她们就过来打我。不，太可怕了，我没办法向你解释清楚。”琳达用手捂着脸，打着冷战。“她们真是太可恶了，这里的女人，像疯子一样，疯狂而且残忍。当然，她们对马尔萨斯节育训练、试管婴儿或出瓶等事情一无所知。她们一直在生孩子——就像狗一样。太恶心了。而想到我……噢，吾主福特啊，吾主福特啊！但约翰给我带来了很多慰藉。我不知道没有了他我该怎么办。不过，从小时候开始他有时候就会很气愤。有一次（不过那是他大一些的时候的事情了）他还想杀死可怜的瓦伊胡斯瓦，还是说，他想杀的是波普？因为有时候我会和他们在一起。我一直没办法让他明白这是文明人应该做的事情。疯狂是会传染的，我相信。约翰似乎是从印第安人那里学到这些的。当然，这是因为他老是和他们在一起。虽然他们对他总是那么凶，不让他做其他男孩子可以做的事情。这在某种程度上是好事，因为这让我在培育他的时候可以轻松一些，但你不知道这有多么困难。有太多的事情你不知道，这又不关我的事，我怎么会知道。我是说，当一个孩子问你直升飞机如何运作或谁创造了世界——如果你是一个贝塔，一直在受精室里工作，你该怎么回答呢？”

第八章

伯纳德和约翰在外面的尘土和垃圾堆间（现在有四条狗了）缓缓地来回走动着。

伯纳德说道：“我很难理解和想象，我们似乎生活在不同的星球，不同的世纪。一位母亲，这么肮脏的地方，还有神明、衰老、疾病……”他摇了摇头，“简直不可想象。我永远不会明白，如果你不解释的话。”

“解释什么？”

“这里。”他指的是这个村子。“还有那个。”他指着村外的那座小房子。“所有的一切。你的全部生活。”

“但从什么地方说起呢？”

“从最开始的时候说起吧。从你能记事时开始吧。”

“从我能记事时开始。”约翰皱着眉头，沉默了许久。

天气很热。他们吃了很多玉米饼和甜玉米。琳达说道：“过来躺一下吧，宝贝。”他们一起躺在大床上。“唱歌吧。”琳达唱起了《斯特雷托科克的G到班布里的T》和《再见，宝贝班廷，很快你就会出瓶》。她的声音越来越轻柔……

吵闹的声响惊醒了他。一个男人正和琳达说话，琳达在哈哈大笑。她把毛毯拉到下巴那里，但那个男的又把它拉了下来。他的头发就像两股绳子，胳膊上挂着一个漂亮的银镯，上面镶嵌着蓝色的石头。他喜欢这个镯子，但他还是很害怕。他扭头靠在琳达的身体上，琳达的手按着他，让他觉得心安了一些。说的那些话他不是很明白，她对那个男人说道：“约翰在这里不行。”那个男的看着他，然后又看着琳达，轻声说了几句。琳达说：“不行。”但那个男人俯身对着床上的他，那张脸那么大，那么丑，黑色的发辫碰到了毛毯。“不行。”琳达又说了一遍，他感觉到她的手更用力地抓着他。“不行，不行！”但那个男人抓住他的一只胳膊，弄得他好疼。他嚎啕大哭。那个男人拉起他的另一只胳膊，把他举了起来。琳达仍然拉着他，一直说着："不行。不行。"那个男人短促而愤怒地说了些什么，然后突然间她的双手松开了。"琳达，琳达。"他踢腿扭动着，但那个男人把他扛到门口，打开房门，将他搁在隔壁房间的地板中间，然后走开了，关上身后的门。他爬起身，跑到门口，踮起脚，正好够得着那个大木头闩。他举起门闩，然后用力推，但门打不开。"琳达！"他高喊着。她没有应声。

他记得有一个很大的房间，里面很黑，有很多大木头架子，上面系着绳索，许多女人站在架子旁边——琳达说她们在织毛毯。琳达吩咐他和其他孩子坐在角落里，她去给那些女人帮忙。

他和那些小男孩玩了很久。突然间，那些女人开始大声地说话，把琳达推到一边，琳达在哭泣。她走到门口，他跟在身后。他问她为什么她们会生气。"因为我弄坏了东西。"然后她愤愤地说道："我怎么会弄她们那该死的织布呢？该死的野人。"他问她什么是野人。回到他们的家里时，波普正在门口等候着，和他们一起进了屋子。他带着一个大葫芦，里面装满了像水一样的东西，但那不是水，而是味道很不好的东西，会烧灼你的嘴巴，让你咳嗽。琳达喝了一些，波普也喝了一些，然后琳达不停地笑，还很大声地说话。然后她和波普进了另一个房间。波普走后，他进了房间。琳达正躺在床上沉沉睡去，他怎么也弄不醒她。

波普以前经常来。他说葫芦里的东西叫龙舌兰酒，但琳达说它的名字应该叫苏摩，但它会在事后让你觉得恶心难受。他讨厌波普。他讨厌他们所有人——所有过来看琳达的男人。有一天下午，当他和其他孩子一起玩耍的时候——他记得那天很冷，山上有雪——他回到家里，听见卧室里传来气愤的声音。那是几个女人的声音，她们说着他听不懂的话，但他知道那些都是可怕的字眼。然后，突然间，哐的一声！什么东西被打翻了。他听到人群快速移动的声音，然后又传来哐的一声，然后是像在打一头骡子的声音，只是没有那么骨感，然后琳达叫嚷着："噢，不要，不要！”他跑进房间。里面有三个披着深色毛毯的女人。琳达躺在床上。一个女人正抓住她的手腕，另一个女人躺在她的双腿上，不让她乱踢。第三个女人正拿鞭子抽她。一下、两下、三下，每一下琳达都嚎啕大哭着惨叫着，他拉扯着那个女人的毛毯的一角，“求求你，求求你。”她用另一只手将他推开。那根鞭子一下又一下地抽下来。琳达惨叫着。他用双手抓住那个女人棕色的大手，用尽全身力气咬了下去。她惊叫一声，把手挣脱开来，将他推倒在地，然后拿着皮鞭抽了他三下。那种疼痛是他从来未曾尝到过的——就像被火灼伤一样。那根鞭子又呼啸而来，但这一次是琳达在惨叫。

“为什么她们要伤害你，琳达？”当晚他问琳达。他在哭泣，因为他的背上红色的鞭痕仍然疼得很厉害。但他之所以哭的另一个原因是她们那么凶，那么不讲道理，而且因为他只是一个小孩子，对付不了她们。琳达也在哭。她已经是个大人了，但她打不过三个女人。这对她也不公平。“为什么她们要伤害你，琳达？”

“我不知道。我怎么知道？”他听不清她在说些什么，因为她正趴躺着，把脸埋在枕头里。“她们说那些男人是她们的。”她继续说道，她似乎根本不是在对他说话，她似乎正在和她体内的某个人说话。一席她并不理解的长谈，最后她开始哭泣，比以往任何时候都哭得大声。

“噢，别哭，琳达，别哭。”

他挨在她身边，搂着她的脖子。琳达叫嚷着：“噢，看着点。我的肩膀！噢！”她重重地将他推开。他的头撞到墙上。“小笨蛋！”她叫嚷着，然后突然开始掴他。一巴掌，又一巴掌……

他哭喊着说道：“琳达！噢，妈妈，不要打我！”

“我不是你妈妈。我不想当你妈妈。”

“但是，琳达……噢！”她一巴掌打在他的脸颊上。

“变成一个野人。”她叫嚷着，“就像禽兽一样生崽……要不是因为你，我可能已经去找巡查员了，可能我已经离开了。但带着孩子就不行，真是太丢人了。”

他看到她又要打他了，抬起胳膊护着自己的脸。“噢，不要，琳达，请不要打我。”

“小畜生！”她拉下他的胳膊，露出他的脸。

“不要，琳达。”他闭上眼睛，等待着被打。

但她并没有打他。过了一会儿，他又睁开眼睛，看到她正在看着他。他试着对她微笑。突然间，她一把搂着他，不停地亲吻着他。

有时候，连续好几天，琳达根本不起床，就躺在那儿难过。要不然，她就喝波普带过来的那些东西，哈哈大笑，然后睡着了。有时候她病了。她总是忘记给他洗澡，除了冷冰冰的玉米饼之外就没有别的东西可以吃。他记得当她第一次在他的头发里发现那些小虫子的时候，她吓得连声尖叫。

* * *

最开心的时刻是当她讲述关于异域的故事。“你真的能够飞起来吗？想什么时候飞就什么时候飞吗？”

“想什么时候飞就什么时候飞。”她会告诉他那些从一个盒子里飘出来的美妙的音乐，你可以玩耍的那些好玩的游戏，还有那些好吃好喝的东西，还有你轻轻按下墙上的一个东西就亮的灯，还有那些你能够听到、闻到、看到和感受到的电影，还有另一个盒子，能够制造出美妙的香味，还有粉红色、绿色、蓝色和银色的山一样高的房子，每个人都很开心，没有人难过或生气，而且贯彻“人人为我，我为人人”的宗旨，还有那些你能够看到和听到世界另一头发生了什么事情的盒子，还有盛在漂亮干净的瓶子里的婴儿——到处都那么干净，没有难闻的味道，没有肮脏——人们从不孤独，而是生活在一起，如此幸福快乐，就像熔岩区这里夏季的舞蹈，但要比它快乐得多，而且那里每一天都这么快乐，每一天……他一听就是几个小时。有时候，当他与其他孩子玩得太累的时候，村子里的一位老人会和他们聊天，用那些印第安话，聊起了伟大的造物主，他的右手与左手之间的漫长的斗争，潮湿与干旱之间的斗争；聊起了阿沃纳维罗纳，他在夜晚思考，制造出大雾，然后从大雾中创造了整个世界，还有关于大地母亲和天空父亲的故事，关于战争与机遇这对孪生兄弟阿哈伊玉塔和马塞勒玛，关于耶稣与鹰神普空的故事，关于圣母马利亚和能够让自己恢复青春的埃苍纳勒希的故事；关于拉古纳的黑石、伟大的雄鹰和我们的阿克玛女神的故事。这些都是奇怪的故事，但因为是用他并不完全理解的另外一种语言讲述的，因此格外精彩。躺在床上的时候他会想起天堂与伦敦，我们的阿克玛女神和一排排的瓶子里的婴儿，还有飞翔的耶稣和琳达，还有伟大的世界生育和培育中心的主任和阿沃纳维罗纳。

*　　*　　*

许多男人过来看琳达。那些男孩开始对他指指点点。他们用奇怪的话说琳达是个坏人，他们给她起了好几个他不明白的名字，但他知道那些都是不好的名字。有一天他们唱起了一首骂她的歌谣，唱了一遍又一遍。他拿石头扔他们。他们扔石头反击，一颗锋利的石头割伤了他的脸颊，鲜血流个不停，成了一个血人儿。

琳达教他读书。她用一根炭条在墙上画画——画着一头坐着的动物，一个瓶子里的婴儿。然后她写了字。“猫咪在毯子上，小孩在瓶子里”。他学得很快很轻松。当他认全了所有的单词后，她就在墙上写字，然后打开她那个大木头箱子，从那些她从来不穿的奇怪的红色裤子下面拿出一本薄薄的书。他以前见过这本书。她曾经说过：“当你长大了，你就能读这本书了。”现在他已经长大了，他觉得很自豪。

“我想你不会觉得它很有趣。”她说道，“但它是我仅有的书籍。”她叹气道：“要是你能看到我们在伦敦的那些美妙的阅读机就好了！”他开始阅读。《胚胎的化学与细菌培育，胚胎仓库贝塔工作者实用指南》。光读出书名就花了他十五分钟的时间。他把书扔到地上，“可恶的可恶的书！”他说道，然后开始哭泣。

那些男孩子们仍然唱着那首可怕的关于琳达的歌曲。有时候他们还嘲笑他穿得破破烂烂的。他的衣服破了琳达不知道怎么补。她说，在异域，人们的衣服一破就会扔掉买新的。“破烂娃！破烂娃！”那些男孩子们总是冲他叫嚷着。“但我能识字。”他对自己说道，“他们不识字。他们连阅读是什么都不知道。”如果他努力去想关于阅读这件事，要假装不在乎别人的嘲笑是很容易的事情。于是他让琳达再把那本书给他。

那些男孩子们越是指指点点和唱歌取乐，他就更用功地读书。很快他就能够流利地读出所有的单词。就连最长的单词也认识。但它们是什么意思呢？他问琳达，但即使她能回答，内容也是含糊不清，而大体上她根本回答不出来。

“什么是化学品？”他问道。

“噢，就像镁盐那种东西，还有让德尔塔和埃普斯隆个头矮小和智力退化的酒精，还有促进骨头生长的碳酸钙，诸如此类的东西。”

“但你怎么做出化学品呢，琳达？它们是从哪儿来的？”

“嗯，我不知道。你从瓶子里把它们取出来。瓶子空了你就派人去化学品仓库里拿。我想是化学仓库里的那些人把它们做出来的。或许他们是派人到工厂里拿的，我不知道。我从来没有接触过化学。我的工作一直就是照顾胚胎。”

他问的其他的问题都是同样的回答。琳达似乎什么也不知道。村子里的老人们有更加明确的回答。

“人类和所有动物的种子，还有太阳、大地、天空的种子——是阿沃纳维罗纳增长之雾中创造出来的。现在的世界有四个子宫，他把种子放在最低的那个子宫里。种子开始渐渐生长……”

有一天（约翰后来推算应该是他十二岁刚过不久），他回到家里，发现卧室的地上有一本他从来没有读过的书。那本书很厚，而且看上去很旧了。封面已经被老鼠给啃掉了，有几页掉落了，皱巴巴的。他拾起那本书，看着扉页，那本书名叫《威廉·莎士比亚作品全集》。

琳达躺在床上，端着一个杯子，正呷着那味道很难闻的龙舌兰酒。“波普带过来的。”她说道，声音很沙哑，像是另一个人的声音。“它就放在羚羊地穴的一口箱子里，据说在那里已经好几百年了。我想是真的，因为我看了这本书，里面似乎尽是在胡说八道，未开化的东西。不过呢，拿来给你练习阅读还是蛮不错的。”她喝完最后一口，把杯子放在床边的地上，侧着身子打了几个嗝，接着就睡着了。

他随意翻开那本书。

> 不，但是生活在一张
> 汗臭冲鼻，充满油垢的温床里，
> 只知道在腐堕里翻腾，
> 在龌龊的猪窝里寻欢做爱。①

这些奇怪的字句就像会说话的雷声一般轰隆隆地响彻他的脑海，就像夏天舞蹈的鼓声，如果那些鼓能够说话的话，又像是高唱着丰收之歌的男人，如此美妙，如此美妙，让你哭泣，就像老米兹玛拿着他那些羽毛、那些雕满了花纹的神杖和骨珠石珠念叨着“伊亚斯拉兹鲁斯洛奎斯洛奎斯洛奎基艾斯鲁斯鲁兹斯！”——但比米兹玛的巫术更神奇，因为它有更深奥的含义，因为它在和他说话，说着精彩而一知半解的话，像是可怕而绚丽的魔法，关于琳达，关于躺在床上鼾声大作的琳达，还有床边的地板上那个空酒杯，关于琳达与波普，琳达与波普。

---

① 见《哈姆莱特》第三幕第四景，是哈姆莱特对母亲的申斥。

他越来越憎恨波普。一个人可以尽管满面都是笑，骨子里却是杀人的奸贼！狠心的、奸诈的、淫邪的、悖逆的恶贼！[①]这些词到底是什么意思？他只是一知半解。但它们有着强大的魔力，而且一直在他的脑海里隆隆作响，有时候似乎之前他并不是真的憎恨波普，因为他无法表述他有多么痛恨波普，因此并不是真的憎恨他。但现在他知道了这些字眼，它们就像鼓声、歌声和咒语。这些字眼和它们的出处——那些奇奇怪怪的故事（他搞不清故事在讲些什么，但它们仍然很精彩）——它们让他有理由去憎恨波普，而且它们让他的憎恨变得更加真切。它们甚至让波普本人也变得更加真切起来。

有一天，他玩耍后回来，里屋的门打开着，他看到他们一起躺在床上睡着了——肤色白皙的琳达，身边是几乎黝黑的波普，一只胳膊垫在她的肩膀下，另一只黑色的手按在她的胸脯上，他的一条发辫横跨她的喉咙，像一条黑蛇正要扼死她。波普的葫芦和一个杯子就搁在床边的地上。琳达在打着呼噜。

他的心似乎消失了，只剩下一个洞。他整个人都空了，空荡荡的，冷冰冰的，觉得头晕目眩。他靠着墙让自己站稳。狠心的、奸诈的、淫邪的……就像那些祈求丰收的男人在歌唱一样，就像咒语一样，那些字眼在他的脑海里一遍又一遍地重复着。突然间他从全身发冷变为全身发热。他的脸颊因为鲜血上涌而变得发烫，房间在他的眼前摇晃着变黑了。他咬牙切齿地说道："我要杀了他，我要杀了他，我要杀了他！"他不停地说着。突然间，他想起了更多的台词：

> 当他烂醉如泥、大发雷霆、淫榻寻欢时……[②]

---

① 见《哈姆莱特》第二幕第二景，是哈姆莱特对弑兄篡位的叔父的痛骂。

② 见《哈姆莱特》第三幕第三景，哈姆莱特本可以乘叔父跪地祈祷时将其杀死，但他希望能在他"烂醉如泥、大发雷霆、淫榻寻欢时"实施复仇，如此才能使其万劫不复。

他拥有魔法，咒语作出了解释并下达了命令。他走到外面的房间里。“当他烂醉如泥……”切肉的刀就搁在壁炉旁边的地板上。他拿起刀子，蹑手蹑脚地回到门口。“当他烂醉如泥，烂醉如泥……”他跑过去刺下一刀——噢，鲜血！——又刺下一刀，波普从睡梦中惊醒，他举起手想再刺一刀，却发现自己的手腕被抓住了，动弹不得——噢，噢！——被扭了过来。他动弹不得，他被抓住了。波普那双又小又黑的眼睛凑得那么近，紧盯着他的眼睛。他看着别处。波普的肩膀上有两处伤痕。“噢，看哪，流血了！”琳达叫嚷着。“看哪，流血了！”她一见到血就受不了。波普抬起另一只手——他以为要揍他，硬着头皮等候着承受这一下。但这只手只是托着他的下巴，把他的脸转过来，使他不得不再一次看着波普的眼睛。看了很久，好像有好几个小时，突然间——他再也受不了了——他开始哭泣。波普哈哈大笑起来，用印第安语说道：“滚开，滚开，我勇敢的阿哈伊玉塔。”他逃到另一个房间，不让别人看到他的眼泪。

“你十五岁了。”老米兹玛用印第安话说道，“现在我可以教你做陶器。”

他们坐在河边，一起动手干活。

米兹玛双手捧着一堆湿润的黏土，说道：“首先，让我们做一个小小的月亮。”老人将那堆黏土压成一个圆盘，然后把边缘折起来，月亮变成了一个浅浅的杯子。

他缓慢而笨拙地模仿着老人精细的动作。

“一个月亮、一个杯子，现在是一条蛇。”米兹玛又铺开一条黏土，把它卷成一个长长的有弹性的圆柱体，圈成一个圆圈，然后压在杯子的边缘上。“然后再来一条蛇，再来一条，再来一条。”一圈接一圈，米兹玛把陶罐的侧面做了起来。它的底部很窄，然后中部凸起，到了罐颈的部位又收窄了。他又揉又拍又挤又刮，最后，罐子站了起来，和熔岩区常见的水罐的形状没什么两样，但它是乳白色的，而不是黑色的，而且仍然很软，不能触摸。约翰照着米兹玛的罐子做的那个粗糙的仿制品就摆放在它旁边。看着这两个罐子，他忍不住笑了。

“但下一个会做得更好。”他说道，然后开始弄湿另一团黏土。

构思，塑形，感觉到他的手指变得越来越灵巧有力——这带给了他莫大的快乐。“A、B、C，维他命，”他一边做陶艺一边对自己唱歌，“肝脏里有脂肪，海里有鳕鱼。”米兹玛也在唱歌——关于屠熊的一首歌。他们干了一整天，这一天他忙得全神贯注不亦乐乎。

老米兹玛说道：“明年冬天我会教你如何制作弓箭。”

他在屋外站了很久，里面的仪式终于结束了。房门打开了，他们走了出来。科斯鲁第一个出来，伸出的右手紧紧地握着，似乎攥着一块珠宝。基亚金梅跟在身后，同样伸着一只握得紧紧的手。他们默默地走着，身后跟着兄弟姐妹、堂表兄弟姐妹和所有的老人，大家都默不作声。

他们走出村子，走过平顶山，在悬崖的边上他们停了下来，面对着清晨的太阳。科斯鲁张开他的手，手掌上摆着一撮白色的玉米面。他朝玉米面吹了口气，喃喃地念叨着几个词语，然后将玉米面朝着太阳撒了出去。基亚金梅也跟着他这么做，然后基亚金梅的父亲走向前，握着一根装饰着羽毛的祈祷杖，做了一篇冗长的祈祷，然后将祈祷杖扔到玉米面的后面。

老米兹玛用洪亮的声音说道：“仪式结束，现在他们结为了夫妻。”

大家回家时，琳达说道：“我能说的就是，他们似乎太小题大作了。在文明的国度，当一个男孩想要拥有一个女孩，他只需要……约翰，你去哪儿？”

他没有理会她，但一直跑，跑得远远的，跑到他能独自一人待着的地方。

结束了，老米兹玛的话在他的脑海里回荡着。结束了，结束了。他一直默默地，隔得远远地爱着基亚金梅，但那是激烈的绝望的无可救药的爱。现在一切都结束了。他十六岁了。

在满月之夜，在羚羊地穴，秘密将会揭晓，秘密将会发生和得以保守。他们会到地底下去，进入地穴时是男孩，出来后就成为了男子汉。男孩子们都很害怕，同时又迫不及待。那一天终于到来了。太阳下山了，月亮升了起来。他和其他男孩子一起去。大人们站在地穴的入口，身影漆黑。楼梯一直通往亮着红光的深处。最前面的几个男孩已经开始爬着楼梯下去了。突然间，一个男人走上前，抓住他的胳膊，把他从那群孩子们中间拉了出来。他挣脱开来，躲了回去，和其他男孩子在一起。这一次，那个男人揍了他，抓住他的头发。“你不能去，白毛孩！”“母狗的孩子不能去。”另一个男人说道。男孩子们哈哈大笑。“滚！”他仍然徘徊在队伍的边上。“滚！”那个男人又吼了一声。一个男人弯腰捡起一块石头扔了过来。“滚，滚，滚！”一堆石头扔了过来。他流血了，跑到漆黑的地方。从亮着红光的地穴里传来了歌唱声。最后一批男孩已经爬下了楼梯，只剩下他一个人。

他独自一个来到村外，站在平顶山光秃秃的荒原上。在月光的照耀下石头就像嶙峋的白骨。在山谷下面，土狼正在凄厉地啸月。青肿的地方仍然很疼，割裂的伤口仍然在流血，但他哭泣不是因为疼痛，而是因为只有他独自一人，因为他被赶了出来，孤独地在这个死寂荒凉的只有月亮和岩石为伴的世界里。在他坐着的悬崖边上，月亮就在他身后。他看着平顶山下方黑漆漆的影子，那个死亡的黑影。他只需要走一步，轻轻一跳……他伸出右手，在月光的照耀下，鲜血仍汩汩地从他手腕上的伤口流出来。每隔几秒钟，一滴血就会滴落，是漆黑的，在死寂的月光下几乎没有颜色。滴落，滴落，滴落。明天，明天，明天……

他发现了时间、死亡和上帝。

*　　*　　*

“孤独，总是孤独。”那个年轻人说道。

这番话勾起了伯纳德哀伤的共鸣。孤独，总是孤独……“我也是。”他脱口而出，“十分孤独。”

“是吗？”约翰看上去很惊讶，“我以为在异域……我的意思是，琳达总是说那里没有人会孤独。”

伯纳德尴尬地脸红了。“你懂的。”他转开眼睛，喃喃地说道，“我想我和大部分人不一样。如果你出瓶的时候与众不同的话。”

“是的，就是这样。”那个年轻人点了点头，“如果一个人与众不同，他一定会很孤独。他们对孤独的人很残忍。你知道吗，他们什么都不让我干。其他男孩子被叫到山里过夜的时候——你知道的，当梦境向你揭示你的神圣动物是什么——他们不让我和别人一起去。他们不肯告诉我任何秘密。不过我自己去了，”他补充说，“不吃东西五天，然后在一个晚上独自走到那边的山里。”他指着那边。

伯纳德屈尊俯就地笑了。“你梦到什么东西了呢？”他问道。

那个年轻人点了点头。“但我绝不能告诉你是什么。”他沉默了一会儿，然后继续低声说道：“我还做了一件别人没有做过的事情，夏天的时候，我在中午靠着一块岩石，伸出我的双臂，就像十字架上的耶稣那样。”

“这到底是为了什么？”

“我想要知道被钉十字架是什么感觉。在太阳底下曝晒……”

“但为了什么呢？”

“为什么？嗯……”他犹豫着，“因为我觉得我应该这么做。如果耶稣能够忍受。然后，如果你做错了事情……而且，当时我不开心，那是另一个原因。”

“你克服不开心的方式倒是很有趣。”伯纳德说道。但转念一想，他觉得它还是有点道理的。比吃苏摩要好……

“然后我晕了过去，”那个年轻人说道，“摔到了脸。你要看一看我弄伤自己的疤痕吗？”他把前额浓密的黄色的头发撩了起来，露出在他的右边太阳穴上那道苍白起皱的伤疤。

伯纳德看了一眼，觉得有点毛骨悚然，立刻转开了视线。他所接受的培育使他少了同情心，而是变得很神经质和洁癖。生病或受伤对他来说不仅是很恐怖的事情，而且就像肮脏、畸形或衰老一样令他感到恶心反感。他立刻换了个话题。

“你愿不愿意和我们回伦敦？”他问道，走出了他的计划的第一步。在那座小屋子里他意识到那个“父亲”是谁后，他就一直在悄悄地策划。“你愿意吗？”

那个年轻人的脸为之一亮。“你是说真的吗？”

“当然。当然，如果我能得到许可令的话。”

“琳达也去吗？”

“嗯……”他犹豫着。那个令人作呕的怪物！不，这不可能。除非，除非……伯纳德突然间想到她那副令人作呕的尊容或许很有利用价值。“当然可以！”他热情洋溢地叫嚷着，以掩饰他刚才的迟疑。

那个年轻人长长地吸了口气。“想到它就要实现——我一辈子的梦想。你记得米兰达说过什么吗？”

“谁是米兰达？”

但那个年轻人显然没有听到这个问题。“神奇啊！”

他的眼睛闪烁着光芒，他的脸涨得通红：“这里有多少美好的造物！人类是多么美丽！”①想起了莱妮娜，他的脸更红了。她是一位穿着深绿色粘胶纤维布料衣服的天使，丰满的身躯绽放着年轻的光芒，总是亲切地微笑着。他支吾着说道：“啊，美丽的新世界，”他开始念叨着，然后突然打断了自己，鲜血已经从他的脸颊上消退，他的脸苍白如纸。“你和她结婚了吗？”他问道。

---

① 见莎士比亚《暴风雨》第五幕第一景。

“我怎么了？”

“结婚。你知道的——一生一世。用他们的印第安话说就是‘天长地久’，婚姻就是不离不弃。”

“吾主福特啊，没有！”伯纳德忍不住哈哈大笑起来。

约翰也笑了，但是出于另一个原因——因为他是出于真诚的快乐。

“啊，新奇的世界，”他重复着，“啊，美丽的新世界，有这么出色的人物！那我们赶快出发吧。”

“有时候你说话的方式真是奇怪。”伯纳德说道，困惑而惊讶地盯着这个年轻人，“不管怎样，等你真的见到新世界再说吧。”

第九章

莱妮娜觉得在经过这一天的古怪和恐怖之后，自己应该度一个彻彻底底的假期。他们一回到招待所，她就吃下六片半克的苏摩，躺在自己的床上，十分钟后就来到了永恒的月球世界，至少要过上十八个小时她才会回到现实。

与此同时，伯纳德躺在床上思考着，在漆黑中睁大着眼睛，直到午夜过了很久才睡着，但他的失眠并非没有成果，他制订好了计划。

第二天早上十点钟，那个穿着绿色制服的混血儿准时从直升飞机里走了出来。伯纳德在龙舌兰丛中等候着他。

“克劳恩小姐吃了苏摩正在度假。”他解释说，“五点前不会醒来。我们有七个小时的时间。”

他可以飞去圣达菲，做完所有应该做的事情，然后再回到熔岩区，那时候离她醒来还早着呢。

“留下她一个人在这里安全吗？”

“就像在直升飞机里一样安全。”那个混血儿向他保证。

他们登上飞机，然后立刻起飞。十点三十四分他们在圣达菲邮政大楼的天台着陆。十点三十七分，伯纳德接通了白厅的世界主宰者办公室的电话，与主宰者的第四个人秘书通话。十点四十四分，他将故事向第一秘书复述了一遍，十点四十七分半，他听到主宰者穆斯塔法·蒙德本人深沉而富有磁性的声音在他的耳朵里回荡。

“小的斗胆认为，”伯纳德结结巴巴地说道，“大人或许会觉得这件事情很有科学价值……”

“是的，我确实觉得它很有科学价值。”那个深沉的声音说道。

“你把这两个人带回伦敦吧。”

“启禀主宰大人，您知道，我需要一份特别许可令……”

“有关文件，”穆斯塔法·蒙德说道，“正被送到保留区区长那里去。你可以立刻前往区长的办公室。早安，马克斯先生。”

没有声音了。伯纳德挂上话筒，立刻上了天台。

“去区长的办公室。”他对那个优等伽玛混血儿说道。

十点五十四分，伯纳德与区长握手。

“幸会，马克斯先生，幸会。”他毕恭毕敬地忙不迭说道，“我们刚刚收到特别命令……”

“我知道。”伯纳德打断了他，“刚才我和主宰者阁下通过电话。”他倦怠的语气暗示着他与主宰者通话是家常便饭。他在一张椅子上坐了下来，“请您尽快完成必要的手续，越快越好。”他断然强调，完全自得其乐。

十一点三分，他的口袋里就装进了所有必需的文件。

他盛气凌人地对区长说道：“再会。”区长一直把他送到电梯口。“再会。”

他走到酒店，洗了个澡，做了一个真空振荡按摩和电解质剃须，听了早上的新闻报道，看了半小时的电视，好整以暇地吃了一顿午饭，两点半的时候和那个混血儿飞回了熔岩区。

那个年轻人站在招待所的外面。

“伯纳德。”他喊道，“伯纳德！”没有人应话。

他穿着鹿皮软靴，悄无声息地，跑上台阶敲了敲门。门是锁着的。

他们走了！走了！这是发生在他身上最可怕的事情。他让他来和他们见面，而现在他们却走了。他坐在台阶上，哭了起来。

半个小时后，他才想到隔着窗户看个究竟。他看到的第一件东西是一个绿色的行李箱，盖子上面写着 L. C. 两个缩写字母[①]。他的心中燃起

① 莱妮娜·克劳恩的姓名缩写。

了快乐的熊熊烈火。他拾起一块石头。碎玻璃叮叮当当掉了一地。没过一会儿他就已经进了房间。他打开那个绿色的行李箱，立刻闻到了莱妮娜的香水的味道，她的存在感填满了他的肺部。他的心怦怦乱跳，差点没晕过去。然后，他弯着腰在这个宝贝箱子里翻寻着，然后拿到光亮处审视。莱妮娜那条备用的粘胶纤维仿天鹅绒短裤上的拉链一开始让他觉得很困惑，然后琢磨出来它是干吗用的，觉得很开心。撕开，然后扣上；然后再撕开，然后再扣上。他玩得着了迷。她的绿色拖鞋是他见过的最美丽的东西。他展开那件两片式拉链内衣，顿时面红耳赤，急忙把它们放到一边。但他亲了亲那条喷了香水的醋酸丝手帕，将一条围巾系在脖子上。打开一个匣子时，他洒出了一大团香粉，手上沾满了粉末。他把粉末抹在胸膛上、肩膀上和赤裸的胳膊上。多么宜人的香味！他闭上眼睛，用沾着香粉的胳膊摩挲着脸颊。光滑的肌肤轻抚着他的脸，鼻孔里充斥着麝香粉的味道——她的存在是那么真实。“莱妮娜，”他低声说道，“莱妮娜！”

一个声音吓了他一跳，他怀着内疚感转过身，把偷出来的东西塞进行李箱里，合上盖子，然后又倾听着动静，张望了一下，没有人的迹象，也没有声音。但刚才他确实听到了声音——像是叹气的声音，又像一块木板发出的咯吱声。他踮着脚尖来到门边，小心翼翼地打开门，发现自己面前是一个宽阔的平台。在平台的对面是另一道门，门是打开着的。他走了出去，推开房门，朝里面窥视。

在一张矮床上，被子被掀了起来，莱妮娜穿着粉红色的一件式拉链睡衣，睡得正香，在如云的卷发映衬下显得如此美丽，粉红色的脚趾甲和她沉睡中的脸庞是如此稚嫩和动人，软绵绵的双手和四肢看上去是那么信任和无助，泪水不禁涌入他的眼眶。

他小心翼翼，但其实根本没有这个必要——因为只有枪声才能在时间到来之前把她从苏摩假期中拉回来——他走进房间，跪在床边的地板上，端详着他，嘴唇翕张着，喃喃说道：

"她的眼睛、她的头发、她的面庞、她的步态、她的语调，
你口口声声对我说，一切洁白的东西，
和她的玉手一比，都会变成墨水一样黝黑，
都会自惭形秽；比起她柔荑的一握来，
天鹅的绒毛都会显得粗硬……"①

一只苍蝇在她身边嗡嗡嗡地飞舞着，他挥手把它赶跑了。"苍蝇，"他想起了这些篇章：

"都可以接触亲爱的朱丽叶的皎洁的玉手，
从她的嘴唇上偷取天堂中的幸福，
那两片嘴唇是这样的纯洁贞淑，永远含着娇羞，
好像觉得它们自身的相吻也是一种罪恶。"②

他伸出手，以非常缓慢的犹豫迟疑的姿势，就像一个人要去抚摸一只害羞而且可能很危险的鸟儿，在几乎就要碰到她那软绵绵的手指，距离只有一英寸的地方停住了，颤抖着。他敢吗？他敢用自己那卑贱的手去亵渎……不，他不敢。这只小鸟太危险了。他的手缩了回去。她太漂亮了！太美丽了！

突然间，他发现自己意识到，只要他将她脖颈处的拉链往下用力一拉……他闭上眼睛，像刚从水里出来的小狗甩耳朵那样用力地甩着自己的头。多么下流可耻的想法！他为自己感到羞愧。她是这样的纯洁贞淑……

---

① 出自莎士比亚《特洛伊罗斯与克瑞西达》第一幕第一景，这是男主人公特洛伊罗斯对女主人公克瑞西达的赞美。

② 出自莎士比亚《罗密欧与朱丽叶》第三幕第三景，这是罗密欧对朱丽叶的赞美。

空中传来了嗡嗡嗡的声音。又有一只苍蝇想要偷取天堂中的幸福！是一只黄蜂！他看着周围，什么也没有看见。嗡嗡嗡的声音越来越响，听位置是在被打破的玻璃窗外。是飞机！他慌慌张张地站起身跑进另一个房间，从开着的窗口跳了出去，匆忙顺着两边是高大的龙舌兰的小径逃跑时，正好看到了从直升飞机里出来的伯纳德·马克斯。

第十章

布鲁姆斯伯里中心的四千个房间的四千个电子钟的指针都指向两点二十七分。主任喜欢把它称为“这个工业之巢”，它正在全速运作着，每个人都很忙碌，每件事情都井然有序。在显微镜下，精子的长长的尾巴正疯狂地扭动着，想要率先将头钻入卵子中。受精后，卵子开始膨胀，如果进行波卡诺夫斯基流程的处理，就会产生分裂，长出胚芽，裂变为单独的胚胎群体。电梯轰隆隆地从社会命运规划室降落到地下室。胎儿泡在暖和的暗红色的腹膜中，浸着替代血液和荷尔蒙，逐渐成长，然后被灌入毒药，失去活力，发育成愚笨的埃普斯隆。在轻微的嗡嗡声和咔哒声中，永无休止的移动的架子以肉眼看不见的速度缓缓地行进几个星期，到了出瓶室里，新出瓶的婴儿发出恐惧而惊奇的第一声啼哭。

下层地下室的发电机轰鸣着驱动电梯上上下下。在十一个楼层所有的育儿所里，喂食的时候到了。一千八百个经过精心分类标注过的婴儿正同时就着一千八百个奶瓶吮吸着经过巴氏消毒处理的添加了外分泌物的牛奶。

在他们上方，是连续十层宿舍，年纪还小需要午睡的小男孩和小女孩和每个人一样忙碌，但他们并不知道这一点，混混沌沌地听着关于卫生、社交能力、阶级意识和幼儿爱情生活的睡眠教育课程。在这些孩子的上方是康乐室，外面在下雨，九百个大一点的孩子正玩着积木和橡皮泥、找拉链和情色游戏。

嗡嗡嗡，嗡嗡嗡！蜂巢在嗡嗡作响，快乐地忙碌着。年轻的女孩们欢快地唱着歌操作着试管，命运规划员一边工作一边吹着口哨。在出瓶室里，员工们对着那些空荡荡的瓶子大开玩笑。主任与亨利·弗斯特走进受精室，主任的神情很难看，严肃地板着脸。

“他成了一个公众样板，”他说道，“在这个房间里，因为它的员工要比中心的其他人身份更加高贵。我已经告诉他两点半的时候来这儿见我。”

“他的工作很出色。”亨利故作大方地插话。

“我知道，因此更要严肃处理。他的智力天赋要求他承担起相应的道德责任。一个人的天赋越高，引领他走歪路的力量就会越大。让他一个人受苦好过让许多人被他败坏。冷静地思考这件事情，弗斯特先生，你就会认识到，没有任何罪行比异端行为更加十恶不赦。谋杀只会杀害一两个人，而说到底，个体算得了什么呢？”他作势扫过那一排排的显微镜、试管和培育器。“我们可以轻而易举地制造一个新的个体出来——想造多少个就造多少个。异端行为威胁的不只是个体的生命，它还对社会本身造成了冲击。是的，对社会本身。”他重复着，“啊，他来了。”

伯纳德走进房间，正从两排受精员之间朝他们走来。他强装自信，勉强掩饰着他的紧张，打招呼道：“早上好，主任。”声音洪亮到滑稽的地步，为了掩饰这个错误，他又问道：“您让我来这儿找您。”这一次声音又柔和得可笑，像在吱声。

“是的，马克斯先生。”主任拿腔作调地说道，“我告诉过你到这儿来。我知道你昨晚度完假回来了。”

“是的。”伯纳德回答。

“是的，是的，”主任重复着，把“是”字拖得很长，然后突然抬高了嗓门，“女士们先生们，”他高声说道，“女士们先生们。”

那些正唱着歌观察着试管的女孩子们，那些吹着口哨专心致志的显微镜操作员们突然停了下来，房间里陷入了平静，每个人都看了过来。

“女士们先生们，”主人又重复了一遍，“请允许我打断你们的工作。我不得不承担起这个痛苦的责任。社会的安全和稳定受到了威胁。是的，受到了威胁，女士们先生们。这个男人，”他以谴责的姿态指着伯纳德，“这个站在你们面前的男人，这个优等阿尔法，他得到了如此多的特权与幸福，因此，他也背负着殷切的期望。你们的这个同事——或许我应该说这位前同事？他辜负了对他的信任。他对运动和苏摩怀有异端思想，对性生活怀有可耻的非正统思想，拒绝遵循我们的主福特的教导，在办公时间之外，甚至不愿意‘怀有赤子之心’。（说到这里，主任比出了T的手势。）证明他是社会的公敌和颠覆者，女士们先生们，是颠覆文明，破坏秩序和稳定的阴谋者。基于这个原因，我提议将他解雇，罢免他在本中心所担任的职务。我还将立刻提出申请，将他流放到最低级别的分处，让他远离任何人口稠密的中心，在冰岛他将没有机会以他不符合吾主福特精神的行为引导他人误入歧途，这一惩罚将能最大程度地造福社会。”主任停了一下，然后双手抱胸，庄严地转身面对伯纳德，说道：“马克斯，你能提出任何我不应该执行对你的判决的理由吗？”

“是的，我能提出理由。”伯纳德高声回答。

主任有点惊讶，但仍然庄严地说道：“那就提出来吧。”

“当然。它就在走廊里。请稍候。”伯纳德快步走到门口，打开了房门。“进来吧。”他发出命令，谜底揭晓了。

人们倒吸一口凉气，惊讶地窃窃私语。一个年轻的女孩尖叫起来。有人站在椅子上想看得清楚一些，打翻了两个装满了精液的试管。身形浮肿肌肉松垮的琳达在那一个个年轻的身躯和那一张张端正的面孔的衬托下，就像一头古怪而恐怖的步入中年的怪物，走进了房间，卖弄风情地展示她那破碎而且没有血色的微笑，摇摆着原本应该撩人地起伏的硕大的臀部。伯纳德走在她的身边。

“他就在那儿。”他指着主任说道。

“你以为我会认不出他吗？”琳达愤慨地问道。然后转身对着主任，“我当然认识你，托马金，你去到哪儿我都认识你，在一千人中也能认出你。但或许你已经忘记我了。你不记得了吗？你不记得了吗，托马金？你的琳达。”她站在那儿看着他，侧着脑袋，仍然带着微笑，但看到主任的脸上一直是那副惊恐而恶心的表情，她的微笑渐渐失去了自信，踌躇着，摇摆着，最后信心全无。

“你不记得了吗？”她颤声重复着。她的眼睛带着焦虑和痛苦。那张浮肿而下垂的脸庞由于极度悲痛而扭曲变形。“托马金！”她伸出双臂。有人开始哧哧窃笑。

“这是什么意思？”主任开口了，“这个可怕的……”

“托马金！”她跑上前，她那张毛毯拖在身后，双臂搂着他的脖子，将她的脸埋在他的怀中。

一阵笑声终于抑制不住而爆发出来。

“……这真是滑天下之大稽。”主任高喊着。

他满脸通红，试着从她的拥抱中挣开。她拼命地紧紧抱着他。“但我是琳达，我是琳达啊。”笑声淹没了她的声音。“你让我有了宝宝。”她的尖叫盖过了哄堂大笑的声音。周围突然间陷入了惊愕的沉默，每个人的眼睛不安地游离着，不知道该看哪里。主任脸色顿时变得煞白，停止了挣扎，双手抓住她的手腕，低头惊恐地盯着她。“是的，一个宝宝——我是他的母亲。”她将这桩丑事公之于众，陷入羞愤的沉默，然后突然从他身边挣开，惭愧地捂着脸，啜泣着说道：“这不是我的错，托马金。因为我一直在做节育训练，不是吗？不是吗？一直在做……我不知道怎么会……如果你知道那有多可怕就好了，托马金……但不管怎样，他给我带来了慰藉。”她转身对着门口喊道：“约翰！约翰！”

他立刻进来，刚进门的时候停下了脚步，打量着周围，然后穿着鹿皮软靴的双脚迈着柔和的步伐快步走过房间，跪倒在主任面前，以清晰的声音说道：“我的父亲！”

这个词（因为“父亲”的含义并没有那么淫秽——它并没有养育孩子这个令人厌恶和道德沦丧的内涵——只是低俗、肮脏而不猥亵的粗话），这个可笑的下流的词语舒缓了原本几乎无法承受的紧张情绪。响亮的几乎歇斯底里的笑声突然迸发出来，一浪接着一浪，似乎永远不会平息。我的父亲——而他就是主任！我的父亲！噢，吾主福特！噢，吾主福特！这真是太妙了。叫嚷声和喧闹声此起彼伏，一张张面孔笑开了花，连眼泪都笑出来了。又有六瓶精液被打翻了。我的父亲！

主任脸色苍白，目光炯炯地瞪着他，眼神中带着迷惑和羞愧。

我的父亲！原本已经渐渐平息的笑声再次爆发，比刚才更加响亮。他用双手堵着耳朵，冲出了房间。

第十一章

经过了受精室那一幕之后，整个伦敦的上层阶级都迫不及待想见见这个跪倒在生育与培育中心主任面前的可爱的生物——或者应该说是前任主任，因为这个可怜的家伙事后立刻辞职了，再也未曾踏足中心——而且他还跪倒下来，叫他“我的父亲”。(这个玩笑有趣得几乎不像是真事！）但琳达则没有人关注。没有人想要去见琳达。说一个人是母亲——这根本不是一个笑话，而是一则猥亵的言行。而且，她并不是一个真正的野人，而是和其他人一样是从瓶子里培育出来的，因此不会有什么真正的奇思妙想。最后——这是人们不愿意见到琳达的最重要的原因——她的样貌。她肥胖臃肿，年迈体衰，牙齿都掉光了，而且皮肤长了斑点，还有那副身材（吾主福特啊！）——看到她你就会觉得恶心，是的，恶心得要命。因此，那些上流人物决定不去见琳达。而琳达本人也不想见他们。对于她来说，回到文明就是回到了苏摩，她可以躺在床上，不停地度假，不用回归现实，忍受头痛或呕吐，不会有喝完仙人掌酒之后常有的那种感觉，似乎你做了某件令你抬不起头做人的如此羞耻的反社会的举动。苏摩完全没有这些不良后果。它所赋予的假期是完美的，如果度假后的早上你觉得不好受，那并不是你自身的问题，而是和假期的快乐相比较的结果。解决方法就是继续度假。她贪婪地要求更大更频繁的剂量。萧医生一开始不肯开，然后由得她想吃多少就吃多少。她一天要吃多达二十克。

“这会在一两个月内就让她丧命的。”医生对伯纳德说道，“呼吸循环系统将会停止运作，再也无法呼吸，然后死掉。这也是一件好事。当然，如果我们能够恢复青春，情况会不一样。但我们做不到。”

就像每个人想的一样（琳达正吃了苏摩在度假，因此她根本不碍事），约翰出乎意料地提出了反对。

“你给她吃那么多，不是会缩短她的寿命吗？”

“从某种意义上说，是的。”萧医生承认，“但在另一种意义上，我们其实是在延长她的寿命。”年轻的约翰疑惑地盯着他。“苏摩或许会让你少活几年，”医生继续说道，“但你要想想它赐予你的超越时间的无法衡量的持久性，每一次苏摩假期都是我们的祖先所说的永恒。”

约翰开始理解了。“我的嘴唇和眼睛里有永生的欢乐。”[①]他喃喃说道。

“嗯？”

“没什么。”

萧医生继续说道：“当然，你不能由得人们随随便便就进入永恒，如果他们有要紧的工作的话。但因为她并没有要紧的工作……”

约翰坚持说道：“我仍然认为这是不对的。”

医生耸了耸肩膀，“那好嘛，如果你希望她一直疯狂叫嚷的话……”

最后，约翰不得不作出让步。琳达得到了她的苏摩。自此，她一直待在伯纳德的公寓三十七楼的那个小房间里，躺在病床上，广播和电视一直开着，天竺薄荷的香薰一直在滴个不停，苏摩药片就在伸手可及的地方——她就一直待在那儿，而又可以说根本不在那儿，置身于无限遥远的另一个世界。广播里的音乐就像是一座堂皇缤纷的迷宫，一座变幻无常的迷宫，通往（经过美妙的不可避免的蜿蜒曲折）绝对真理的光明的中心，电视机里的那些舞蹈形象是无法以言语描述的美妙的歌舞感官电影的表演者，滴个不停的天竺薄荷香水并不只是香薰——它是太阳，是一百万个萨克斯风，是在和波普做爱，只是更加快乐，快乐得无可比拟，而且永无休止。

萧医生说道：“不行，我们不能让人恢复青春，但我非常高兴，能够有这个机会看到一个人类衰老的例子。非常感谢你把我叫来。”他热切

---

① 出自莎士比亚《安东尼与克莉奥佩特拉》第一幕第三景，这是埃及女王的台词。

地和伯纳德握手。

大家都想和约翰见面，由于只有通过他的指定监护人伯纳德才能和约翰见面，现在伯纳德发现自己在人生中第一次不仅被当做正常人看待，而且成了一位非常重要的大人物。再也没有人谈论他的替代血液里掺了酒精，也没有人嘲笑他的样貌。亨利·弗斯特对他格外友好，本尼托·胡佛送给他六盒性荷尔蒙口香糖作为礼物。助理命运规划员几乎是可怜兮兮地在巴结讨好他，希望能受邀参加伯纳德的晚宴。至于那些女人，伯纳德只需要暗示她们有可能被邀请，就能随心所欲地和任何一个女人上床。

“伯纳德邀请我下个星期三和野人见面。”芬妮得意地宣布。

“我好开心。”莱妮娜说道，“现在你得承认你对伯纳德的观感是错的了吧。难道你不觉得他真的是个好人吗？”

芬妮点了点头，说道：“我必须承认，我觉得很惊讶，但也很开心。”

首席装瓶师、命运规划处的主任、三位助理总受精员、情感工程学院感官电影教授、威斯敏斯特合唱学院的院长、波卡诺夫斯基流程的主管——伯纳德的名单上的大人物排了长长一列。

“上周我上了六个女孩。”他告诉赫姆霍兹，“星期一上了一个，星期二上了两个，星期五又上了两个，星期六上了一个。要是我有时间或动了念头的话，起码还有十几个渴望着……”

赫姆霍兹静静地听着他吹嘘，神情阴郁地表示不悦，伯纳德觉得很恼火。

“你是在嫉妒我。”他说道。

赫姆霍兹摇了摇头，回答道：“我很难过，如此而已。”

伯纳德气呼呼地走了，对自己说他再也不跟赫姆霍兹说话了。

日子一天天地过去，成功让伯纳德轻飘飘的，他与之前还觉得很不满的世界达成了完全的和解（就像醇酒的功效一样）。当它承认他是个大人物时，一切秩序良好。不过，虽然他的成功促使了他与世界的和解，但他拒绝放弃批评秩序的权利。因为批评使他自我感觉良好，让他更加自我膨胀。而且他真的相信有可以批评的东西。（与此同时，他真的很享受当一个成功人士的感觉，而且想和哪个女孩子好就和哪个女孩子好。）对于那些为了野人而对他客客气气的人，伯纳德总是当着他们的面吹毛求疵，说一些离经叛道的话。当他开口时他们会礼貌地倾听，但在他的背后，人们会摇头说道："这个年轻人迟早会遭殃的。"他们满怀信心地作出预言，因为在适当的时候，他们自己会确保他的下场会很惨。"下一次他可找不到另一个野人解救他了。"但是，与此同时，因为这是第一个野人，因此他们很客气。而因为他们很客气，伯纳德更是自我膨胀到了极点，整个人因为得意洋洋而轻飘飘的，比空气还要轻。

"比空气还轻。"伯纳德指着上空说道。

气象局的系留气球就在他们头顶，像一颗珍珠悬在天空中，在阳光中闪烁着淡红色的光芒。

"……这位野人先生，"伯纳德解释道，"将会了解到文明生活的所有方方面面……"

他被带到查林T字塔的平台，从上面鸟瞰伦敦。气象局的主任和常驻气象学家担任导游。但说话最多的人是伯纳德。他神采飞扬，俨然是一位世界主宰者的气派。比空气还要轻。

翠绿色的火箭从天空中落下来，八个长得一模一样的穿着卡其布制服的达罗毗荼裔多胞胎正从客舱的八个舷窗朝外边张望——他们是乘务员。

"每小时一千二百五十公里。"气象局的主任感慨地说道，"您怎么看，野人先生？"

约翰认真地想了一想，然后说道："但爱丽儿能在四十分钟内给地球围上一圈儿腰带。”[①]

伯纳德在给穆斯塔法·蒙德的报告中写道：“令人惊讶的是，野人对现代文明的各项发明并没有表现得很惊奇或震撼。无疑，这一部分原因是因为他已经从琳达这个女人，他的X亲——那里听说过了。”

穆斯塔法·蒙德皱着眉头，“这个傻瓜以为我神经衰弱到不敢看这个词完整地写出来吗？”

“另一部分原因是他一心只关注他称之为‘灵魂’的东西，他坚持认为那是独立于客观环境之外的实体，而我尝试向他指出……”

主宰者跳过了下一句，正准备翻页寻找更有趣具体的内容时，目光落在了一连串不同寻常的内容上。“……但我必须承认，”他读道，“我认同野人的观点，用他的话说，文明的赤子情怀太过于轻松，或代价不够高昂，我希望借此机会，恳请大人注意……”

穆斯塔法·蒙德觉得又好气又好笑。这个家伙居然在社会秩序这个问题上严肃地教训他，真是太可笑了。他一定是疯了。“我得教训他一下。”他自言自语道，然后仰头大笑起来。不管怎样，目前还不是教训他的时候。

这是一间生产直升飞机的照明设备的小工厂，是电子设备公司的下属单位。总工程师和人力要素经理亲自来到屋顶迎接他们（因为来自主宰者的那封介绍信发挥了作用）。一行人下楼进了工厂。

人力要素经理解释道：“每一个流程都尽可能由单独一个波卡诺夫斯基群体去执行。”

事实上，八十三个短头颅塌鼻梁黑头发的德尔塔负责冷锻；五十六台四轴卡盘切削车床由五十六个长着鹰钩鼻和姜黄色头发的伽玛操作；

---

① 爱丽儿是莎士比亚《暴风雨》中的精灵。事实上这句话出自莎士比亚《仲夏夜之梦》中的蒲克之口，见第二幕第一景蒲克与仙王奥伯朗的一番对话。

一百零七个经过耐热培育的埃普斯隆塞内加尔人在铸造厂上班；三十三个长头颅窄骨盆长着淡茶色头发的德尔塔女性，所有人的身高误差在一米六九正负两公分内，正在切削螺丝；在装配车间，发电机由两组优等伽玛的侏儒负责装备：两张低矮的工作台面对面摆放着，中间是一条缓缓移动的传送带，上面输送着分散的零部件，四十七个金发脑袋正对着四十七个棕发脑袋。四十七个狮子鼻配四十七个鹰钩鼻，四十七个后缩的下巴对着四十七个挺翘的下巴。完成的设备由十八个长得一模一样的赤褐色卷发、穿着绿色制服的伽玛女孩负责检查，由三十四个短腿的左撇子次等德尔塔男性进行装箱，再由六十三个长着蓝色眼睛、亚麻色头发和长了雀斑的埃普斯隆半痴呆儿搬到等候的卡车和货车里。

“啊，美丽的新世界……”可恶的记忆让野人发现自己在念叨着米兰达的台词，“啊，美丽的新世界，有这么出色的人物！”①

离开工厂时人力要素经理总结道：“我向您保证，我们的工人从来不会惹是生非。我们总是发现……”

但野人突然间摆脱了他们，跑到一处月桂丛后面剧烈地干呕着，仿佛他的立足之地不是坚实的土地，而是遇上了气流的直升飞机。

伯纳德写道：“野人拒绝服用苏摩，而且似乎因为琳达这个女人——他的X亲——总是在度假而感到非常忧愁。值得注意的是，虽然他的X亲是那么苍老，而且样貌极其令人反感，野人总是去看她，而且似乎很关心她——一个非常有趣的例子，展现了早期教育能够修正甚至逆转自然本能（这里指的是躲避讨厌的事物的本能）。”

他们来到伊顿高中的天台。在校园的对面，五十二层楼高的勒普顿塔在阳光中闪烁着白色的亮光。他们的左边是学院，右边是社区合唱学

① 出自莎士比亚《暴风雨》第五幕第一景。

校高耸的钢筋混凝土和维他玻璃大楼。在方形庭院的中央竖立着我们的主福特的古老的镀铬钢像。

他们刚下飞机，院长加夫尼博士和校长吉娅小姐就来迎接他们。

正要开始参观的时候，野人问道：“你们这里有多胞胎吗？”

“噢，没有。”教务长回答，“伊顿中学只招收上层阶级人士的孩子。一个卵子，一个成人。当然，这使得教育变得更加困难。但他们以后将接受召唤，承担起责任和应付意外的紧急情况，这是不可避免的。”他叹了口气。

与此同时，伯纳德喜欢上了吉娅小姐。“如果你星期一、星期三或星期五晚上有空的话，”他朝野人伸出大拇指，“他很有趣，你知道的，”伯纳德还补充道，“古怪得很。”

吉娅小姐微笑着（她的微笑真是太迷人了，他心想），说了声“谢谢”，她很高兴能参加他的派对。教务长打开了一扇门。

在双优阿尔法的教室待了五分钟后，约翰觉得一头雾水。

“什么是基本相对论？”他低声问伯纳德。伯纳德尝试解释，但想了一想之后，建议去参观别的教室。

在通往次等德尔塔的地理课教室的走廊的一扇门后，一个洪亮的女高音喊着：“一、二、三、四，”然后疲倦而不耐烦地说道：“原地不动。”

女校长解释道：“马尔萨斯绝育训练。大部分我们的女学生是雄化雌体，我自己就是雄化雌体。”她朝伯纳德微微一笑，“但我们有八百个没有绝育的学生，需要一直进行训练。”

在次等贝塔的地理教室里，约翰了解到“野人保留区是由于气候或地理条件不利，或自然资源匮乏，不值得进行文明开发的地方”。哒的一声，教室暗了下来，突然间，在老师头顶的屏幕上出现了阿科马地区的忏悔者跪倒在圣母像前面，就像约翰听过他们恸哭那样哭泣着，在十字架上的耶稣和鹰神普空面前忏悔自己的罪孽。那些年轻的伊顿学生哈哈大笑着呐喊着。那些忏悔者仍然在痛哭流涕，站起身脱掉自己的上衣，拿起九节鞭开始鞭笞自己，抽了一下又一下。笑声的音量增强了一倍，甚至盖过了扬声器中他们的呻吟声。

“但为什么他们要笑呢？”野人痛苦而困惑地问道。

“为什么？”院长转身对着他，脸上仍然挂着笑容，“为什么？因为它真是太逗了。”

在电影院般的昏暗中，伯纳德做出了一个冒险的举动，以前即使是在一片漆黑中他也不敢这么做。他现在是一个重要人物，胆子也壮了。他伸手搂住女校长的腰肢，它像柳枝一样摇摆着避开了。他正想亲吻一下或者轻轻地掐一把时，百叶窗咔哒一声又打开了。

“或许我们该走了。”吉娅小姐说道，然后朝门口走去。

“这间是睡眠教育控制中心。”院长介绍道。

数百个合成音乐盒子，每一个对应着一间宿舍，摆放在环绕房间三面墙壁的架子上，另一面墙的架子上面则摆放着音轨纸卷，上面刻录着各式睡眠教育的课程。

“你把纸卷放在这里，”伯纳德打断了加夫尼博士的话头，抢着解释道，“然后按下这个开关……”

“不，是那个开关。”教务长纠正了他，觉得有点恼火。

“那好吧，那个开关。纸卷就会展开，硒光电管将光脉冲转化为声波，然后……”

“然后就行了。”加夫尼博士总结道。

“他们读莎士比亚吗？”在去生物控制实验室的路上，经过学校图书馆时野人问道。

“当然不读。”女校长红着脸回答。

加夫尼博士说道：“我们的图书馆只有参考书。如果我们的年轻人需要消遣，他们可以去看感官电影。我们不鼓励他们沉迷于任何个人娱乐。”

五辆校巴满载着男生和女生，或唱着歌，或静静地拥抱着，在玻璃高速公路上从他们身边驶过。

“他们刚刚回来。”加夫尼博士解释道，而伯纳德悄悄地和女校长约好了当晚见面。

“从斯洛的火葬场回来。死亡教育从十八个月就开始，每个孩子每星期两个早上去临终病院。最好的玩具都放在那里，在死亡日他们能吃到巧克力忌廉。他们学会了视死亡为天经地义的事情。”

女校长以专业的口吻补充道：“就像其他生理进程一样。”

八点钟在萨沃伊剧院，一切都安排好了。

在回伦敦的路上，他们在位于布伦特福德的电视公司的工厂停歇。

“我去打个电话，你不介意在这儿等一会儿吧？”伯纳德问道。

野人一边等一边张望着。上日班的工人刚刚下班。成群的下级阶层工人在轻轨车站前面排队——有七八百个伽玛、德尔塔和埃普斯隆男男女女，却只有十几张不同的面孔和十几副不同的身材。一个售票员领到每个人的票，将一个小小的纸盒递给他或她。那列长长的队伍缓缓地向前推进。

“那些是什么？（他想起了《威尼斯商人》里的一句话。）那些匣子？”[①]伯纳德回来的时候野人问道。

“是当日的苏摩配给。”伯纳德含糊地回答，因为他正嚼着一片本尼托·胡佛送给他的口香糖。“下班后他们就能得到配给。每天四片半克苏摩，星期六有六片。”

他热情地挽着约翰的胳膊，朝直升飞机走回去。

莱妮娜哼着歌走进了更衣室。

---

① 莎士比亚《威尼斯商人》中有女主角鲍西娅“挑匣求婚”的情节：富有的少女的终身大事取决于父亲生前设置的彩匣——大厅上陈列着金、银、铅三个匣子，等待求婚者前来挑选，谁选中彩匣，谁就是她的丈夫。

“你看上去似乎很开心哦。”芬妮说道。

“我好开心。”莱妮娜回答。嘶！“半小时前伯纳德给我打电话了。”嘶，嘶！她脱掉短裤。“他临时有个约会。”嘶！“问我能不能今晚带野人去看感官电影。我得开飞机去。”她匆匆朝浴室走去。

“她真是个幸运儿。”芬妮看着莱妮娜走开，自言自语道。

这句话没有嫉妒，好心眼的芬妮只是在陈述一个事实。莱妮娜确实很幸运，能与伯纳德分享到野人这个大名人，让她这个小人物幸运地沾到至高荣耀之光。福特女青年协会的秘书不是请她开课讲述自己的经历了吗？她不是被邀请参加阿佛洛狄宫的年度晚宴了吗？她不是已经上了感官基调新闻——被世界上数以百万计的人看到、听到和触摸到吗？

而且同样令人满心欢喜的事情还有那些大人物对她的关注。世界主宰者的第二秘书邀请她共进晚餐和早餐；与福特司法部长一起度过周末，还与坎特伯雷首席合唱领唱员共度周末；内外分泌公司的总裁老是打电话给她，而且她还和欧洲银行的副总裁去了趟多维尔。

“当然，这一切都挺好。但不知怎的，”她曾经找芬妮倾诉，“我觉得我得到的那些似乎都是虚情假意，因为，他们最想知道的是和野人做爱有什么感觉。我只能说我不知道。”她摇了摇头。“当然，大部分人都不相信我。但这是真的。我好希望事情不是这样，”她难过地叹气道，“他真的太帅了，你不觉得吗？”

“但他不是喜欢你吗？”芬妮问道。

“有时候我觉得他喜欢我，但有时候我觉得他不喜欢我。他总是尽力回避我，我一进房间他就出去，他不碰我，甚至不看我一眼。但有时候如果我突然转身，我会看到他在盯着我，然后——你知道的，如果男人喜欢你的话会是什么样子。”

是的，芬妮知道。

“我不知道该怎么办。”莱妮娜说道。

她不知道该怎么办，不仅觉得很迷惑，而且很不开心。

“因为，你知道的，芬妮，我喜欢他。”

越来越喜欢他。洗完澡后喷香水时她心想，现在真正的机会来了，喷、喷、喷——真正的机会。她激动得唱起了歌。

亲爱的，紧紧地抱着我，让我醉去，
亲吻我，直至我窒息；
亲爱的，抱紧我，就像暖和的兔子，
爱情就像苏摩一般神奇。

香薰机器正播放着清新宜人的草本狂想曲——荡漾的百里香和薰衣草二重奏，还有迷迭香、罗勒草、桃金娘、龙蒿；一系列大胆的香料变奏，以龙涎香作为开始，然后缓缓地回到檀香、樟脑、香柏和新割的香草（偶尔会出现不和谐的调子——一股腰子布丁还有淡淡的像是猪屎的味道），再回到乐章刚开始时简单朴素的香味。最后一股百里香的味道渐渐淡去，周围响起了掌声。灯光亮起，合成音乐机开始播放唱片。那是高音小提琴、重低音大提琴和双簧管的三重奏，让空气中充斥着那种让人觉得很舒服的慵懒。过了三四十个拍子——然后，以这三种乐器作伴奏，一个比人声更动听的声音以柔和的颤音开始歌唱，时而嘶哑，时而从头顶发声，时而像笛声一样空洞，时而发出热烈的和声。它轻松地从加斯帕德·弗斯特的音乐表演低音记录转换到比卢克雷齐娅·艾祖嘉莉曾经独领有史以来所有歌唱家风骚（那是在一七七〇年帕尔马的公爵歌剧院，令莫扎特为之感到惊诧）的最高C调更高的颤动的蝙蝠音。

莱妮娜和野人坐在充气座椅上，享受着香气和音乐。现在轮到眼睛和肌肤了。

灯光暗了下来，炽烈的字母显得那么耀眼，似乎自动地悬浮于黑暗中。“《直升飞机上的三周》，一场超级演唱、合成配音、彩色立体影像感官大戏，同步香薰伴奏”。

“抓住你的椅子扶手上那几个金属把手。”莱妮娜低声说道，“不然你就体验不到感官效果了。”

野人按照她的话抓住把手。

与此同时，那些耀眼的字母消失了。有十秒钟的时间，周围一片漆黑。然后，突然间，耀眼的比真实的血肉之躯更加真切的立体影像出现了，是一个高大的黑人和一个年轻的短头颅金发女郎手挽着手。

野人吓了一跳。他的嘴唇上那种感觉！他抬起一只手摸着嘴巴，酥痒的感觉消失了，他又把手放回到金属把手上。感觉又开始了。与此同时，香薰机器喷出纯净的麝香的味道。一个音轨发出鸽子般奄奄一息的“哦—哦”声，然后是每秒钟只有三十二次的振动，一个比非洲人的男低音更低沉的声音回应道：“啊—啊！”“哦—啊！哦—啊！”立体的双唇再次交叠，阿罕布拉宫的六千名观众脸部的性感带再次感受到几乎无法忍受的触电般的快感。“哦……”

这部电影的剧情非常简单。最开始的“哦—哦！”和“啊—啊！”结束后（两人开始进行二重奏，并在那张久负盛名的熊皮上做爱——那个助理命运规划员说得很对——纤毫毕现），那个黑人遭遇了一场直升飞机空难，摔到了脑袋。砰！额头传来一阵剧痛！观众中响起了一阵“哎哟”和“哎呀”的叫唤声。

这场脑震荡将那个黑人所接受的培育抛到了九霄云外。他对那个贝塔金发女郎产生了疯狂的独占性情欲。她一再抗拒，而他一意强求。剧情有挣扎、追逐、袭击情敌，最后是骇人听闻的绑架。那个贝塔金发女郎被劫持到空中，悬吊了三个星期，听那个疯狂的黑人发表野蛮的反社会的长篇大论。最后，经过一系列惊险行动和空中飞行特技，三个英俊帅气的年轻阿尔法成功将她解救出来。那个黑人被送到一所成人再培育中心，这部电影有一个快乐体面的结局，那个贝塔金发美女成为那三位护花使者的情人。在交响乐团的伴奏和栀子花的香味中，他们唱起了合成四重奏。最后，在萨克斯风的伴奏下，那张熊皮又出现了，立体影像的亲吻渐渐变为漆黑一片，最后的电流酥痒在嘴唇上渐渐消失，就像一只垂死的蛾子颤动着，颤动着，越来越微弱，越来越无力，最后安静了下来。

但对于莱妮娜来说，那只蛾子并没有彻底死掉。即使到了灯光亮起，他们顺着人群慢慢地朝电梯移动的时候，它的幽灵仍然在她的唇间扇动着翅膀，仍然让她的肌肤因为焦虑和愉悦而战栗着。她两颊绯红，挽着野人的胳膊，偎依在他身上。他低头看了她一会儿，脸色苍白，心里觉得很痛苦，他渴望得到她，却又为自己的渴望而感到羞耻。他配不上她，配不上……有那么一会儿，两人四目相投。她的眼神中承诺了多少财富！一个女王肆意放纵的挥霍。他立刻望着别处，挣脱被抱紧的手臂。他的心里有点害怕，担心她会失去让他觉得自己配不上她的地位。

“我觉得你不应该看那种东西。”他不去责备莱妮娜，而是将她过去或以后的不完美的缺点归结于她周围的环境。

“什么东西呢，约翰？”

“那种糟糕的电影。”

“糟糕？”莱妮娜真的吃惊，“但我觉得很好看啊。”

“它很低俗，”他愤慨地说道，“很下流。”

她摇了摇头，“我不知道你在说什么。”为什么他总是这么古怪？为什么他总是要大煞风景呢？

在直升飞机的士里，他几乎不去看她。他被从未说出口的誓言束缚住，听命于早已不再生效的法律，坐在的士里，回避着她，一言不发。有时候，似乎一根手指拨动了一根琴弦，几乎将它弹断，他的整个身子会突然神经质地颤抖着。

直升飞机的士在莱妮娜的公寓大楼的天台上着陆。“终于，”走出的士的时候她欣喜地想着，终于就要发生了——虽然他刚才的举动是那么古怪。她站在一盏灯下，照着自己的手镜。终于要发生了。是的，她的鼻子泛着微光。她从粉扑里摇出一些粉末，趁他付车费的时候——时间刚刚好，她朝发着油光的部位擦了擦粉，心想：“他真是太帅了。他根本不需要像伯纳德那样腼腆。但是……换了是别人早就那么做了。嗯，现在，终于要发生了。”那个小圆镜里的半张脸突然朝她微笑着。

“晚安，”她的身后传来嘶哑的声音。莱妮娜转过身。他站在直升飞机的士的车门处，眼睛一直盯着她，显然在她给鼻子补粉的时候就一直盯着她，等候着——但为了什么呢？或是犹豫着，尝试着下定决心，一直在想着，想着——她无法想象那是什么样的荒诞不经的念头。“晚安，莱妮娜。”他又说了一次，勉强地微笑着。

“但是，约翰……我还以为你……我是说，难道你……”

他关上了门，倾着身子对司机说了几句话。直升飞机的士升到了空中。

野人透过地板上的窗户看着下方，看到莱妮娜仰起的面孔，在蓝色的灯光下显得很苍白。她张着嘴，正在叫嚷着。她那因为透视角度而看上去变短了的身躯正迅速远离他。四方形的天台越来越小，似乎正掉落在漆黑中。

五分钟后，他回到自己的房间。他拿出那本被老鼠啃咬过的书，怀着虔诚的心情小心翼翼地翻开斑驳破碎的书页，开始阅读《奥赛罗》。他记得，奥赛罗就像《直升飞机上的三周》里的男主角——是一个黑人。

莱妮娜擦干眼泪，走过天台去搭电梯。在到二十七楼的途中她拿出了她那瓶苏摩。她觉得一克不够分量，她的痛苦是一克苏摩无法减轻的。但如果她服用两克的话，她可能明天早上不能按时起床。她决定妥协，往弯曲成杯状的左手掌心倒出三颗半克的药片。

第十二章

伯纳德只能抬高嗓门透过锁着的门高喊，但野人就是不肯开门。

“但大家都到了，等你呢。”

“让他们等吧。”门那边传来瓮声瓮气的声音。

“你心里很清楚，约翰，”（要在扯高嗓门的情况下好言相劝实在是太难了！）“我特意叫他们来见你的。”

“那你应该先问我愿不愿意见他们。”

“但之前你不是都来了吗，约翰？”

“就是这样，所以我不想再去了。”

“就当是为了我，”伯纳德好言好语地高吼着，“你就不能为了我来一趟吗？”

“不行。”

“你是说真的吗？”

“是的。”

情急之下，伯纳德哀声说道：“那我怎么办？”

“去死吧！”房间里传来愤怒的咆哮声。

“但坎特伯雷首席合唱领唱员今晚会来。”伯纳德都快哭了。

“埃呀塔卡瓦！”野人只有用祖尼语才能充分表达他对首席合唱领唱员的观感。“哈尼！”想了想，然后补充道（以毫不留情的嘲讽语气！），“桑斯埃索忒纳。”接着往地上吐了一口唾沫，就像波普会做的那样。

最后伯纳德只能灰溜溜地回到客厅里，通知已经等得不耐烦的客人们野人当晚不会来了。听到这个消息，客人们十分愤慨，对自己遭到戏弄，对自己之前客客气气地对待这个无足轻重又声名狼藉而且有异端思想的小人物感到极其愤怒。他们的地位越高，他们的愤恨就越发深切。

“居然和我开这种玩笑！”首席领唱员不停地说着，“和我开这种玩笑！”

至于那帮女人，她们心里愤愤不平，自己居然被骗上了床——被一个卑贱渺小的男人骗上了床，他的瓶里曾经出了差错，被倒进了酒精——被一个体格和次等伽玛一般无二的畜生骗上了床。真是岂有此理，而且她们越来越大声地说出这番话，那位伊顿的女校长的话尤其难听。

莱妮娜一言不发。她脸色苍白，蓝色的眼眸笼罩着少有的忧伤，坐在角落里，不去理会身边的人，被与其他人不同的情感所隔绝。她是怀着既忧愁又喜悦的奇怪的情感来参加这个派对的。走进房间时，她对自己说道：“再过几分钟，我就可以见到他，和他说话，告诉他（因为她已经下定了决心）我爱他胜过任何我认识的人。然后，或许他会说……”

他会说什么呢？她的两颊涌现出血色。

“为什么他那天晚上看完感官电影后的举动那么古怪呢？真是奇怪。但我十分肯定他真的很喜欢我。我肯定……”

而就在这个时候，伯纳德宣布了那个消息：野人不会参加派对了。

莱妮娜突然感受到在接受替代激情治疗开始时通常会体验到的那种感觉——一股可怕的空虚，一种喘不过气来的恐惧，一阵恶心。她的心似乎停止了跳动。

“或许是因为他不喜欢我。”她对自己说道。然后，这一可能性成为了确凿的现实：约翰不肯来是因为他不喜欢她。他不喜欢她……

“真是太过分了，”伊顿的女校长正和火葬场与磷回收中心的主任说话，“当我想到我真的……”

“是的。”那是芬妮·克劳恩的声音，“关于酒精的传闻绝对是真的。我认识一个人，她认识一个当时在胚胎仓库工作的人。她告诉了我的朋友，然后我的朋友告诉了我……”

“太糟糕了，太糟糕了，”亨利·弗斯特说道，与首席合唱领唱员心有同感，“或许您有兴趣知道，我们以前那个主任曾经想过把他调到冰岛去。”

伯纳德像膨胀的气球般的自信快乐的心情被每一个脱口而出的字眼扎得千疮百孔，一下子泄了气。他脸色苍白，心烦意乱，可怜巴巴地不安地在客人中间穿梭，结结巴巴语无伦次地向他们道歉，向他们保证下一次野人一定会来，央求他们坐下来吃一个胡萝卜素三明治和一片维他命面包，喝一杯替代香槟。他们照吃不误，但根本不去理会他，不给他好脸色看，或彼此间讨论着他，高谈阔论咄咄逼人，似乎当他是透明的。

“好了，我的朋友们，”坎特伯雷首席合唱领唱员以他在福特节庆典领唱时那美妙清脆的嗓音说道，“好了，我的朋友们，我想或许是时候……”他站起身，放下酒杯，将掉在他那件紫色粘胶纤维马甲上的点心屑掸掉，然后朝门口走去。

伯纳德冲上前想拦住他。

“首席领唱员，您真的……？时候还早，我希望您能……”

是的，当莱妮娜偷偷告诉他首席合唱领唱员愿意接受邀请的时候，他没有想过会是这样。她给伯纳德看了首席领唱员送给她的那个小小的T字形金拉链搭扣，是她在兰贝斯和他共度周末的纪念品。与坎特伯雷首席合唱领唱员和野人先生会面。伯纳德得意洋洋地在每一张邀请函上写下了这句话。但野人偏偏就在今天晚上把自己锁在房间里，还吼道：“哈尼！”甚至还吼出“桑斯埃索忒纳！”这样的话。（幸亏伯纳德不懂祖尼语。）原本将是伯纳德的人生巅峰的时刻却变成了他最耻辱的时刻。

“我恳切希望……”他结结巴巴地重复着，以哀求凌乱的眼神仰望着这位大人物。

首席合唱领唱员以洪亮而庄严的声音说道：“我年轻的朋友，”然后停了停，“让我给你一点建议，”他朝伯纳德晃了晃手指，“趁还不是太晚。一个有益的建议。”（他的声音变得阴森森的。）“有过则改，我年轻的朋友，有过则改。”他比出T字的手势，然后转身换了个口吻，“亲爱的莱妮娜，跟我走吧。”

莱妮娜顺从地听命，但没有微笑，也不觉得高兴（对这一荣誉根本无动于衷），跟在他的身后离开了房间。其他客人一个接一个体面地离开了。最后一个客人砰的一声关上了门，只剩下伯纳德一个人。

饱受打击，彻底灰心丧气，他颓然跌坐在一张椅子上，双手捂着脸，开始哭泣。但几分钟后，他觉得思绪平复了一些，拿出四片苏摩。

在楼上的房间里，野人正在阅读《罗密欧与朱丽叶》。

莱妮娜与首席合唱领唱员来到兰贝斯宫的屋顶。“快点，快点，我年轻的朋友——我是说，莱妮娜。”首席领唱员在电梯门口不耐烦地喊着。莱妮娜刚才稍作停留，抬头看了看月亮。她低头收回视线，快步走过天台，和他会合。

《生物学的新理论》，这是穆斯塔法·蒙德刚刚读完的那篇论文的题目。他坐了一会儿，皱着眉头思索着，然后拿起笔在封面写下：“该作者对目标这个概念的数理分析方法颇有新意，而且才华横溢，但内容离经叛道，为了当前的社会秩序着想，它是危险而且有潜在反动性的读物，不得出版。”然后继续写道：“将作者关押查看，如有必要，送至圣赫勒拿岛的海洋生物研究站。”然后在下面画了一条横线。在签名的时候他心里想道：真是遗憾，它确实是一本杰作。但一旦你开始承认需要对目标作出解释——那你不知道会引起什么后果。正是这类思想或许会轻而易举地让上流阶层那些思想不稳定的人所接受的培育统统作废——使他们失去对快乐就是至善的信仰，转而相信人生的目标高于现实生活，相信生命的目标不是让快乐一直持续下去，而是意识的强化与升华，还有知识的进步。主宰者心想，这些或许是真的，但在目前的情况下，绝对不能承认。他又拿起笔，在“不得出版”这几个字下面画了第二条横线，比第一条横线更黑更粗。然后他叹了口气，心想：“如果你不用去考虑幸福，是多么开心的事情！”

约翰闭上眼睛，脸上洋溢着兴高采烈的光泽，轻声对着无人处吟诵着：

> 啊！火炬远不及她的明亮；
> 她皎然悬在暮天的颊上，
> 像黑奴耳边璀璨的珠环；
> 她是天上明珠降落人间……①

那个金T字项链在莱妮娜的胸前闪烁着光芒。首席合唱领唱员戏谑地抓住它扯了几下。莱妮娜突然打破了长久的沉默：“我想我最好得吃上几克苏摩。”

就在这个时候，伯纳德正沉沉睡去，在梦中私密的天堂中微笑着，微笑着，微笑着。但是，每过三十秒，他床头的电子时钟的分针就会无情地向前跳一格，发出几乎微不可闻的嘀嗒、嘀嗒、嘀嗒、嘀嗒、嘀嗒……到了早上，伯纳德回到悲惨的时空里。他搭出租车来到培育中心，心情跌到了谷底。胜利的喜悦已经烟消云散。他平静了下来，成为旧时的自己，与前几个星期那个暂时膨胀起来的他相比，这个旧时的自我似乎比以往更加沉重，比周围的空气更加沉重。

让人意想不到的是，野人很同情灰心丧气的伯纳德。

“你就像那时候在熔岩区一样。”当伯纳德向他倾诉痛苦后，他说道，“你记得我们第一次说话的时候吗？在那间小房子的外面。你的样

① 出自《罗密欧与朱丽叶》第一幕第五景，这是罗密欧初见朱丽叶后的自语。

子就和那时候一样。”

“因为我又不开心了，这就是原因。”

“嗯，我宁愿不开心，也不愿享受你们在这里所享受的虚伪的做作的幸福。”

“我喜欢那样。”伯纳德苦涩地说道，“而你就是罪魁祸首，不肯参加我的派对，使得所有人都和我过不去！”他知道自己是在无理取闹，他心里知道野人说得有道理，就因为这么一桩小事而变成不共戴天的敌人，这样的朋友不要也罢，最后他甚至高声地承认这一点。但尽管他知道并承认这些，尽管他的朋友的支持和同情现在是他仅有的慰藉，除了真挚的友情之外，伯纳德还继续执拗地对野人怀恨在心，准备向他进行小打小闹的报复。对首席合唱领唱员怀恨在心无济于事，他也不可能去报复首席装瓶员或助理命运规划员。对于伯纳德来说，作为一个受害者，比起别人，野人的优越性在于，他能把气撒在野人身上。朋友的一个主要作用不就是将我们不能往敌人身上撒的气拿来往他们身上撒吗（以缓和的象征性的方式）？

伯纳德的另一个受害者朋友是赫姆霍兹。在他失意的时候，他又去寻求友谊，而在他风光无限的时候，他从来没有想过这段友谊值得保持。赫姆霍兹仍当他是朋友，而且不去责备他，也不作任何评价，似乎他已经忘记曾经有过争吵。伯纳德很受感动，与此同时，因为这份宽容而感到羞愧——赫姆霍兹越是宽宏大量，羞愧就越发强烈，因为它与苏摩无关，只是赫姆霍兹的性格使然。

赫姆霍兹一直就是这么不记仇和体谅人，而不是吃了半克苏摩后才会这样。伯纳德心存感激（能重新和他做朋友真是太舒心了），但也感到愤恨（报复赫姆霍兹的大方会是一件很快乐的事情）。

在言归于好后的第一次见面时，伯纳德倾诉了他的痛苦，并得到了安慰。直到几天之后，他才吃惊而且不无惭愧地得知原来并非只有他惹上了麻烦，赫姆霍兹也与当局起了矛盾。

“事情是因为一首韵文诗而起的。”他解释道，“和往常一样，我给三年级的学生上高级情感构建这门课，有十二个讲座，其中第七个讲座的内容是韵文诗，确切的题目是《论韵文诗在道德宣传与广告中的运用》。我上课时总是会用许多技术上的例子作为示范。这一次，我想我可以给他们看一看我自己创作的一个例子。当然，这是疯狂的举动。但我实在是无法抗拒。”他哈哈大笑，“我很好奇，想看看他们会有什么反应。而且，”他以更加严肃的口吻继续说道，“我想做一点宣传，我想为他们构建我在写这首韵文诗时自己内心的感受。吾主福特啊！”他又笑了，“好一场风波！校长召见了我，并威胁要立刻将我解雇。我成了一个有污点的人。”

“但你的韵文诗写了些什么呢？”伯纳德问道。

“它们写的是孤独。”

伯纳德眉毛一扬。

“我会朗诵给你听，如果你想听的话。”赫姆霍兹开始朗诵：

昨日的委员会，
只剩下鼓棍，和一个破鼓，
在城市的午夜，
空中传来笛声，
紧闭的嘴唇，沉睡的面孔，
每一个机器都停住了，
沉默的垃圾遍地的地方，
这里曾是众人待过的地方……
所有沉默的快乐，
在哭泣（大声或低声），
在说话——但那个声音，
我不知道是谁。

苏珊不在，
埃格莉亚也不在
胳膊和胸脯，
嘴唇和，噢，臀部，
慢慢地浮现；
是谁的？我问道，
是什么如此荒唐，
那个本不存在的事物，
却就此存在。
空虚的夜晚变得，
比我们云雨交合的夜晚更加充实，
为什么会显得如此污秽？

我把它作为一个例子，他们就向校长举报了我。

“我不会感到惊讶。”伯纳德说道，“它彻底违背了他们的睡眠教育。记住，他们听了至少有二十五万遍关于孤独的警告。”

“我知道。但我想看看会是什么效果。”

“好嘛，现在你看到了。”

赫姆霍兹只是笑了笑，沉默了一会儿，然后说道：“我觉得似乎开始有可以写的题材了，似乎开始能够运用我觉得一直在我身体里的那股力量——那股潜伏的特别的力量。似乎将会有事情发生在我身上。”伯纳德心想，虽然他惹上了这些麻烦，他似乎真的很开心。

赫姆霍兹和野人一见如故。他们是那么亲密，让伯纳德觉得很妒忌。经过这几个星期的相处，他从未与野人如此亲密过，而赫姆霍兹一下子就和他那么亲密。看着他们俩，听着他们聊天，他发现自己有时候愤恨地希望他没有让这两人见面。他为自己的嫉妒感到羞愧，于是通过意志力和吃苏摩让自己不产生嫉妒。但这么做并不是很成功，在苏摩假期之间，那种可恶的感觉总是萦绕心头。

和野人第三次见面时，赫姆霍兹向他背诵了那首关于孤独的韵文诗。

“你觉得它写得怎么样？”背诵完后他问道。

野人摇了摇头，回答道：“听听这首诗吧。”然后他打开抽屉，里面放着他那本被老鼠啃过的书，打开书，然后读道：

让那歌喉最响亮的鸟雀，
飞上那株孤独的阿拉伯树梢，
宣布讣告，把哀乐演奏……

赫姆霍兹越听越兴奋，听到“孤独的阿拉伯树梢”，他为之一振；听到“你叫声刺耳的狂徒”，他突然露出愉悦的微笑；听到“任何专横跋扈的暴徒”，血色涌上他的面颊；但听到“死神来临的挽诗”，他顿时脸色苍白，一种前所未有的感觉令他发颤。野人继续读下去：

物性仿佛已失去规矩，
本身竟可以并非本身，
形体相合又各自有名，
两者既分为二又合为一。
理智本身也无能为力，
它明明看到合一的分离……①

伯纳德插话道：“狂欢之礼！”然后以难听的大笑声打断了朗诵。“那只不过是一首团结仪式的赞美诗罢了。”他是因为这两个朋友喜欢彼

① 以上诗句均出自莎士比亚的诗作《凤凰与斑鸠》。

此胜于喜欢他而进行报复。

在接下来的两三次见面中，他一而再再而三地实施这个小小的报复行动。这个伎俩非常奏效，赫姆霍兹和野人最喜欢的水晶般的诗歌被硬生生打碎和玷污，内心感到非常痛苦。到最后，赫姆霍兹威胁说要是他敢再插话就把他从房间里赶出去。但奇怪的是，接下来的打断是最令人难堪的，而肇事者却是赫姆霍兹自己。

野人正在高声朗诵《罗密欧与朱丽叶》——怀着强烈的情怀颤抖着声音朗诵着（因为他一直把自己看作是罗密欧，而莱妮娜是朱丽叶）。赫姆霍兹听过了两个恋人第一次见面时的那幕场景，觉得很感兴趣，却又带着疑惑。在果园里的那一幕的诗情画意的描写令他觉得很愉快，但它所表达的情怀却让他觉得好笑。为了得到一个女孩而陷于这般境地——似乎太荒唐可笑了。但是，他逐渐被精致的语言细节所吸引，多么高超的情感构建！他说道："那个老家伙令我们最好的宣传技术人员都显得特别傻帽。"野人得意地微笑着，继续他的朗诵。一切都进行得很顺利，直到第三幕的最后一景，凯普莱特与凯普莱特夫人开始逼迫朱丽叶嫁给帕里斯。整一幕赫姆霍兹都很不安，但当野人模仿朱丽叶悲哀地朗诵着：

天知道我心里是多么难过，
难道它竟会不给我一点慈悲吗？
啊，我的亲爱的母亲！不要丢弃我！
把这门亲事延期一个月或是一个星期也好；
或者要是您不答应我，那么请您把我的新床
安放在提伯尔特长眠的幽暗的坟茔里……

当朱丽叶说出这番话的时候，赫姆霍兹忍不住捧腹大笑。

那对母亲和父亲（可笑的淫秽的字眼）强迫女儿与她不喜欢的某个

人结合！而那个傻乎乎的女孩不说她已经心有所属（至少那时候是这样）！这幕情景除了诲淫诲盗之外，还滑稽得令人忍俊不禁。他一直在努力地憋着不笑出来，但“亲爱的母亲”（野人是颤抖着声音痛苦地朗诵出来的），还提到了提伯尔特的坟茔，显然他没有被火化，他的磷质就浪费在一座幽暗的坟墓里，这些对他来说实在是太好笑了。他一直笑个不停，直到眼泪从脸上滑落——而野人气得脸色苍白，放下书本愤怒地盯着他，但笑声仍在继续，野人愤慨地合起书，站起身，以自觉对牛弹琴的姿态将书锁进了抽屉里。

最后，赫姆霍兹好不容易喘过气来，向野人道歉，让野人听他解释：“我知道一个人需要营造出像这样的滑稽疯狂的情景，否则，他就写不出真正的好作品了。为什么那个老家伙能成为如此优秀的宣传技术人员呢？因为他有如此多的荒诞不经令人苦恼的事情，让人为之兴奋。你必须受伤和苦恼，否则你无法构思出真正优秀的有穿透力的句子。但父亲和母亲！”他摇了摇头。

“你不能要我听到父亲和母亲还能一本正经。谁会因为一个男孩能不能得到一个女孩而感到兴奋呢？”（野人的脸抽搐了一下，但赫姆霍兹若有所思地看着地板，什么也没有看见。）“不会的。”他长叹一声，总结道，“不会的。我们需要另外一种疯狂与激烈的描写。但那是什么呢？是什么呢？能从哪里去发掘呢？”他沉默了，然后摇了摇头，“我不知道，”他最后说道，“我真的不知道。”

第十三章

在昏暗的胚胎仓库里，亨利·弗斯特出现了。

“今晚去看一场感官电影吗？”

莱妮娜摇了摇头，没有说话。

“和别人出去？”他对哪个朋友和哪个朋友交往这个问题很感兴趣。“是本尼托吗？”他问道。

她又摇了摇头。

亨利察觉到那双紫色眼眸里的疲倦、雀斑下的苍白和不带笑意的深红色的嘴角边的忧伤。“你不舒服吗？”他问道，心里有点不安，担心她可能得了某种依然残存的传染病。

但莱妮娜还是摇了摇头。

“不管怎样，你应该去看医生。”亨利说道，“定时看医生，烦恼不发生。”他热诚地补充说道，拍了拍莱妮娜的肩膀灌输他的睡眠教育格言。“或许你需要做一次代孕，”他建议道，“或者做一次加强式替代激情治疗。你知道的，有时候标准式替代激情治疗并不是很……”

莱妮娜打破了沉默，“噢，看在主福特的分上，闭嘴！”然后转身去照料被冷落的胚胎。

还替代激情治疗！要不是她快哭出来了，或许她会哈哈大笑。似乎她自己没有做过充分的替代激情治疗似的！在重新填充注射器时，她长叹一声，喃喃地自言自语着：“约翰，”然后，“吾主福特啊！”她心想：“我到底有没有给这个胚胎打锥虫病的疫苗呢？”她记不清了。最后她决定不去冒险打第二针，然后走到下一个瓶子那里去。

二十二年八个月又四天后，在姆万札-姆万札，一个前途无量的年轻的次等阿尔法行政官将死于锥虫病——半个多世纪来的第一例。莱妮娜叹了口气，继续她的工作。

一个小时后，在更衣室里，芬妮激动地抗议着："但由得你自己陷入这般田地，太荒唐了，真是太荒唐了！"她说道："为了什么？一个男人——就为了一个男人。"

"但他是我想要的男人。"

"世界上有好几百万个男人呢。"

"但我不想和他们好。"

"你又没试过，怎么知道呢？"

"我试过了。"

"才几个呢？"芬妮问道，轻蔑地耸了耸肩膀，"一个？两个？"

"十几个。"莱妮娜摇了摇头，"但没有用。"她补充道。

芬妮语重心长地说道："嗯，你必须坚持。"但显然她对自己的建议并不是很有信心，"世上无难事，只怕有心人。"

"但是……"

"别去想他。"

"我做不到。"

"那就吃点苏摩。"

"我吃了。"

"好啊，继续吃。"

"但在间歇期间，我仍然喜欢他。我会一直喜欢他。"

"嗯，如果是这样的话，"芬妮断然说道，"那为什么你不干脆和他好？管他什么想法。"

"但你不知道他有多么古怪！"

"那就更应该坚决采取行动。"

"说得倒轻松。"

"不要胡思乱想，行动吧。"芬妮的声音就像嘹亮的军号，可以去福特女青年会给次等贝塔的少男少女们进行夜间讲座了。"是的，立刻行动吧。现在就去。"

“我害怕。”莱妮娜说道。

“嗯，你要做的就是先吃半克苏摩，我去洗澡了。”她拖着毛巾走开了。

门铃响了，野人正焦急地盼望着赫姆霍兹下午能过来（因为他最终下定决心要和赫姆霍兹谈论莱妮娜，他迫不及待想要倾诉心声），他一跃而起，朝房门跑去。

“我就知道是你，赫姆霍兹。”他一边开门一边叫嚷着。

莱妮娜就站在门口，穿着一件白色的醋酸丝绸缎水手服，戴着一顶白色的圆形鸭舌帽，潇洒地斜戴在左边耳朵上。

“噢！”野人惊叫一声，似乎被人重重地打了一拳。

半克苏摩足以令莱妮娜忘记了恐惧和尴尬。“你好，约翰。”她微笑着说道，然后走过他的身旁，走进房间里。他自动地关上门，跟在她的身后。莱妮娜坐了下来，两人沉默了许久。

“你看到我似乎不是很开心，约翰。”最后她说道。

“不开心？”野人责备地看着她，突然在她面前跪了下来，握住莱妮娜的手，虔诚地亲吻着它。

“不开心？噢，要是你能知道就好了。”他低声说道，鼓起勇气抬眼看着她的脸，“我崇拜你，莱妮娜，事实上，我对你顶礼膜拜，你配得上世界上最昂贵的事物。”她对他露出甜美的微笑。“噢，你是那么完美。”（她张开双唇，朝他倚过去）“太完美了，没有一个人比得上你，”（越来越近）“你是最好的女孩。”她还在靠近。野人突然间站起身，转过脸说：“这就是为什么我想要先做点什么事情……我是说，证明我配得上你。不是我真的能配得上你，但至少证明我并非完全一无是处，我想要做点什么事情。”

“为什么你觉得有必要……”莱妮娜说道，但没有把话说完。她的声音里透着不耐烦。当你张开双唇，一直凑过去，越来越近——却发现因为他突然像一个傻瓜那样笨拙地站起身，她的亲近并没有得到回应——即使现在她体内的血液有半克苏摩，也真是让人觉得懊恼。

“在熔岩区，”野人正语无伦次地喃喃说道，“你必须送给她一张狮皮——我是说，当你想要和某个女孩交往。或一张狼皮。”

“但英格兰可没有狮子。”莱妮娜就快气炸了。

野人补充道：“就算有狮子，”突然露出轻蔑而痛恨的神情，“我想人们会开着直升飞机去捕猎狮子，用毒气或别的什么武器。我不会那么做，莱妮娜。”他端平了肩膀，鼓起勇气看着她，看到她并不理解，正恼怒地盯着他。他困惑地继续说道：“我愿意做任何事情，”越来越语无伦次，“你告诉我的任何事情。你知道，有的运动很痛苦，但它们所带来的愉悦抵消了痛苦。[①]这就是我的感受。如果你愿意的话，我会去擦地板。”

“但我们这儿有吸尘器。”莱妮娜迷惑地说道，“没有必要去擦地板。”

“不，当然没有必要。有一类卑微的工作是用坚苦卓绝的精神忍受着的，[②]最低陋的事情往往指向最崇高的目标。我想要去做点崇高的事情。难道你就不明白吗？”

“但如果有吸尘器的话……”

“重点不是这个。”

“而且还有半痴呆的埃普斯隆操作机器，”她继续说道，“真的，为什么要这么做？”

“为什么？都是为了你，为了你，证明我……”

“到底吸尘器和狮子有什么关系……”

“证明我有多么……”

“狮子和见到我很开心又有什么关系……”她越来越恼火了。

---

①② 语出《暴风雨》第三幕第一景。

“证明我有多么爱你，莱妮娜。”他几乎绝望地脱口而出。

血液涌入莱妮娜的脸颊，那是内心的惊喜的象征，“你是说真的吗，约翰？”

“但我本不愿意说出口。”野人大声说道，痛苦地紧握双手，“直到……听我说，莱妮娜，在熔岩区，人们会结婚。”

“结什么？”她的声音里又透着愤怒。他在说些什么？

“一生一世。他们承诺会一生一世共同生活。”

“多么可怕的想法！”莱妮娜吓了一跳。

“她那永远美好的灵魂不会随着美丽的外表同归衰谢。”①

“什么？”

“就像莎士比亚作品里所说的：‘但在一切神圣的仪式没有充分给你许可之前，你不能侵犯她处女的尊严……’②”

“看在吾主福特的份上，约翰，说人话。你所说的我一个字都听不懂。一开始是吸尘器，然后是尊严。你要把我逼疯了。”她跳了起来，抓住他的手腕，似乎害怕他的身体和灵魂会从她身边逃开，“回答我这个问题：你真的喜欢我吗？”

他沉默了一会儿，然后用极低的声音说道：“我爱你胜过世界上的任何事情。”

“那你刚才为什么不说？”她叫嚷着，她是那么气愤，锋利的指甲扎进了他手腕的肌肤里。“而是尽说些什么尊严、吸尘器和狮子什么的。还让我难过了好几个星期。”

她松开他的手，愤愤地将它甩开。

“要不是我那么喜欢你，”她说道，“我会恨死你的。”

突然她的胳膊搂住他的脖子，他感到她的双唇温柔地吻上自己的双唇。如此柔软甜美，如此温暖，而且就像触电一样，不可避免

---

① 语出《特洛伊罗斯与克瑞西达》第三幕第二景。

② 语出《暴风雨》第四幕第一景。

地，他发现自己想起了《直升飞机上的三个星期》里面的拥抱。哦！哦！那个立体影像的金发美女，还有，啊！那个比真人更真实的非洲黑人。太可怕了，太可怕了，太可怕了……他拼命想挣开，但莱妮娜紧紧地抱着他。

“那你刚才为什么不说？”她低声问道，后仰着脸看着他。她的眼睛里带着温柔的责备。

“即使在最幽冥的暗室中，在最方便的场合（良心之声轰隆隆地说着诗一般的话语），有伺隙而来的魔鬼的最强烈的煽惑，也不能使我的廉耻化为肉欲。[①]不能这样，绝不能这样！”他下定了决心。

“你这个傻瓜！”她说道，“我好想和你好。如果你也想和我好的话，你为什么不说呢？”

“但是，莱妮娜……”他开始抗议。她随即松开双臂，从他身边挪开，他还以为她明白了他无声的暗示。但她解开她那条白色的挎带，然后小心地将它吊在一张椅背上，他开始怀疑自己弄错了。

“莱妮娜！”他惶恐地重复着。

她将手搭在脖子上，然后往下垂直一拉，她那件白色的水手服被解开到腰肢的部位。他的疑心化为了千真万确的肯定。“莱妮娜，你在做什么？”

嘶！嘶！她无声地作出了回答，脱下那条喇叭裤。她那套拉链式内衣是淡粉红色的，首席合唱领唱员送给她的金T字形项链在她的胸前晃动着。

“她们的乳头透过了镂空的内衣，在勾引男人的眼光……”[②]这些歌声般的雷鸣般的神奇的字眼使她似乎变得加倍危险和诱人。温柔，温柔，却多么尖锐！硬生生地钻入理性，贯穿意志。“血液中的火焰一燃烧

---

① 语出《暴风雨》第四幕第一景。

② 语出莎士比亚《雅典人泰门》第四幕第三景。

起来，最坚强的誓言也就等于草秆。节制一些吧，否则……”①

嘶！那件粉红色的内衣就像被切开两半的苹果一样分了开来。她扭动着双臂，先抬起右脚，然后抬起左脚，那套拉链式内衣了无生机地堆在地板上，像一个干瘪的气球。

她仍然穿着鞋袜，戴着那顶俏皮地翘起的白色鸭舌帽，朝他走去。“亲爱的，亲爱的！你一早这么说不就好了嘛！”她伸出双臂。

但野人并没有也说“亲爱的”，然后伸出双臂，而是惊恐地退却，朝她挥舞着双手，似乎想吓跑一只步步进逼的危险的动物。他退了四步，被逼到了墙边。

“亲爱的！”莱妮娜说道，将双手搭在他的肩上，将身子凑到他身上。“用你的双臂搂着我。”她命令道，“亲爱的，紧紧地抱着我，让我醉去。”她的命令充满了诗情蜜意，知道这些歌词就像是魔法和鼓点。“亲吻我。”她闭上双眼，让自己的声音陷入梦呓。“亲吻我，直至我窒息；亲爱的，抱紧我，就像暖和的兔子……”

野人抓住她的手腕，将她的手从肩膀上拿开，然后将她推到一臂的距离之外。

“噢，你把我弄疼了，你真是……噢！”她突然间沉默了。恐惧让她忘记了疼痛。她睁开眼睛，看到他的脸——不，那不是他的脸，而是一张狰狞的陌生人的脸，苍白，扭曲，由于疯狂而费解的愤怒而抽搐着。她惊骇莫名，“约翰，你怎么了？”她低声问道。他没有回答，只是那双疯狂的眼睛紧瞪着她。抓着她的手腕的双手颤抖着。他的呼吸紊乱而深切。突然间，她听到他在磨牙，虽然声音轻微得几乎无法察觉，却很恐怖。“你到底怎么了？”她几乎尖叫起来。

他似乎被她的尖叫惊醒，抓住她的肩膀摇晃着她。“娼妇！”他大声

---

① 语出《暴风雨》第四幕第一景。

吼道，“娼妇！人尽可夫的娼妇！”①

“噢，不要，不要。”她抗议着，声音因为他的摇晃而发出怪异的颤音。

“娼妇！”

“求求你。”

“人尽可夫的娼妇！”

“吃苏摩好过……”她开始胡言乱语。

野人用力将她推开，她踉跄着摔倒了。“滚！”他吼道，气势汹汹居高临下地站在她身旁，“不要让我看见你，不然我会把你给宰了。”他握紧了双拳。

莱妮娜举起手捂着自己的脸。“别这样，求求你别这样，约翰……”

“快点滚！”

她仍然举着一只胳膊，惊恐地睁着眼睛紧盯着他的每一个动作，挣扎着站了起来，仍然蜷缩着身子，仍然捂着自己的头，朝洗手间冲去。

他那一巴掌发出巨大的声响，吓得她就像一颗出膛的子弹向前冲去。

“哎哟！”莱妮娜扑向前。

她把自己锁在洗手间里，这下子安全了，然后她才有空查看自己的伤势。她背对着镜子，转头从左肩上方望去，看到在珍珠般的肌肤上，一个张开的通红的手印格外显眼。她小心翼翼地揉着受伤的部位。

在外面的房间里，野人随着那些神奇的字眼的鼓点和乐声正来来回回地踱着步子。“鹪鹩都在干那把戏，金苍蝇当着我的面也会公然交合哩。”它们疯狂地在他的耳朵里隆隆地响着，“其实她自己干起那回事来，比臭猫和骚马还要浪得多哩。她们的上半身虽然是女人，下半身却

① 出自《奥赛罗》第四幕第二景。

是淫荡的妖怪；腰带以上是属于天神的，腰带以下全是属于魔鬼的：那儿是地狱，那儿是黑暗，那儿是火坑，吐着熊熊的烈焰，发出熏人的恶臭，把一切烧成了灰。啐！啐！啐！呸！发出熏人的恶臭，把一切烧成了灰。啐！啐！啐！呸！呸！好掌柜，给我称一两麝香，让我解解我的想象中的臭气。”①

“约翰！”从洗手间里传来微弱的刻意讨好的声音。“约翰！”

“你这野草闲花啊！你的颜色是这样娇美，你的香气是这样芬芳，人家看见你嗅到你就会心疼；这一张皎洁的白纸，这一本美丽的书册，是要让人家写上‘娼妓’两个字的吗？天神见了它要掩鼻而过……人尽可夫的娼妇！”②

但她的香水味道仍在他身上萦绕，他的外衣上残留着她那天鹅绒般柔软的身躯上的爽身香粉。“人尽可夫的娼妇，人尽可夫的娼妇，人尽可夫的娼妇。”这番无情的话一直在说个不停，“人尽可夫……”

“约翰，我能拿自己的衣服吗？”

他拿起那条喇叭裤、那件上衣和那套拉链式的内衣。

“开门！”他命令道，踢着洗手间的门。

“不，我不开。”她的声音惊慌失措，却很顽固。

“那你想让我怎么把衣服给你？”

“把它们从门口上边的通风口塞进来吧。”

他照她的意思做了，然后又回到房间里不安地踱着步。“人尽可夫的娼妇，人尽可夫的娼妇。那个屁股胖胖的、手指粗得像马铃薯般的荒淫的魔鬼……”③

“约翰。”

他没有回答。“屁股胖胖的、手指粗得像马铃薯。”

---

① 出自《李尔王》第四幕第六景。
② 出自《奥赛罗》第四幕第二景。
③ 出自《特洛伊罗斯与克瑞西达》第五幕第二景。

“约翰。”

“怎么了？”他生硬地问道。

“我不知道你介不介意把我那条马尔萨斯挎带递给我。”

莱妮娜坐着，倾听着隔壁房间的脚步声，一边听一边猜想他准备就这样来来回回地踱步到什么时候。她不知道自己是不是得等到他离开公寓为止，还是说让他的疯狂经过一段时间平静下来之后再打开洗手间的门，然后冲出去，这样会不会比较安全呢？

隔壁房间传来电话的铃声，打断了她不安的思绪。踱步声一下子停了下来。她听到野人的声音在与沉默进行对话。

“你好。”

“……”

“是的。”

“……”

“要是我没有冒充我自己，我就是。”[①]

“……”

“是的，你没有听到我说什么吗？我就是野人先生。”

“……”

“什么？谁病了？是的，我当然很关心。”

“……”

“情况严重吗？她的情况真的很糟糕？我马上过去……”

“……”

“不在她的房间里？那她被送到哪儿去了？”

“……”

“噢，我的天哪！地址在哪里？”

“……”

① 出自《第十二夜》第一幕第五景。

“公园街三号——就这样？三号？谢谢。”

莱妮娜听到话筒哒的一声放下的声音，然后是匆忙的脚步声，然后是关门声。接下来是一片寂静。他真的走了吗？

她小心翼翼地将门打开四分之一英寸宽，从门缝里往外面张望，看到屋里空荡荡的，于是鼓起勇气把门再打开一点点，然后把整个头探出去，最后蹑手蹑脚溜了出去，心里怦怦乱跳地站了几秒钟，倾听着，倾听着，然后冲到前门，打开前门，溜了出去，关上前门，跑掉了。直到电梯在天井里开始下落，她才觉得自己终于逃出生天。

第十四章

公园街临终医院是一座有六十层楼高的黄砖高楼。野人刚下的士直升飞机，一架颜色鲜艳的空中灵车就从天台呼啸起飞，朝西飞过公园，目的地是斯洛火葬场。在电梯的门口，操作员告诉了他需要了解的信息，然后他下到十七楼的第八十一号病房（按照电梯操作员的解释，是一间急症高龄病房）。

房间很宽敞明亮，涂了黄色的油漆，里面有二十张病床，都安置了病人。临终的琳达有人陪伴——不仅有伴，而且还有一切便利的现代设施。房间里一直播放着欢快的合成旋律。在每张病床的脚边，正对着垂死的病人，是一台电视机，从早到晚一直开着。每过一刻钟，房间里的香水味道就会自动变换。在门口接待野人的那位护士解释道："我们努力在这里创造一个完全愉快的气氛——既是一流的酒店，又是一座感官体验的宫殿，希望你能明白我的意思。"

"她在哪儿？"野人问道，不去理会这些客套的解释。

那位护士很生气。"你着急得很嘛。"她说道。

"还有希望吗？"他问道。

"你是说，她不会死掉？"（他点了点头。）

"不，当然没希望。被送到这儿的人，没有……"看到他苍白的脸上流露出难过的表情，她吓了一跳，脱口而出："怎么了，到底怎么了？"她问道。探访者出现这种反应令她觉得很不习惯。（反正也不会有很多探访者，有什么理由会有很多探访者呢？）"你不是觉得难受吧？"

他摇了摇头。"她是我的母亲。"他以几乎微不可闻的声音说道。

那位护士用惊恐的眼神瞥了他一眼，然后立刻转移了视线，从喉咙到太阳穴，一下子涨得通红。

"带我去见她。"野人说道，努力想恢复语气的平静。

她仍然面红耳赤，在病房里引路。一路走过，他们看到那些病人的脸仍然很年轻，没有皱纹（因为这里的人老得很慢，没有时间让面部老化——只是心脏和大脑衰竭了）。那些空洞呆板、婴儿一般混混沌沌的目光追随着他们。看着这些人，野人觉得不寒而栗。

琳达躺在那列长长的病床的最后一张上面，旁边靠着墙壁。她靠在枕头上，正在观看床脚的电视机里播放的在南美举行的黎曼曲面网球锦标赛的半决赛，电视调成了静音，里面的小人在方形发光的玻璃里悄无声息地满场飞奔，就像水族箱里的鱼——是另一个世界里的沉默而活跃的居民。

琳达看着电视，露出迷茫的淡淡的微笑，那张苍白浮肿的脸洋溢着白痴般的快乐。时不时地，她合上眼睑，有那么几秒钟的时间，她似乎在打盹，然后又猛地醒过来——醒过来观看水族箱里那些网球冠军滑稽的动作，倾听超级女声伍利策利娅纳唱着“亲爱的，紧紧地抱着我，让我醉去”。闻着从她头顶的通风口散发出来的温暖的马鞭草的香味——醒来时闻到的就是这些气息，或沉浸在血液里的苏摩营造的由美妙的事物构成的梦境中，再一次展现出她那婴儿般满足的支离破碎的没有血色的微笑。

“好了，我必须走了。”护士说道，“我那群小孩子快来了。而且，三号现在随时可能就会去世。”她指着病床。“请自便。”她快步走开了。

野人坐在床边。

“琳达。”他握着她的手，轻声说道。

听到她的名字，琳达转过头。她模糊的眼睛认出了他，闪烁着光芒。她抓住他的手，微笑着，嘴唇翕张着，然后她的头突然往前倾。她睡着了。他坐在床边看着她——透过疲惫的肉体找寻着辨认着那张年轻明艳的脸庞，伴随他度过那在熔岩区的童年，回忆（他闭上了眼睛）着她的声音、她的动作和他们共同生活所发生过的一切。《斯特雷托科克的G到班布里的T》，她的歌声曾经是那么美妙！还有那些幼稚的儿歌，多么陌生和神秘！

A、B、C，维他命D：

肝脏里有脂肪，海里有鳕鱼。

回忆起那些歌词和琳达念叨着这些歌词时的声音，他不禁热泪盈眶。还有阅读课："猫咪在毯子上，小孩在瓶子里"。还有那本《胚胎仓库贝塔工作者实用指南》。还有夏天在那座小房子的屋顶围着火堆度过的漫长的夜晚，那时候她向他讲述了关于野人保留区外面的异域的故事，那个美丽的奇妙的异域，关于它的回忆，那是神奇的天堂乐土，他仍然是一个完整的个体，没有因为与这座真实的伦敦和这些真实的文明人的接触而被玷污。

突然间，刺耳的声音让他睁开双眼。他立刻抹去眼泪，回头望去。一群似乎无穷无尽的长得一模一样的八岁大的男性多胞胎正拥入房间。多胞胎跟着多胞胎，多胞胎跟着多胞胎，他们来了——就像噩梦一样。他们的面孔，他们那一张张一模一样的面孔——因为这么多张面孔真的只有一个模样——翘着鼻孔，无神的眼睛骨碌碌地盯着他看。他们穿着卡其布的制服，大张着嘴巴，叽叽喳喳地尖叫着交谈着走了进来。没过一会儿，病房里就挤满了蛆虫一样的他们，簇拥在病床之间，爬上爬下，看看电视机，朝病人扮鬼脸。

琳达被他们吓得不轻。有一群孩子簇拥在她的床边，就像突然间遇到未知事物的动物那样惊恐又傻乎乎地好奇地盯着她看。

"噢，看啊，看啊！"他们害怕地低声说道，"她到底怎么了？为什么她那么胖？"

他们从来没有见过像她那样的脸庞——从未见过一张不是年轻紧绷的脸庞或一具不再苗条挺拔的身躯。这些垂死的耄耋老人仍然长得像妙龄少女，相比之下，四十四岁的琳达就像是一头虚弱变形的老态龙钟的怪物。

“她好可怕，不是吗？”他们窃窃私语地评论着，“看看她的牙齿！”

一个长着狮子鼻的多胞胎的脸突然从床底下探了出来，就在约翰的椅子和墙壁之间，开始端详着琳达沉睡中的脸庞。

“我说……”他刚一开口，话还没说完就尖叫起来。野人抓住他的领口，把他举了起来，将一个盒子扣在他的耳朵上，把他给轰走了。

他的尖叫声引得护士长匆忙赶过来救他。

“你对他做了什么？”她厉声嚷道，“我不允许你打孩子。”

“那好，让他们不要靠近这张床。”野人的声音因为愤慨而发着颤。“这些脏兮兮的小混蛋到底在这里干什么？太不要脸了！”

“不要脸？你什么意思？他们正在接受死亡教育。”她凶巴巴地警告他，“我告诉你，如果我再发现你干涉他们的教育，我会叫门卫把你给扔出去。”

野人站起身，朝她走近了几步。他的动作和他脸上的表情是那么凶恶，护士惊慌地后退。他好不容易克制住自己，什么也没说，转身又坐在床边。

护士的心放了下来，摆出一副尊贵的模样，但仍然有点惊慌失措。“我警告过你了。”护士说道，“我警告过你了。记住了。”但她还是把那几个好奇心太重的孩子带走，让他们去玩她的一位同事在房间的另一端组织的找拉链的游戏。

“现在你可以离开去喝点咖啡因饮料，亲爱的。”她对另一位护士说道。行使权威让她恢复了自信，心情也好一些了。“好了，孩子们！”她召集起孩子们。

琳达被吓了一跳，睁开眼睛，呆滞地看了看周围，然后又昏昏睡去。野人坐在她的身边，努力想重现几分钟前的心情。“A、B、C，维他命D，”他对着自己重复着这些歌词，似乎它们是一个咒语，能让死寂的过去恢复生机。但这个咒语并没有奏效。美妙的回忆顽固地拒绝出现，记起的只有可恶的嫉妒、丑陋和悲惨。肩膀上的伤口流血不止的波普、睡相丑陋的琳达、在滴落在地板上的龙舌兰酒上嗡嗡飞舞的苍蝇，还有那些在她经过时叫嚷着那些难听的骂人的话的男孩子们……啊，不要，不要！他闭上眼睛，摇晃着脑袋拼命想摆脱这些回忆。“A、B、C，维他命D，”他试着记起往事，他坐在她的膝盖上，她搂着他，唱歌给他听，唱了一遍又一遍，摇晃着他，哄他睡觉。“A、B、C，维他命D，维他命D，维他命D……”

超级女声伍利策利娅纳升到了呜咽般的音调，突然间，马鞭草的味道消失了，取而代之的是强烈的天竺薄荷的香味。琳达动了一下，醒了过来，迷糊地盯着那两个半决赛运动员看了几分钟，然后抬起她的脸，闻了闻换了新香水的空气，突然露出微笑——孩子般开心的微笑。

“是波普吗？”她喃喃自语着，然后合上眼睛。“哦，我好喜欢这个味道，我真的好喜欢。”她长叹一声，躺倒在枕头上。

“琳达！”野人哀声说道，“你不认识我了吗？”他那么辛苦，尽了自己最大的努力，为什么她就由得自己遗忘了他呢？他稍稍用力地抓住她那只软绵绵的手，几乎硬要把她从这个可耻的快乐之梦中拉回来，从这些卑贱的可恨的回忆中拉回来——回到此刻，回到现实：可怕的此刻，糟糕的现实——但那是庄严的意义重大的现实，正因为它让他们如此恐惧，所以才有着如此重要的意义。“你不认识我了吗，琳达？”

他感觉到她的手作出了轻微的回应。眼泪涌入他的眼睛。他弯下身亲吻她。

她的嘴唇动了一下。“是波普吗？”她又低声问道，他顿时感觉像是被一桶粪便浇到脸上。

突然间怒火在他的心中燃烧。他遭到了第二回打击，他的悲痛找到了另一个发泄，化为愤怒而痛苦的激情。

“但我是约翰啊！”他吼叫着，“我是约翰啊！”他悲愤地抓住她的肩膀，摇晃着她。

琳达费劲地张开眼睛，看到了他，认出了他——“约翰！”——但看到那张真实的面孔，触摸到那双真实的有力的手，在一个虚幻的弥漫着天竺薄荷的香气和超级女声伍利策利娅纳的歌声的世界里，在变幻的记忆和光怪陆离的感官梦幻天地里，她认出他是约翰，是她的儿子，却以为他是闯入天堂般的熔岩区的不速之客，而她正在和波普共度苏摩假期。他生气是因为她喜欢波普，他摇晃着她是因为波普就躺在床上——似乎这有什么不对，似乎文明人是不会这么做的。“人人为我，我为人人。”她的声音突然间变成了微弱到几乎听不见的喘不过气的嘶叫。她大张着嘴，拼命想让空气进入她的肺部。但似乎她忘记了如何呼吸，她试着叫嚷——却发不出声音，只有她那双睁得大大的眼睛里的恐惧透露出她所承受的痛苦。她的双手卡着自己的喉咙，然后抓着空气——她再也无法呼吸的空气，对于她来说已经不复存在的空气。

野人站了起来，弯腰看着她，“怎么了，琳达！你怎么了？”他哀声恳求着，似乎他在乞求得到保证。

她看着他的眼神里蕴含着无法用言语形容的恐惧——在他的眼里看来，就像是在责备。

她尝试着起身，但倒回枕头上。她的脸可怕地扭曲着，嘴唇发紫。

野人转身往病房的那头跑去。

“快点，快点！”他高喊道，“快点！”

护士长站在围成一圈玩找拉链的多胞胎的中心，观察着周围。刚开始的惊讶立刻化为不满。“不许高声喧哗！要为这些小孩子着想。”她皱着眉头，“你会影响教育效果的……你在干什么？”他闯进圆圈里。“当心！”一个孩子叫嚷着。

“快点，快点！”他抓住她的衣袖，把她拉在身后。

“快来！出事了。我害了她。”

等到他们回到病房的尽头时，琳达已经死了。

野人全身冰冷，静静地站了一会儿，然后跪在床边，双手捂着脸，无法自制地哭泣着。

护士不安地站在那儿看着床边这个跪在地上的人（多么可耻的一幕！），又看了看那些多胞胎（可怜的孩子们！）。他们停止了找拉链的游戏，从病房的另一头盯着这边，眼睛睁得大大的，鼻孔抬得高高的，看着第二十号病床那里正在上演的惊人一幕。她应该和他说话吗？尝试着让他回到体面庄重的模样？提醒他这里是什么场合？还是告诉他这么胡闹会对这些可怜的无辜的人造成多么致命的破坏，这一令人觉得恶心的哭泣会将健康的死亡教育统统抹杀——似乎死亡是一件可怕的事情，似乎有哪个人很重要一样！这会让他们对这个问题产生最可怕的想法，或许会刺激他们走向完全错误的彻底反社会的道路。

她走上前，拍了拍他的肩膀。“你就不能规矩点吗？”

她生气地低声说道。但她望着周围，看到有六七个多胞胎已经正朝病房的这边走来。圆圈正在解体。再过一会儿……不行，这太危险了。整群人六七个月的教育将会毁于一旦。她立刻朝这群受到威胁的孩子走去。

“好了，谁要巧克力手指饼干？”她以轻快的语气高声问道。

“我要！”这群波卡诺夫斯基多胞胎异口同声地喊道。二十号病床被彻底忘记了。

“噢，上帝啊，上帝啊，上帝啊……”野人不断地对自己重复着。他的脑海里充斥着悲哀与悔恨，这是唯一能够说出口的词语。“上帝啊！”他高声喊叫着，“上帝啊！”

“他到底在说什么？”一个声音说道，凑得很近，在超级女声伍利策利娅纳的颤抖的歌声中显得特别清晰刺耳。

野人吓了一跳，将双手从他的脸上放了下来，看着周围。五个穿着卡其布制服的多胞胎，每个人的右手都拿着一根长长的饼干，一模一样的面孔都糊着液状的巧克力，正站成一排，迷茫地盯着他看。

他们看着他的眼睛，同时咧嘴笑起来。其中一个拿着手指饼干的一头指指点点。

“她死了吗？”他问道。

野人沉默地瞪着他，过了一会儿，站起身，默不作声地慢慢地朝门口走去。

“她死了吗？”那个好管闲事的多胞胎快步走在他身边追问着。

野人低头看着他，依然没有说话，把他推开了。那个男孩摔倒在地上，嚎啕大哭着。野人却连头都不回。

第十五章

公园街的临终医院的下等工作人员由一百六十二个德尔塔构成，分为两个波卡诺夫斯基群体，分别是八十四个红头发的女性多胞胎和七十八个深色皮肤的长颅型男性多胞胎。六点钟下班的时候，这两组人在医院的前庭集中，由助理司库为他们分发苏摩。

野人从电梯里走出来，走到他们中间。但他的心灵却在别处——怀着悲痛和悔恨思考着死亡，他就像一具人偶，不知道自己在做什么，开始用肩膀顶着人群想穿过去。

“你在推谁呢？你以为你要到哪里去？”

从许许多多不同的喉咙里发出的只有或高或低两个声音在吱吱作响或咆哮不休。两张面孔就像一面面镜子不停地重复着，一个是长着雀斑的橙黄色的月亮般的光头，另一个是瘦削的长着鹰钩鼻两天没刮脸胡子拉碴的脸，都愤怒地转过来对着他。他们的话语，以及他们的肘部凶狠地顶着他的肋骨，打破了他昏昏沉沉的状态。他再一次醒来，回到现实中。他看着周围，察觉到自己眼前所看到的是什么之后，不仅心里一沉，感到恐惧与恶心，日日夜夜困扰着他的谵妄又开始发作了，噩梦般的蜂拥而至的无法分辨的长得一模一样的多胞胎。多胞胎，多胞胎，他们就像蛆虫，簇拥在临终的琳达身边。蛆虫又来了，但他们的个头更矮，而且发育完全，现在他们正在他的悲伤与悔恨上乱爬。他停下脚步，睁着困惑惊恐的眼睛，盯着身边这群穿着卡其布制服的乌合之众。站在他们中间，他足足比他们高出一个头。“这里有多少好看的人！”这些像歌曲般美妙的话语在嘲讽着他，“人类是多么美丽！啊，美丽的新世界！”

“分发苏摩！”一个声音高声说道，“请保持秩序。赶快到这边来。”

一扇门打开了，一张桌子和一张椅子被抬到前庭。那是一个年轻活泼的阿尔法的声音，捧着一个黑色的铁匣子进来了。这群翘首企盼的多胞胎满足地嘀咕着。他们全然忘记了野人，注意力现在都集中在那个年轻人摆放在桌子上的黑匣子上。他正在开锁，然后把盖子打开了。

“喔——噢！”那一百六十二个多胞胎异口同声地赞叹着，似乎他们正在观看烟花表演。

那个年轻人拿出几个小药匣。“好了，”他颐指气使地说道，“上来吧。每次一个人，不许推推搡搡。”

那群多胞胎每次一个人，没有推推搡搡地走上前。先是两个男的，然后是一个女的，然后又是一个男的，然后是三个女的，然后……

野人站在那儿看着这一幕。“啊，美丽的新世界，啊，美丽的新世界！”在他的脑海中，这些有如歌声般的语句似乎换了个调子。它们嘲讽着他的不幸与悔恨，以愤世嫉俗的可恶的调子调侃他！他们狞笑着，一直就像噩梦那样卑劣、丑陋、令人作呕。现在，突然间，它们就像嘹亮的军号在召集武装，“啊，美丽的新世界！”米兰达在宣告美好的可能性，要将噩梦变成美好而高贵的事物。“啊，美丽的新世界！”它是一个挑战，更是一个命令。

“那边不许推推搡搡！”助理司库怒气冲冲地高喊着，把匣子的盖子给盖上了，“如果行为不规规矩矩的，我就不派发苏摩了。”

德尔塔们嘟囔着，互相推搡了一会儿，然后安静了下来。这个威胁起作用了。领不到苏摩——多么可怕的想法！

“这还差不多。”那个年轻人说道，然后再次打开匣子。

琳达一直是一个奴隶，琳达已经死了，其他人应该生活在自由中，世界应该变得更美好。那是一次补偿，一种义务。突然间野人知道自己必须做什么，就像一扇百叶窗被打开了，一袭窗帘被拉开了。

“好了。”助理司库说道。

另一个穿着卡其布制服的女人走上前。

“停下来！”野人以洪亮铿锵的声音高喊着，“停下来！”

他朝那张桌子一路挤过去。那群德尔塔惊讶地看着他。

“吾主福特啊！”助理司库倒吸一口凉气，“是那个野人。”

他觉得很害怕。

“听着，我求求你们，”野人热烈地高喊着，“请借给我你们的耳朵……”[①]他从未在大庭广众下发言，发现要表达自己的意思非常困难。“不要拿那个可怕的东西。那是毒药，是毒药。”

“听我说，野人先生。”助理司库微笑着想安抚他。

“您介不介意让我……”

“那是戕害灵魂和肉体的毒药。”

“是的，但请让我继续分发工作，好吗？帮帮忙。”他小心翼翼地拍了拍野人的胳膊，就好像在拍一头猛兽一样，“请让我……”

“不行！”野人喊道。

“听我说好吗？老伙计。”

“把它统统扔掉，那是可怕的毒药。”

“把它统统扔掉”这几个字穿透了层层叠叠的鲁钝，直插那些德尔塔的心头，他们发出了愤怒的抱怨。

“我是来赐予你们自由的。”野人说道，转身面对那些多胞胎，“我来了。”

那个助理司库听不见他在说些什么。他已经溜出了前庭，正在电话本里查找着号码。

“不在他自己的房间里。”伯纳德的结论就是，“也不在我的房间里，不在你的房间里。不在阿佛洛狄宫，也不在中心或学院。他能去哪儿呢？”

---

① 出自《居里厄斯·恺撒》第三幕第二景，这是安东尼在恺撒被刺后向罗马市民公开演讲的开场白。

赫姆霍兹耸了耸肩膀。他们刚下班，以为野人会在平时经常见面的地方等候他们，但这个家伙不见踪影，真是讨厌，他们已经计划好了乘坐赫姆霍兹的四座运动型直升飞机去比亚里茨。如果他再不来的话，他们的晚餐就迟了。

“我们再给他五分钟吧。”赫姆霍兹说道，“如果他还不来的话，我们就……”

电话的铃声打断了他。他拿起话筒。

“你好，请讲。”然后，听了好一会儿，“吾主福特登临御车！”他骂了一句，“我马上来。”

“出什么事了？”伯纳德问道。

“一个在公园街医院的人，我认识他。”赫姆霍兹说道，“野人在那儿。似乎发疯了。不管怎样，事情很紧急。你和我一起去吗？”

他们一起匆匆沿着走廊来到电梯里。

“你们愿意做奴隶吗？”他们刚走进医院就听到野人说道。他的脸涨得通红，他的眼睛闪耀着热烈而愤慨的光芒。“你们愿意当婴儿吗？是的，婴儿。呜呜呜地哭泣和呕奶。”他被他们野兽般的愚昧激怒了，开始羞辱这些原本想要拯救的人。但这些侮辱根本无法穿透他们厚厚的愚昧的硬壳。他们一脸茫然地盯着他，眼睛里带着迟钝而阴郁的怨恨。

“是的，在呕奶呢！”他高喊着。悲伤与悔恨、同情与责任现在都被忘得一干二净，被一股强烈的压倒一切的对这些称不上是人的怪物的仇恨吞没。“难道你们不想成为自由的人吗？难道你们就不明白人性和自由为何物吗？”愤怒使他变得口齿清晰，这些话滔滔不绝地脱口而出。“难道你们就不知道吗？”他重复着，但没有人回答这个问题。“很好。”他冷冰冰地说道，“我会教导你们。我会让你们获得自由，无论你们想不想要。”他推开一扇朝向医院内庭的窗户，开始将那些盛着苏摩的小药盒一把把地扔出窗外。

那群穿着卡其布制服的乌合之众惊呆了，惊恐地看着这一肆意妄为离经叛道的做法。

“他疯了。”伯纳德喃喃说道，睁大着眼睛看着这一幕。“他们会杀了他的。他们会……”那群人突然爆发出一声呐喊，一波浪潮恶狠狠地朝野人涌去。“愿吾主福特保佑他！”伯纳德嚷道，移开了眼睛。

“自助者，吾主福特亦助之！”赫姆霍兹·华生得意地大笑着，推开人群冲了上去。

“自由吧，自由吧！”野人叫嚷着，一只手继续将苏摩扔出去，而另一只手痛殴着攻击者无法辨认的脸庞。

“自由吧！”赫姆霍兹突然出现在他身边——“赫姆霍兹，你好啊！”——又揍出一拳——“终于是男子汉了！”——与此同时一把又一把地将那些毒药扔出窗外。“是的，男子汉！男子汉！”再也没有毒药剩下了。他将那个空荡荡黑漆漆的匣子拎给那群人看。“你们自由了！”

那群德尔塔愈发愤怒地咆哮着冲了过来。

伯纳德在战斗的圈子外面徘徊着。“他们死定了。”伯纳德说道，冲动之下，他突然跑上前想去救他们，然后好好想了一想，停下脚步，然后觉得很羞愧，又往前跑了几步，然后又好好想了一想，站在那里为自己的优柔寡断感到羞愧和苦恼——心想要是他不上去帮他们的话他们或许会被杀死，又觉得如果上去帮助他们的话自己也可能搭上性命——这时，戴着鼓眼睛和猪鼻子一样的毒气面具的警察跑了过来。

伯纳德冲上去迎接他们。他挥舞着双臂，这就是行动，他总算做点什么事情了。他叫嚷着：“救命啊！”叫了好几次，而且越叫越大声，让自己觉得正在帮忙。“救命啊！救命啊！救命啊！”

警察将他推到一边，开始采取行动。三个肩膀上绑着喷射器的警察朝空中喷射浓烈的苏摩蒸汽。还有两个警察忙着摆弄那部移动式合成音乐盒。另外四个警察端着装满了强力麻醉剂的水枪，已经挤进人群中，干净利落地分头朝那些比较凶狠的打架斗殴者开枪。

“快点，快点！”伯纳德喊道，“你们如果不快点的话，他们会被杀死的。他们会……噢！”一个警察被他的喋喋不休烦透了，用水枪射了他一下。伯纳德摇摇晃晃地站了一两秒钟，双腿似乎没有了骨头、筋腱和肌肉，只是两根果冻凝胶，最后就连凝胶也不是了，瘫倒在地上。

突然间，从合成音乐盒里传出一个声音，开始说话。那是理性的声音，美好感觉之声。音轨纸卷正在播放的是合成反暴动演讲二号（中等强度），来自一个子虚乌有的人物的肺腑之声。“我的朋友，我的朋友！”那个声音是如此动情，深情款款地柔声责备，就连戴着毒气面具的警察一时间眼里也噙着泪花。“这是怎么回事？为什么你们不能快乐地好好相处呢？做一个快乐的好人。”那个声音重复着，“平静，平静。”它颤抖着，减弱为呓语，时不时低到根本听不见。“噢，我真的希望你能快乐。”它开始满怀真挚地说道，“我真的希望你能当一个好人！请当一个好人，请……”

两分钟后，那个声音和苏摩气体发挥了作用。那群德尔塔含泪互相亲吻和拥抱着——每六七个多胞胎互相紧紧地拥抱，就连赫姆霍兹和野人也几乎哭出来。从库房那里运来了新的药片匣子，新的分发行动立刻执行，在柔和热情的男中音的劝慰下，那些多胞胎哭哭啼啼地离开了，似乎心都碎了。“再见，我最最亲爱的朋友们，愿吾主福特保佑你们！再见，我最最亲爱的朋友们，愿主保佑你们。再见，我最最亲爱的……”

当最后一个德尔塔走后，警察切断了电流。那个天使般的声音顿时哑了。

“你们愿意安静地走吗？”小队长问道，“还是说我们必须使用麻醉剂？”

他指着自己的水枪以示威胁。

“噢，我们愿意安静地走。”野人回答，轮番轻抚着被割伤的嘴唇、被抓伤的脖子和被咬了好几口的左手。

赫姆霍兹仍然用手帕捂着自己流血的鼻子，点了点头表示同意。

伯纳德醒了过来，而且双腿也能走路了，正准备偷偷朝门口溜去。

“嘿，那边那位。”小队长喊道，一个戴着猪鼻式毒气面具的警察匆匆穿过房间，把手搭在伯纳德的肩膀上。

伯纳德以愤慨而无辜的表情转过头来。逃跑？他根本没有想过这种事情。

“你到底想要我怎么样？”他问小队长，“我真的无法想象。”

“你是这两个犯人的朋友吧？”

“嗯？”伯纳德犹豫着。他没办法否认。

“难道我不是吗？”他反口问道。

“那就走吧。”小队长说道，然后领着他们朝门口那辆等候着的警车走去。

第十六章

三个人被带进了主宰者的书房。

“主宰者大人一会儿就到。”那个伽玛管家离开了，留下他们三个人。

赫姆霍兹哈哈大笑着。

“这不像是审判，更像是咖啡因饮品派对。”他说道，大剌剌地坐在那几张充气座椅中最豪华的一张上。看到他的朋友那张闷闷不乐的发青的脸，他补充道：“开心点，伯纳德。”但伯纳德开心不起来。他没有回答，也没有去看赫姆霍兹一眼，而是精心挑选了房间里最不舒服的一张椅子坐了下来，暗自期望这么做能稍稍平息主宰者的愤怒。

与此同时，野人不停地在房间里走动着，略带好奇地打量着书架上的书、唱片和洞口编了号码的阅读机器线轴。窗下的桌子上摆放着一本厚厚的书，封皮是柔软的黑色人造皮革，上面印着一个大大的金色的字母T。他拿起这本书，翻了开来。《我的生平和工作》，吾主福特著。这本书是由“吾主福特知识传播委员会”在底特律出版的。他信手翻开书，这一页读几句，那一页读几段，然后觉得这本书没什么意思。这时候房门打开了，西欧地区的世界主宰者快步走进房间。

穆斯塔法·蒙德和三人一一握手，但只和野人打招呼。“野人先生，你不是很喜欢文明，是吗？”他问道。

野人看着他。他原本准备好要撒谎，吓唬，或干脆来个不理不睬，但他被主宰者那张幽默而睿智的脸打动了，决定说出真实的想法。他直率地说道：“不喜欢。”他摇了摇头。

伯纳德吓了一跳，表情惶恐不安。主宰者会怎么想？被当成一个公然说他不喜欢文明的人的朋友，而且还是当着主宰者的面这么说——太可怕了。“别胡说，约翰。”他刚一开口，穆斯塔法·蒙德就看了他一眼，吓得他不敢多嘴了。

野人继续说道："当然，有的东西还是很不错的。比如说，空中播放的音乐……"

"有时成千的叮叮咚咚的乐器在我耳边鸣响，有时候是一阵阵歌声。"①

野人的脸上突然绽放出愉悦的光芒。"你也读过吗？"他问道，"我还以为在英国这里没有人知道这本书呢。"

"几乎没有人知道。我是极少数人中的一个。它是禁书，你知道的。但因为我是这里的立法者，我可以违背法律。无须遭到惩罚，马克斯先生。"他转身对伯纳德补充了一句，"恐怕你就不行。"

伯纳德感到更加绝望和痛苦。

"但是，为什么它会是禁书呢？"野人问道。能遇到一个读过莎士比亚的人让他很激动，暂时忘记了别的事情。

主宰者耸了耸肩膀，"因为它是一本旧书，这就是最大的原因。旧的东西对我们来说没有任何用处。"

"即使它们非常美妙？"

"特别是那些非常美妙的东西。美是迷人的，我们不希望人们被老的东西所吸引。我们希望他们喜欢新的东西。"

"但新的东西是那么愚蠢和可怕。那些戏剧，根本空洞无物，只有直升飞机飞来飞去，并且你能感觉到里面的人在接吻。"他做了个鬼脸，"山羊和猴子！"只有用上《奥赛罗》里面的台词他才觉得能够充分地表达他的轻蔑与痛恨。

"但它们是温顺而驯服的动物。"主宰者喃喃地补充了一句。

"为什么你不让他们看《奥赛罗》呢？"

"我告诉过你了，它是旧的东西。而且，他们根本看不懂。"

---

① 出自《暴风雨》第三幕第二景。

是的，确实是这样。他记得赫姆霍兹是如何嘲笑《罗密欧与朱丽叶》的。“那好，”他停顿了一下，然后说道，“某出新的喜剧呢？像《奥赛罗》一样，他们又能看得懂的戏。”

“那正是我们一直想要写出来的东西。”沉默良久的赫姆霍兹说道。

“那是你永远都写不出来的东西。”主宰者说道，“因为，如果它真的像《奥赛罗》的话，就没有人能够看得懂，无论它的内容有多么新，而且，如果它的内容是新的，它根本就不可能像《奥赛罗》。”

“为什么？”

“是啊，为什么？”赫姆霍兹念叨着。他也忘记了情况的严重性。只有伯纳德还记得，由于焦虑紧张而脸色铁青。其他人并没有理会他。“为什么？”

“因为我们的世界与《奥赛罗》的世界并不一样。没有钢铁你怎么能造出汽车呢？——没有社会的动荡，你就写不出悲剧。如今的世界很太平，人们过着幸福的生活，他们想要什么就有什么，不会想要得到无法企及的东西。他们享受着富裕与安宁，没有病痛，不会害怕死亡。他们很幸福，不知道激情与年老为何物，他们不会受到父母的干预。他们没有感情深厚的妻子、孩子或爱人。他们所接受的培育使得他们不由自主地表现出应有的行为，就算出了什么岔子，还有苏摩呢。而你却把它们扔出窗外，以自由的名义，野人先生，自由！”他哈哈大笑，“以为德尔塔知道什么是自由！现在你还以为他们能看得懂《奥赛罗》！我的好伙计！”

野人沉默了一会儿，然后固执地坚持说道：“不管怎样，《奥赛罗》是一出好戏，《奥赛罗》要比那些感官电影好得多。”

“确实如此。”主宰者表示同意，“但那是我们要为稳定所必须付出的代价。你只能在幸福和人们以前所说的高雅艺术之间作出选择。我们牺牲了高雅艺术。取而代之的是，我们有了感官电影和香薰设备。”

"但它们根本没有意义。"

"他们的存在本身就是意义，对于观众们来说，它们意味着感官刺激。"

"但它们……它们是一个白痴讲的故事。"[①]

主宰者哈哈大笑起来，"你真不给你朋友华生先生面子。他可是我们最出色的情感工程师中的一员……"

"但他说得对。"赫姆霍兹沮丧地说道，"因为那些内容确实很白痴。在乏善可陈的时候进行创作……"

"确实如此。但那需要最杰出的才华。你在用最少的钢材制造小汽车，用只有感官刺激的空洞的内容去创作艺术品。"

野人摇了摇头。"我觉得它的一切太可怕了。"

"确实如此。事实上，比起痛苦的过度补偿，幸福看上去总是很猥琐。当然，稳定没有动荡那么壮观。得到满足当然比不上与不幸进行搏斗那么令人心醉神迷，也不像与诱惑进行斗争，或由于激情或困惑而遭到致命的打击那么动人心魄。幸福从来就不是宏伟壮丽的。"

"我想不是，"野人沉默了一会儿后开口说道，"但非得像那些多胞胎那么糟糕吗？"他用手遮住眼睛，他仍然记得在装配桌旁工作的好几列长长的一模一样的侏儒的形象，那些在布伦特福德轻轨车站的入口处排队的牲畜一般的多胞胎的形象，那些蜂拥在琳达的临终病床周围的人形蛆虫的形象，还有那些无穷无尽的攻击他的反复出现的脸庞，他似乎在尝试将它们抹去。他看着缠着绷带的左手，打了个冷战，"太可怕了！"

"但多么有用！我知道你不喜欢我们的波卡诺夫斯基群体，但我可以向你保证，他们是其他一切事情赖以建立的基础。他们是让国家这架喷气式飞机稳定航行的陀螺仪。"他那深沉的声音激动而洪亮，那只手

---

① 出自《麦克白》第五幕第五景麦克白的独白："人生……是一个白痴所讲的故事，充满着喧哗与骚动，却找不到一点意义。"

作势比划着所有的地方和机器无可阻挡的高歌猛进。穆斯塔法·蒙德的口才几乎达到了合成演讲的水平。

野人说道："我很纳闷，为什么你们要把他们制造出来——我知道你们可以从那些瓶子里培育出任何人，为什么在你们进行培育的时候，就不能让每个人都像超优等阿尔法一样呢？"

穆斯塔法·蒙德大笑起来。"因为我们不希望惨遭割喉。"他回答道，"我们的信仰是幸福和稳定。由阿尔法组成的社会一定是动荡和悲惨的社会。想象一个工人都是阿尔法的工厂——也就是说，那些工人都是独立的没有关系的个体，有优秀的天赋，而且所接受的培育是能够作出自由的选择和承担责任（在有限的范围内）。想象一下吧！"他强调了一遍。

野人试着去想象，但不是很成功。

"那很荒谬。一个接受阿尔法的试管培育和教育的人，如果得去做半痴呆的埃普斯隆做的工作，他会发疯的——发疯，或开始打砸东西。阿尔法能完全实现社会化——但前提是你让他们承担阿尔法的工作。只有埃普斯隆能够作出埃普斯隆式的牺牲，原因很简单，对于他来说，那并不是牺牲，他们不会和你作对。他所接受的培育规定了他必须遵循的轨道。他只能这么做，他的命运已经注定好了。即使出瓶后，他仍然困在一个瓶子里——一个看不见的按照胚胎期和婴幼儿时期的固定模式行事的瓶子里。"主宰者若有所思地继续说道，"当然，我们每个人一辈子都在瓶子里度过。但如果我们是阿尔法，我们的瓶子相对来说是很广阔的。如果我们被局限在一个狭窄的空间里的话，我们会觉得非常痛苦。你不能将为上等人准备的人造香槟倒入下层阶级的瓶子里。这个道理很浅显，而且它也被实践证明了。塞浦路斯实验的结果令人信服。"

"那是怎么一回事？"野人问道。

穆斯塔法·蒙德微笑着说："如果你喜欢的话，你能称之为瓶中再培育的实验。它始于福特纪元四七三年。几位主宰者将塞浦路斯岛上面所有的居民都迁走，并把特别准备的两万两千名阿尔法迁徙过来。他们拥有一切农业和工业设备，而且由得他们实施自治。结果与所有的理论预测非常吻合。土地没有好好被耕种，而且所有的工厂都在罢工。每个人都藐视法律，没有人服从命令，所有被分配去从事低级工作的人总是在勾心斗角争夺高级工作，而所有得到高级工作的人都在互相倾轧，不惜一切代价也要保住自己的位置。六年后他们发动了一场惨绝人寰的内战。两万两千人中有一万九千人被杀了，幸存者们一致向世界主宰者们请愿，要求恢复对塞浦路斯岛的管制，而他们也实施了管制。这就是迄今为止世上曾经出现过的由阿尔法构成的社会的结局。”

野人深深地长叹一声。

穆斯塔法·蒙德说道：“最佳的人口数字以冰山为模型——九分之八的人在水平线下，九分之一的人在水平线上。”

“那些水平线下的人幸福吗？”

“比那些水平线上的人更幸福。譬如说，比你这位朋友更幸福。”他指着赫姆霍兹。

“干那么辛苦的活儿也幸福吗？”

“辛苦？他们并不这么觉得。恰恰相反，他们喜欢这样。它很轻松，而且非常简单，不需要劳心费力。七个半小时的轻松工作，然后领到定量供应的苏摩，然后进行游戏，无拘无束地性交和观看感官电影。他们还能要求得到更多吗？”他补充道，“确实，他们或许会要求缩短工时。当然，我们能为他们缩短工时。在技术层面上，将所有下层阶级的工时缩短到一天三四小时是非常简单的事情。但这么做的话他们会更幸福吗？不会的。一个半世纪前进行过这个试验。整个爱尔兰岛推行每天四小时工作制。结果怎么样呢？社会陷入动荡，而且苏摩的消费大大增加，就是这样。多出来的三个半小时闲暇时间，根本不是幸福之源，人们觉得一定得去度假。发明办公室堆满了节省劳动的计划，有好几千份。”穆斯塔法·蒙德做出一个慷慨的姿势，“为什么我们不去执行呢？

是为了劳动者们着想，让他们拥有过多的闲暇是极其残酷的事情。农业的情况也是如此。如果我们愿意的话，我们能够合成制造每一口食物。但我们不这么做。我们希望将三分之一的人留在土地上。这是为了他们着想——因为从土地耕种食物要比从工厂里制造食物耗时更长。而且，我们还要考虑到稳定。我们不希望改变。每一次改变都会威胁到稳定。那是我们对新发明的应用如此谨慎的另一个原因。纯科学的每一个发现都有潜在的反动性，甚至科学有时候也必须被视为可能的敌人。是的，就连科学也是。”

科学？野人皱着眉头。他知道这个词。但他说不出它到底是什么意思。莎士比亚和村子里的长者从未提到科学，而且从琳达那里他对科学产生了模糊的印象：科学就是你用来发明直升飞机的东西，让你嘲笑丰收之舞的东西，能够让你不会长出皱纹和牙齿掉落的东西。他努力思考琢磨着主宰者的意思。

“是的，”穆斯塔法·蒙德说道，“那是稳定的另一个代价。与幸福不相兼容的事情不只是艺术。还有科学。科学是危险的，我们必须非常小心地给它套上笼头和缰绳。”

“什么？”赫姆霍兹惊讶地说道，“但我们总是说科学就是一切。睡眠教学法一直都是这么说的。”

“从十三岁到十七岁每周三次。”伯纳德插了一句。

“还有我们在学院接受的所有关于科学的宣传……”

“是的，但什么样的科学呢？”穆斯塔法·蒙德语带讥讽地问道，“你们没有经过科学培训，因此你们没有判断力。我是我那个时代非常优秀的物理学家。太优秀了——优秀到知道我们的科学无非就是一本烹饪书，它有一套任何人都不得质疑的正统烹饪理论，还有一系列食谱，除非得到大厨的同意，否则绝对禁止添加东西。现在我是大厨了。但那时候我是一个好奇的年轻帮厨。我开始烹饪自己的菜式。非正统的菜式，非法的菜式。事实上，是一点真正的科学。”他沉默了。

“发生什么事情了？”赫姆霍兹·华生问道。

主宰者叹气道：“就像即将发生在你们几个年轻人身上的事情。我差点就被流放到一个岛上。”

这几个字就像一道电流，强烈地刺激到了伯纳德。

“把我流放到一个岛上？”他跳了起来，快步穿过房间，站在主宰者面前比手画脚，“您不能将我流放。我什么也没干。是那两个人干的。我发誓，是那两个人干的。”他愤慨地指着赫姆霍兹和野人。“噢，请不要把我流放到冰岛。我答应您，我会尽自己的本分。再给我一个机会，再给我一个机会吧。”他开始痛哭流涕，“请听我说，是他们的错。”他呜咽着说：“不去冰岛。噢，求您了，大人，求您了……”突然他可怜兮兮地跪倒在主宰者面前。穆斯塔法·蒙德想把他拉起来，但伯纳德一直奴颜婢膝地跪着，嘴里一直滔滔不绝地哀告求饶。最后，主宰者不得不招来他的第四秘书。

“叫三个男的来。”他命令道，“把马克斯先生带到一间卧室去。给他多喷点苏摩蒸汽，然后把他放到床上，让他待在那儿。”

第四秘书出去了，然后领着三个穿着绿色制服的多胞胎男仆。伯纳德被抬了出去，仍在大哭大闹。

“你还以为他会被砍头呢。”房门关上后，主宰者说道。“如果他稍微了解情况的话，他会明白他的惩罚其实是一项奖赏。他会被流放到一个岛上，在那个地方他会遇到世界上最有趣的男男女女，所有由于某种原因拥有了太强烈的自我意识的个体。他们都是不满足于正统思想的人，有自己的思想的人，无法融入集体生活。总而言之，每一个人都是独特的。我都有点羡慕你了，华生先生。”

赫姆霍兹哈哈大笑，“那你自己为什么不去岛上呢？”

“因为，说到底，我喜欢现在这样子。”主宰者回答，“我曾经有两个选择：被流放到一个岛上，可以继续研究我的纯粹科学，或进入主宰者委员会，将来有机会成为主宰者之一。我选择了后者，放弃了科学。”他沉默了一会儿，然后继续说道：“有时候，我对科学觉得很遗憾。幸福是一个艰难抉择——特别是在事关别人的幸福的时候。如果你没有接受过不加质疑就接受的培育的话更是如此，比真理更加艰难。”他叹了口气，然后又陷入了沉默，接着以轻快一些的语调继续说道：“好了，责任就是责任。你不能由得个人的喜恶行事。我对真理很感兴趣，我喜欢科学。但真理是一个威胁，科学曾经造福人群，但对于公众来说，它也是一个危险。它赋予了我们历史上最稳定的均衡。相比较而言，中国是一个无可救药的动荡之邦，即使是远古时期的母系氏族也没有我们这个社会那么稳定。我再重复一遍，这都是拜科学所赐。但我们不允许科学将它的成就摧毁。这就是为什么我们如此小心翼翼地限制研究的范围——这就是为什么我差点被流放到一个岛上。我们只允许科学去处理当前最迫切的问题。其他研究一律禁止。”稍作停顿之后，他继续说道：“读到我们的主福特那个时代的人对科学进步的观点是很有意思的事情。他们似乎以为它能够无休止地继续下去，无论发生什么事情。知识是最高的善，真理是最高的价值，其他的都是第二位和从属性的。确实，即使在那个时候，思想就已经开始改变了。我们的主本人做了大量的工作，将重点从真理和美转移到舒适和幸福。大规模生产要求这一转变。普世幸福能使命运之轮稳定地运转着，而真理与美则做不到。当然，在群众掌握政治权力时，重要的事情是幸福，而不是真理与美。但是，尽管如此，不受限制的科学研究仍被允许。人们继续在谈论真理与美，似乎它们是至高无上的福祉，直到九年战争爆发。这使得他们彻底改变了基调。当炭疽炸弹在你身边爆炸时，真理、美或知识有什么意义呢？那是科学第一次遭到管制——发生在九年战争之后。那时候的人甚至愿意让胃口接受管制，只要能过上太平日子，什么都愿意。从那时开始，我们就一直在进行管制。当然，对于真理来说它并不是好事。但对于幸福来说，它是非常好的事情。凡事总有代价。快乐就是必须付出的代价。你正为它付出代价，华生先生——因为你对美太着迷了。我曾经对真理太着迷了，我也付出了代价。”

“但你并没有去某个岛上。”野人在沉默良久之后开口说话了。

主宰者微笑着说：“那就是我付出的代价。我选择了为幸福服务。为别人的幸福服务——而不是我的幸福。”停顿了一下之后，他继续说道：“幸运的是，世界上有那么多的岛屿。我不知道没有了它们我们该怎么办。我想，得把你们统统关进死囚监狱里。顺便问一下，华生先生，你喜欢热带气候吗？譬如说，马克萨斯群岛，或是萨摩亚？还是说比较凉爽的地方？”

赫姆霍兹从充气椅子上站起身。“我想要一个恶劣的气候。”他回答道，“我相信如果气候糟糕的话，一个人能够写出更好的作品。譬如说，风暴频发的地方……”

主宰者赞许地点了点头，“我欣赏你这种精神，华生先生，我真的非常欣赏。但站在官方的立场我不批准。”他微笑着说道，“去福克兰群岛如何？”

“好吧，我想那也不错。”赫姆霍兹回答道，“现在，如果您不介意的话，我去看看可怜的伯纳德怎么样了。”

第十七章

当只剩下两个人的时候，野人问道：“艺术、科学——为了幸福，你们似乎付出了相当高昂的代价。还有别的什么吗？”

“嗯，当然还有宗教。”主宰者回答道，“在九年战争之前有一种事物，被称为上帝。但我已经开始忘记了。我想你对上帝很了解。”

“嗯……”野人欲言又止。他本想说关于孤独、夜晚、月色下苍白的平顶山、悬崖、堕入影子般的黑暗、死亡。他本想说点什么，却无言以对。就连莎士比亚的作品里也没有提到上帝。

与此同时，主宰者已经走到房间的另一边，打开位于书架之间的墙壁上的一个大保险柜。沉重的柜门打开了。他在黑暗中搜寻着，说道：“它是一个总是让我很感兴趣的课题。”他抽出一本厚厚的黑色书籍。“你从来没有读过这本书，是吧？”

野人接过书。《圣经：旧约与新约全书》，他高声读着书名。

“这本也没读过吧？”那是一本薄薄的书，封面已经不见了。

“《效仿基督》。”

“这本也没读过吧？”他递过另一本书。

“《宗教经验种种》，作者：威廉·詹姆斯。”

“我还有很多本书。”穆斯塔法·蒙德坐了下来，继续说道，“一大堆诲淫诲盗的旧书。上帝在保险柜里，而吾主福特在书架上。”他大笑着指着他那个公开的书库——那几个架子上的书籍和摆满了阅读机器线轴和纸卷音轨的支架。

“但如果你了解上帝，为什么你不告诉他们？”野人愤慨地说道，“为什么你不让他们读这些关于上帝的书籍呢？”

“与我们不让他们阅读《奥赛罗》的原因一样：它们是旧的事物，它们所写的上帝是好几百年前的事情了。而不是关于现在的上帝。”

“但上帝是不会变的。”

“但人会变。”

“那有什么区别呢？”

“有天壤之别。”穆斯塔法·蒙德说道。他又站起身，走到保险柜那里。“曾经有一个人，叫红衣主教纽曼。”他说道，“红衣主教，”他补充说道，“就像是首席合唱领唱员。”

“‘我，美丽的米兰的潘杜尔夫，红衣主教。’[①]我在莎士比亚的作品里读过关于他们的内容。”

“你当然读过。嗯，我刚刚说到，有一个人名叫红衣主教纽曼。啊，就是这本书。”他把这本书抽了出来，“说到这本书，我顺便提提这本书，是一个名叫曼恩·德·比朗的人写的。他是一个哲学家，如果你知道那是什么的话。”

“一个天地之大都无法容纳其梦想的人。”野人立刻回答。

“确实如此。待会儿我会给你读一读他梦见的其中一件事情。与此同时，听一听从前这位首席合唱领唱员说过些什么。”他翻到那本书由一张纸作为书签所标注的地方，开始进行朗读：“‘我们并非自己的主宰，就像我们所拥有的事物并不构成我们一样。创造我们的并不是我们自己。我们并非自己的主宰。我们是上帝的造物。因此，在这个意义上，这难道不是我们的幸福吗？认为我们是自己的主宰有什么幸福或宽慰可言吗？或许只有拥有青春和繁荣的人会这么想。他们或许会认为主宰一切是美妙的——无须仰仗任何人——不用去思考眼前之外的事情，不需要讨厌地一直承认上帝，不需要一直进行祈祷，不需要让自己的行动服从上帝的意旨。但是，随着时光流逝，所有人都会发现人类并不配享有独立——那是违反自然的——它只是暂时性的，无法将我们平安地送至彼岸世界……’”穆斯塔法停了下来，放下第一本书，然后拿起另

---

① 出自莎士比亚《约翰王》第三幕第一景。

外那本书，翻开书页，说道："以这段话为例，"然后以深沉的声音开始朗读，"一个人渐渐年迈，伴随着岁月的流逝，他感觉到自己是那么虚弱、萎靡、不适，因此，想象着自己只是病了，认为这个痛苦的状态是由于某个特别的原因，就像患病一样，相信能够康复，以此平息自己的恐惧。这只是一个徒劳的想法！这个疾病是衰老，一个可怕的疾病。人们说，是对于死亡和死亡之后所发生的事情的恐惧，使得人们随着年岁渐长皈依宗教。但我的经历让我相信那并非出于恐惧或幻想，而是随着我们日渐衰老，我们自然而然就会产生宗教情感，由于随着激情归于平静，随着幻想和感官不再像以前那么激动人心，我们的理性不再受到干扰，被之前沉溺的声色犬马、欲望与干扰所分心，上帝的形象如拨云见日；我们的灵魂感受到、看到并向往一切光芒的起源，这个转变是自然的而且不可避免的。因为现在赋予感官世界以生命力和魅力的所有那些东西已经开始失去了对我们的影响，现象的存在不再受内部或外部的刺激，我们感受到依赖某个永恒的事物的需要，某个从来不会欺骗我们的事物——真理，绝对的永恒的真理。是的，我们一定会皈依上帝，因为这种宗教情感的本质是如此纯洁，令灵魂如此愉悦，感受到它，能够弥补我们的一切失落。"穆斯塔法·蒙德合上那本书，靠在椅背上。"这些哲学家穷尽天地万物都从未梦想过的是这个世界，"（他挥了挥手，）"我们这个现代世界。'只有在你拥有青春和繁荣的时候你才能摆脱上帝。独立无法将我们平安地送至彼岸世界。'如今我们已经得到永恒的青春和繁荣。显然，顺理成章地，我们能够摆脱上帝了。宗教情怀能够补偿我们的失落，但我们并不感到失落。失落和宗教情感是多余的。为什么在永葆青春的愿望已经得到满足的情况下我们还要去追求永葆青春的替代品呢？当我们可以一直享乐时，为什么要去禁欲呢？当我们的心灵和肉体一直愉快活跃时，为什么我们需要平静呢？当我们有苏摩的时候，为什么要寻求慰藉呢？当我们有社会秩序时，为什么要祈求永恒呢？"

"所以你认为没有上帝？"

“不，我认为上帝很可能是存在的。”

“那为什么……”

穆斯塔法·蒙德打断了他。“但他以不同的方式显现于不同的人面前。在前现代时期，他以那些书籍所描述的形象显现。而现在……”

“而现在他是如何显现自己呢？”野人问道。

“他的显现方式就是不见踪影，似乎他并不存在。”

“那是你们的错。”

“不如说是文明的错。上帝与机器、科学药品和普遍幸福是不相容的。你必须作出选择。我们的文明选择了机器、药品与幸福。这就是为什么我得把这些书锁在保险柜里的原因。它们是禁书。要是人们看到这些东西，他们会吓坏的……”

野人打断了他。“但感受到上帝的存在难道不是很自然的事情吗？”

“你倒不如说裤子上有拉链是天经地义的事情。”主宰者挖苦道，“你让我想起了另一个老家伙，名叫布拉德利。他认为哲学是为一个人出于本能的信仰找到的糟糕的原因。好像有谁是出于本能而产生信仰似的！一个人的信仰是由培育决定的。为糟糕的原因而产生的信仰寻找糟糕的原因——这就是哲学。人们信仰上帝是因为他们所接受的培育使然。”

“但不管怎样，”野人固执地说道，“当你孤独的时候，你自然而然就会信仰上帝——晚上独自一人的时候，想到死亡……”

“但现在人们不会孤独了。”穆斯塔法·蒙德说道，“我们让他们痛恨孤独，而且我们安排他们的生活，让他们几乎没有孤独的机会。”

野人沮丧地点了点头。在熔岩区，他感到痛苦是因为人们不让他参加村子里的集体活动；而在文明的伦敦，他感到痛苦是因为他无法逃避那些集体活动，从未能平静地独处。

“你还记得《李尔王》中的一段话吗？”野人最后问道，“‘公正的天神使我们的风流罪过成为惩罚我们的工具；他在黑暗淫邪的地方生下了你，结果使他丧失了他的眼睛。’还有爱德蒙的回答——你记得，他受伤了，奄奄一息——‘你说得不错；天道的车轮已经循环过来了。’[1]现在呢？难道就没有上帝在主持公道，赏善罚恶吗？”

“有吗？”轮到主宰者提问了，“你可以肆意地与一个雄化雌体风流快活，不用担心你的儿子的情妇会把你的眼睛挖出来。‘天道的车轮已经循环过来了。’如果爱德蒙活在今天，他会怎么样呢？坐在充气沙发上，搂着一个女孩子的腰肢，嚼着性荷尔蒙口香糖，观看着感官电影。无疑，上帝是公正的，但他的律法是由人制定的。说到底，是人组织了社会。天命由人不由主。”

“你肯定吗？”野人问道，“你真的肯定比起那个受伤流血至死的爱德蒙，那个坐在充气沙发上的爱德蒙没有遭到天道的惩罚吗？上帝是公正的。难道他不是因风流使他堕落吗？”

“这怎么叫堕落呢？作为一个幸福的努力工作的消费者，他是完美无瑕的。当然，如果你选择不同于我们这个社会的标准，那么或许你可以说他堕落。你必须坚持一套标准。将离心力碰碰球的规则用在电磁高尔夫球上可不行。”

“可是价值不能凭着私心的爱憎而决定；”野人说道，“一方面这东西本身必须确有可贵的地方，另一方面它必须为估计者所重视，这样它的价值才能确立。”

“好了，好了，”穆斯塔法·蒙德抗议道，“这就开始扯远了，不是吗？”

“如果你愿意让自己去思考上帝，你就不会由得自己陷于愉快的恶习不能自拔。你就有了理由去耐心地忍受，怀着勇气去行动。在印第安人身上我看到了这些。”

“我相信你看到了这些，”穆斯塔法·蒙德说道，“但我们并不是印

---

① 出自《李尔王》第五幕第三景。

第安人。一个文明人没有必要去忍受不愉快的事情。至于行动——吾主福特是不会让他有这个想法的。如果人们开始自行其是的话，整个社会秩序将会遭到冲击。”

“那克己呢？如果你信奉上帝，你就有理由去克制自己。”

“但工业文明只有在不去克制自己的情况下才可能实现。以卫生和经济的名义，将自我放纵进行到底。否则，机器就会停止运作。”

“那你们应该推行贞洁！”野人说道，说出这番话的时候微微脸红了。

“但贞洁意味着激情，贞洁意味着神经衰弱，而激情与神经衰弱意味着动荡。动荡意味着文明的终结。没有愉快的恶习，就没有安稳的文明。”

“但上帝是一切高贵与英勇的事情的理由。如果你信奉上帝的话……”

“我亲爱的年轻的朋友，”穆斯塔法·蒙德说道，“文明绝对不需要高贵或英勇。这些事情是政治低效的表现。在像我们这么一个组织得当的社会，没有人能有机会去做高贵或英勇的事情。只有在极其动荡的时候才有这样的机会。有了战争和忠诚；有了需要抵制的诱惑，值得去争取或捍卫的爱情，高贵或英勇显然才有意义。但如今已经没有战争了。最需要关注的事情是不让你太爱上某个人。如今没有忠诚可言。一个人所接受的培育使得他会不由自主地做出应该做的事情。而你应该做的事情大体上是如此愉快，所有的自然本能都可以自由放纵，没有任何诱惑需要抵制。即使糟糕的事情不幸地发生了，怕什么呢，还有苏摩能够让你度假，逃避事实。苏摩总是能平息你的愤怒，让你与敌人和解，让你能平静地忍受。在以前，你只能努力克制和经过多年的道德训练才能做到这一点。而现在，只需要吞下两三片半克的药片就可以了。现在每个人都是正人君子。一瓶苏摩就能让你掌握一半的命运。不需要眼泪的基督教精神——这就是苏摩。”

“但眼泪是必须的。难道你不记得奥赛罗是怎么说的吗？‘要是每一次暴风雨之后，都有这样和煦的阳光，那么尽管让狂风肆意地吹，把死亡都吹醒了吧！’[①]有一位印第安老人给我们讲过一个故事，关于玛塔斯基这个女孩。想要娶她的年轻人必须在她的花园里锄一上午的地。这似乎很简单，但里面有可怕的蚊虫，几乎没有年轻人能够忍受它们的叮咬。但有一个年轻人忍受下来了——他得到了那个女孩。”

“真是有趣！但在文明的国度里，”主宰者说道，“你不用锄地就能够得到女孩，也不会有蚊虫来叮咬你。好几个世纪前我们就已经消灭了它们。”

野人皱着眉点了点头，“你已经消灭了它们。是，这就是你们的作风。把一切不愉快的事情消灭掉，而不是学会去忍受它。是默然忍受命运暴虐的飞箭流石，还是挺身反抗人世的无涯的苦难，通过斗争把它们扫清[②]……但你们两样都不会去做，既不会去忍受也不会去反抗。你们只是把飞箭和流石一笔勾销了。这太简单了。”他突然沉默了，想起了他的母亲。在三十七楼的病房里，琳达漂浮在歌声、光线、香薰和爱抚的海洋中——漂走了，漂出了时空，漂出了记忆、习性、衰老和浮肿的身躯的牢笼。而托马金——生育与培育中心的前主人，托马金仍在度假——远离耻辱与痛苦的假期，在一个他不会听到那些辱骂和讥笑的世界里，不会看到那些狰狞的面孔，不会感受到那双搂着他的脖子的湿润松弛的手臂，在一个美妙的世界里……

“你们所需要的，”野人继续说道，“是含着眼泪去改变。这里没有什么需要付出高昂的代价。”

（“一千两百五十万元。”当野人告诉亨利·弗斯特这番话的时候，后者曾抗议道，“一千两百五十万元——这就是新的培育中心的造价，一分都不能少。”）

---

① 出自《奥赛罗》第二幕第一景。

② 《哈姆莱特》第三幕第一景哈姆莱特那著名独白中的一句。

“拼着血肉之躯奋然和命运、死神与危机挑战。这全为了小小一块弹丸之地！[1]难道这句话没有意义吗？”他抬头看着穆斯塔法·蒙德，说道：“除了上帝之外——当然，上帝是一个理由。难道生活在危险中就没有意义吗？”

“意义很大。”主宰者回答道，“男人和女人必须时不时受到刺激以分泌肾上腺素。”

“那是什么？”野人问道，他无法理解。

“那是完美健康的一个条件。这就是为什么我们规定代激治疗必须强制实行。”

“代激治疗？”

“替代激情治疗。每个月定期一次。我们为整个身体注射肾上腺素。它就如同生理意义上的恐惧与愤怒，能带来谋杀苔丝德蒙娜和被奥赛罗谋杀的滋润身心的效果，却不会带来麻烦。”

“但我喜欢那些麻烦。”

“我们不喜欢。”主宰者说道，“我们希望过得很舒适。”

“我不要舒适。我要上帝，我要诗歌，我要真正的危险，我要自由，我要美好，我要罪恶。”

穆斯塔法·蒙德说道：“事实上，你要求的是不幸福的权利。”

“那好吧。”野人轻蔑地说道，“我正是在要求不幸福的权利。”

“还有变老、变丑、变得性无能的权利，患上梅毒和癌症的权利，吃不饱的权利，肮脏的权利，总是生活在对明天的忧虑中的权利，患上伤寒的权利，受各种难以言状的痛苦折磨的权利。”

两人良久地沉默着。

“我愿意接受这一切。”野人最后说道。

穆斯塔法·蒙德耸了耸肩膀，“悉听尊便。”

---

① 出自《哈姆莱特》第四幕第四景。

第十八章

门是开着的，他们走进房间。

“约翰！”

从浴室里传来熟悉而难听的声音。

“出什么事了？”赫姆霍兹问道。

没有人回答。那个恶心的声音重复了两声，然后安静下来。接着，浴室的门咔哒一声打开了，野人出来了，脸色苍白。

“听我说，”赫姆霍兹热切地说道，“你好像病了，约翰！”

“你吃了什么不消化的东西吗？”伯纳德问道。

野人点了点头，“我吃了文明。”

“什么？”

“它让我中毒了，我被玷污了。”他低声补充道，“然后，我吃了自己的邪恶。”

“是呀，可是到底怎么回事？我是说，刚才你正在……”

“现在我净化了自己，”野人说道，“我喝了一些芥末和热水。”

另外两个人惊诧地盯着他。“你是说，你是故意这么做的？”伯纳德问道。

“印第安人总是这样净化自己。”他坐了下来，叹了口气，用手抚摸着前额。“我得歇一会儿。”他说道，“我好累。”

“嗯，我想是的。”赫姆霍兹说道。沉默了一会儿，他说道：“我们是来道别的。”他换了个口吻说道：“我们明天早上就出发。”

“是的，我们明天就出发。”伯纳德说道，野人注意到他的脸上露出一种新的平静而决绝的表情。“顺便说一下，约翰，”他继续说道，坐在椅子上前倾着身子，将一只手搁在野人的膝盖上。“我想说，我为昨天发生的一切感到非常抱歉。”他脸红了，“真是太丢脸了。”虽然他的声音在发颤，但仍继续说道：“我真的……”

野人打断了他，握着他的手，亲切地按着它。

“赫姆霍兹对我实在太好了。”伯纳德停了一下，然后继续说道：“要不是他，我得……”

“行了，行了。”赫姆霍兹抗议道。

三人沉默着。虽然他们很伤心——但因为他们的伤心正体现了他们对于彼此的爱——三个年轻人都很开心。

野人最后说道：“今天早上我去见主宰者了。”

“为了什么事？”

“问他我能不能和你们一起去岛上。”

“他怎么说？”赫姆霍兹热切地问道。

野人摇了摇头，“他不同意。”

“为什么不同意？”

“他说他想要把实验继续进行下去。但我完蛋了。”突然间野人发怒了，“要是继续被当成实验品的话，我就完蛋了。我不会为世上的任何主宰者服务。明天我也会离开。”

“但是，去哪儿呢？”另外两个人异口同声地问道。

野人耸了耸肩膀，“去哪儿都行，我不在乎。只要能一个人就行。”

*　　　*　　　*

从吉尔福德开始，下行航线顺着韦谷一直到戈德尔明，然后飞越米尔福德和惠特利，接着到黑斯米尔、彼得斯菲尔德和朴次茅斯。上行航线几乎和它平行，经过沃普斯登、汤汉姆、普顿汉、埃尔斯泰德和格雷索特。在野猪背和兴海德之间有几处地方两条航线相距不到六七公里。对于不小心的飞行员来说，这段距离太短了——尤其到了晚上，多吃了半克苏摩的情况下更是如此。这里出过好几次事故，特别严重的事故。上头已经决定将上行航线朝西边挪几公里。在格雷索特和汤汉姆之间的四座废弃的航空灯塔指示着旧的从朴次茅斯到伦敦的路线。它们上方的天空静悄悄的，没有飞机经过。现在直升飞机嗡嗡嗡地飞越的地方是塞尔伯恩、博尔登和法恩汉姆。

野人选择了位于普顿汉与埃尔斯泰德之间的山顶的旧灯塔作为自己的隐居地。这座灯塔是用钢筋混凝土修筑成的，状况良好——野人第一次来了解这个地方的时候觉得它几乎太舒适太文明太奢华了。他向自己承诺要奉行更加严苛、彻底和完全的自律进行赎罪，以此让良心好受一些。在隐居地的第一个晚上，他故意不让自己睡觉，跪了好几个小时进行祈祷，一会儿向罪孽深重的克劳狄斯[①]曾经乞求原谅的天堂祈祷，一会儿用祖尼语向阿沃纳维罗纳、耶稣和鹰神普空祈祷，一会儿向他自己的守护动物雄鹰祈祷。时不时地，他会伸直手臂，似乎自己被吊在十字架上，一直伸直着，久久地忍受着逐渐积累的疼痛，直至那成为极度难耐的战栗的痛苦。他自愿忍受这番痛苦，一边紧咬牙关（汗水从他的脸上淌落），一边不停地说着：“噢，原谅我！噢，让我变得纯洁！噢，请帮助我做一个好人！”说了一遍又一遍，直到最后他几乎快疼晕过去了。

到了第二天早上，他觉得自己获得了住在灯塔里的资格，尽管大部分窗户的玻璃还在，尽管从平台望去的风景是那么美丽。为什么他会选中这座灯塔的原因也差不多就是他选择去其他别的地方的原因。他觉得住在这里就是因为这里的风景实在是太美了，因为从这个得天独厚的位置，他似乎可以看到神圣的化身。但他有什么资格时时刻刻都能欣赏此等美景呢？他有什么资格活在上帝的视野中呢？他只配活在一个肮脏的猪圈或地底下的黑洞里。由于昨晚长久地忍受疼痛，他的身体很僵硬，而且还在隐隐作痛，但正是因为这样，他的内心觉得很踏实。他登上灯塔的平台，眺望着明媚的白天世界，他获得了在这里生活的资格。北边的风景是长长的野猪背的垩土山脊，东边的尽头耸立着七座摩天大楼，

---

① 《哈姆莱特》中弑兄娶嫂的丹麦国王。

那里就是吉尔福德。野人看着那七座摩天大楼，做了个鬼脸，但他迟早能和它们和平共处的，因为到了晚上，它们闪烁着欢乐的几何形状的星座图案，或灯火通明，像发亮的手指庄严地直指深邃神秘的天空（英国没有人理解这个姿势的含义，但野人现在明白了）。

将野猪背和灯塔所在的多沙的山丘隔开的山谷里，普顿汉是一座中等规模的宁静的有九层楼高的小村庄，有几座谷仓、一个家禽农场和一间小型维他命D工厂。在灯塔的另一边，是一大片长着石楠的斜坡，向南一直延伸到几个池塘。

越过池塘，再穿过中间的树林，是十四层楼高的埃尔斯泰德塔。兴海德和塞尔伯恩在迷离的英国的雾霭中将视线引向远方一片浪漫的蓝色。但吸引野人到他那座灯塔的原因并不只是远处的风景，近处的风景一样令人陶醉。树林、延绵的石楠与金雀花丛、一簇簇的赤松、波光粼粼的池塘和高悬在上空的白桦树、水中的百合、水边的芦苇——这些都很漂亮，对于适应了美洲沙漠的干旱的眼睛来说，简直可以用神奇来形容。还有这里的孤寂！连续好几天过去了，他从未见过一个人。这座灯塔离查林T字塔只有十五分钟的航程，但这片萨里的荒原几乎和熔岩区的群山一样荒凉。每天离开伦敦的人群只是出城去打电磁高尔夫或打网球。普顿汉不是交通枢纽，最近的黎曼曲面球场在吉尔福德。这里的迷人之处只有鲜花和风景。因此，他们没有理由来这里，没有人会来。野人独居的前几天，没有人来打扰他。

刚到伦敦的时候约翰领到了一笔钱，用于个人的开销，他把大部分钱都用在购买装备上。在离开伦敦前，他买了四件粘胶纤维羊毛毯子、绳索、钉子、胶水、几件工具、火柴（不过他决定以后自己钻木取火）、几个锅子和盘子、二十多包种子和十公斤的小麦面粉。“不，不要合成淀粉和棉花废弃物做的替代面粉，”他坚持说道，“即使它更有营养。”但他无法抵制店主的游说，买了一些泛腺激素饼干和维他命替代牛肉。现在看着这些罐头，他难过地责怪自己的软弱。可恶的文明世界的东西！

他下定决心即使挨饿也绝对不会去吃这些东西。“这会给他们一个教训。”他萌发了一个报复的念头。而这也是给他自己的教训。

他数了数他的钱。他希望剩下的那点钱足够让他过冬。到了下一个春天，他的花园应该能够种出足够的粮食，让他能够自给自足，不需要依赖外部世界。而且，他还可以去打猎。他见过有很多兔子，而且池塘里还有水禽。他立刻着手制作弓箭。

灯塔附近有白蜡树，至于箭杆，这里有一丛漂亮笔直的榛树苗。他砍下一棵年轻的白蜡树，将六尺长的没有长枝杈的树干剥光树皮，慢慢地进行手削，像老米兹玛教他的那样打磨白色的木头，最后的成品是一根和他一样高的白蜡杆，稍厚的中间部位非常结实，而稍细的两头富有弹性。干这个活儿让他觉得非常愉快。在伦敦的那几个星期他无所事事，无论他想要什么，只需要按下一个按钮或旋开一个把手就可以了。能够做一件需要技巧和耐心的工作带来了纯粹的快乐。

就快把白蜡杆削磨成型的时候，他才猛地意识到他在唱歌——唱歌！他似乎从外面闯了进来，逮到自己正在明目张胆地做坏事。他内疚地脸红了。说到底，他来这里不是为了唱歌和享乐，而是为了摆脱肮脏的文明生活进一步的污染，是为了赎罪和做个好人，是为了积极地赎罪。他难过地意识到他一心沉浸在打造自己的弓箭，忘记了自己曾经发誓会永远记住的事情——可怜的琳达，还有他蓄意谋害她的歹毒，还有那些讨厌的多胞胎，像虱子一样簇拥在她的临终病床前，还有他自己的悲痛与忏悔，还有诸位神明。他发过誓要记住这一切，他发过誓要永远赎罪。而现在他就坐在这里，开心地做着他的弓箭，还唱起了歌，是的，唱起了歌……

他走到灯塔里，打开那盒芥末，烧了一些开水。

半个小时后，三个来自普顿汉的同一个波卡诺夫斯基群体的次等德尔塔农场工人碰巧开车到埃尔斯泰德，开到山顶的时候惊讶地看到一个年轻人站在那座废弃的灯塔外面，脱光了上身的衣服，用一根有结的鞭子在抽打自己。他的脊背布满了暗红色的鞭痕，每一道鞭痕都流出细细的血珠。那辆卡车的司机把车停在路边，和他的两个同伴目瞪口呆地看着这幕奇景。一下、两下、三下——他们数着抽了多少下。打了第八下之后，那个年轻人中断了他的自我惩罚，跑到树林边上，在那里剧烈呕吐。吐完之后，他拿起鞭子，又开始鞭打自己。九下、十下、十一下、十二下……

“吾主福特啊！”司机喃喃说道。他那两个同伴也有同感。

“我的主福特啊！”他们惊叹道。

三天后，就像朝着尸体蜂拥而至的秃鹫一样，记者们来了。

那把弓用绿色的木头生的慢火烤干烤硬后，已经准备好了。野人正忙着做他的箭。三十根榛树的枝条已经被削好和烤干，用锋利的钉子做箭头，小心翼翼地刻好了搭弦的凹痕。有一晚他还跑到普顿汉的那座家禽农场，现在有足够的羽毛装备所有的箭了。正在给箭装羽毛时，第一位记者找到了他。那个男人穿着气垫鞋，悄无声息地从后面走上来。

“早上好，野人先生。”他说道，“我是《准点广播》的代表。”

野人吓了一跳，似乎被毒蛇咬到了，那些箭、羽毛、胶罐和刷子掉得到处都是。

“很抱歉。”那位记者怀着真诚的歉意说道，“我无意……”他碰了碰帽子——那是一顶铝质的烟囱管式的帽子，里面装了他的无线接收器和发射器。“很抱歉我没办法脱下帽子。”他说道，“它有点沉。嗯，我刚才说过，我是《准点广播》的代表……”

“你想怎么样？”野人皱着眉头问道。那个记者报以最谄媚的微笑。

“嗯，当然，我们的读者很有兴趣……”他把头摆到一边，展现出几乎是在卖弄风情的微笑。“听您说几句话，野人先生。”他迅速做了几个宗教仪式般的手势，解开两根连着系在腰带上的电池的电线，同时将它们插入他那顶铝帽的侧面；按下帽顶的一个开关，一根天线弹了出来；按下帽檐上的另一个开关，就像小丑盒子一样，一个麦克风弹了出来，悬在他鼻子前方六英寸处颤抖着；把耳朵上的一对接收器拉下来，按下帽子左边的一个按钮，里面传来轻微的黄蜂在飞似的嗡嗡声；然后旋开右边的一个旋钮，嗡嗡声被听诊器似的啸鸣声、咔哒声和骤然响起的尖利的声音打断了。他对着麦克风说道："你好，你好，你好……"突然间他的帽子传来铃响。"是你吗，埃德泽尔？我是普里莫·梅隆。是的，我已经找到他了。野人先生现在将会在麦克风上说几句话。野人先生，好吗？"他抬头看着野人，又露出那个迷人的微笑。"请告诉我们的读者为什么您会来这里。是什么促使您如此突然地离开伦敦（等一下，埃德泽尔！）。当然，还有那根鞭子。"（野人吓了一跳，他们是怎么知道鞭子的？）"我们都很想知道那根鞭子。然后还有关于文明的事情。您懂的，'我对文明女孩有什么看法'之类的东西。说几句就好，说几句就好……"

野人以一句没有意义的话满足了他的要求。他只说了八个字，就这么多——八个字，就是他曾经对伯纳德说过的关于坎特伯雷首席合唱领唱员的那番话："哈尼！桑斯埃索忒纳！"然后抓住那个记者的肩膀，把他转了个圈（那个年轻人胖乎乎的身躯是个很好的目标），瞄准他的屁股，以足球冠军的力道和准确，踢出最精彩的一脚。

八分钟后，最新发行的《准点广播》在伦敦的街头贩卖。封面的大字标题是《准点广播的记者被神秘的野人踢中尾椎骨——萨里的轰动新闻》。

在回去的路上读着这个标题，记者心想："即使在伦敦也是轰动新闻。"而且是非常痛苦的轰动新闻，他轻手轻脚地坐下吃午饭。

又有四个记者不被他们那位同事尾椎骨上的警告性的淤青所吓倒，分别代表了《纽约时报》、《法兰克福四维统一体》、《福特科学观察报》和《德尔塔镜报》，当天下午就在灯塔外呼唤野人，结果遭到越来越暴力的对待。

那个来自《福特科学观察报》的记者跑到安全的地方，还在揉着自己的屁股，气冲冲地吼道："不开化的傻瓜！你怎么不吃点苏摩！"

"给我滚！"野人挥舞着拳头。

另外三个记者退到几步开外，然后又转过身来。"如果你吃上几克苏摩，不幸将不复存在。"

"克哈夸伊亚忒托克亚伊！"他的语气透着凶狠和嘲讽。

"痛苦只是幻觉。"

"噢，是吗？"野人说道，拾起一根粗一些的榛树枝鞭子，大步走向前。

那个《福特科学观察报》的记者冲向他的直升飞机。

之后，野人得以享受了一段时间的平静。几架直升飞机来过，还好事地在灯塔的周围盘旋。他一箭射中它们当中最纠缠不休地靠近灯塔的那架飞机。它射穿了驾驶舱的铝质地板，里面发出一声惊叫，飞机以它的超级发动机能够实现的最大加速度一下子蹿上天空。之后，其他飞机小心翼翼地保持着距离。野人没有去理会它们发出的烦人的嗡嗡嗡的声音（他幻想自己是少女玛塔斯基的追求者之一，不为这些长着翅膀的害虫所动），为将来的花园锄地。不知道过了多久，这些害虫显然觉得很无聊，于是飞走了。有好几个小时，他头顶的天空是空荡荡的，只有百灵鸟在静悄悄地飞。

天气热得让人觉得透不过气来，天空雷声阵阵。他已经锄了一上午的地，正在休息，伸展着身子躺在地上。突然间，对莱妮娜的思念是那么真切，她赤裸的身躯是那么真切，说着"亲爱的！"和"搂着我！"——身上只穿着鞋袜，洒了香水。人尽可夫的娼妇！但是，噢，噢，她的胳膊搂着他的脖子，她那坚挺的胸脯，她的双唇！我的嘴唇和眼睛里有永生的欢乐。莱妮娜……不，不，不，不！他一跃而起，半裸着身子，跑到屋外。在石楠的边上有一丛花白的刺柏。他冲向那丛刺柏，张开怀抱，不是他渴望中的柔滑的身躯，而是满怀的绿色的尖刺。

上千根锋利的刺扎中他的身体。他尝试着去想可怜的琳达，她那喘不过气来而且痴呆的模样，她紧握的双拳和她眼里难以言状的恐惧。可怜的琳达，他发过誓要缅怀她。但是，萦绕在他脑海里的形象仍然是莱妮娜，他发誓要忘记的莱妮娜。尽管刺柏的尖刺深深地刺痛了他，他那抽搐的肉体仍然能够感受到她的存在，无法逃避的真实。“亲爱的，亲爱的……如果你也想和我好的话，你为什么不说呢……”

那根鞭子就挂在门边的一根钉子上，是准备拿来教训那些记者的。野人疯也似的跑回灯塔里，拿起鞭子，将它挥舞起来。打了结的鞭子嵌入了他的肌肉。

“娼妇！娼妇！”每打一下他都会发出怒吼，似乎他打的是莱妮娜（他陷入了癫狂，希望打的人就是莱妮娜，但自己并不知道这一点），白皙、温暖、香气袭人的水性杨花的莱妮娜。“娼妇！”然后他绝望地说道：“噢，琳达，原谅我。原谅我，上帝。我是坏人，我是罪人，我……不，不，你这个娼妇，你这个娼妇！”

在三百米开外，感官电影公司的最资深的大制作摄影师达尔文·波拿巴正躲在树林中精心布置的藏身地点，将这一幕看在眼里。耐心和技巧终于得到了回报。他在一棵假橡树的树干里趴了整整三天三晚，借着石楠丛的掩护，将麦克风藏在金雀花丛里，把电线埋在软绵绵的灰沙里。七十二小时的难耐的不适。达尔文·波拿巴在他的设备之间走动时，心里想道：现在我的重要时刻来临了——最重要的时刻。自从他拍摄了那部出名又叫座的立体感官电影《大猩猩的婚礼》后最美妙的电影。“太棒了！”他自言自语着，野人开始了他惊世骇俗的表演。“太棒了！”他仔细地将远程摄影机对准——紧跟着它们的移动的对象，以更高的解析力拍一张疯狂而扭曲的脸的特写（棒极了！），然后切换半分钟的慢动作（他决定加入精心设计的滑稽效果），同时倾听着鞭打声、惨叫声、那些野蛮的胡言乱语，这些都被录成了影像的配音。他试着将音量调高一点点（对了，这样好多了），真是美妙动听，在减弱了一阵之后，像云雀的尖利的歌声般响起。他希望野人能够转过身来，这样他能拍到那血淋淋的脊背的好特写——那个听话的家伙真的立刻转过身来了（运气实在是好得出奇！），他得以拍到完美的特写。

“好的，太好了！”拍完之后他自言自语道：“真是棒极了！”他抹了抹脸。等他们在工作室加入感官效果，它将会是一部精彩的电影。达尔文·波拿巴心想，几乎可以和《抹香鲸的恋爱生活》相提并论——吾主福特啊，真是太好了！

十二天后，《萨里的野人》上映了，在西欧的每一座一流的感官电影院都可以看到、听到和感受到。

波拿巴的电影立刻引发了轰动效应。它上映当晚的第二天下午，约翰的郊野宁静突然被头顶一群蜂拥而至的直升飞机打破了。

他正在花园里锄地——也在他的思想中进行耕耘，艰辛地翻垦着自己的思想。死亡——他一遍又一遍地将铲子插进泥土。我们所有的昨天，不过替傻子们照亮了到死亡的土壤中去的路。[①]在字句之间轰隆隆地响着雷声。他又铲起一铲子泥土。为什么琳达会死？为什么她会慢慢地变得人不像人鬼不像鬼，最后……他不寒而栗。它是块可亲可吻的好腐肉。[②]他用脚踩着铲子，重重地将它踩进坚实的泥土中。在上帝看来我们就像顽童眼中的苍蝇，他们杀死我们只为了取乐。[③]雷声又响起了，宣称这些话语自身就是真理——比真理本身还要真实。但是，那个葛罗斯特将他们称为永远仁慈的神明。而且，睡眠是你所渴慕的最好的休息，可是死是永恒的宁静，你却对它心惊胆裂。[④]永恒的宁静。但在睡眠中可能有梦。[⑤]他的铲子碰到了一块石头，他弯下腰拣起石头。在死之长眠中会有何梦来临……

---

① 出自《麦克白》第五幕第五景。
② 出自《哈姆莱特》第二幕第二景。
③ 出自《李尔王》第四幕第一景。
④ 出自《一报还一报》第三幕第一景。
⑤ 出自《哈姆莱特》第三幕第一景中那著名的独白。

头顶的低鸣声变成了怒吼，突然间他被阴影遮盖住，有什么东西挡在他和太阳之间。他抬头一看，大吃一惊，困惑地张望着。他的思绪仍然在那个比真理更真实的世界里徜徉，仍然专注于死亡与神圣的宏大命题，抬头看见在头顶不远处，是一群盘旋的飞机。它们就像蝗虫一样飞了过来，悬在空中，然后降落在他身边的石楠丛中。从那些硕大的草蜢的肚子里走出穿着白色粘胶纤维法兰绒衣服的男人和穿着醋酸丝绸缎长袍或仿天鹅绒短裤、无袖上装与拉链拉到一半的单衬衣（因为天气很热）的女人——每一架飞机都成双成对。几分钟后就来了十几个人，围着灯塔站成一个大圈，盯着他看、大笑着，按着照相机，扔出花生（似乎在给猩猩喂食）、一包包性荷尔蒙口香糖、泛腺激素小饼干。每过一会儿，它们的数目越来越多——因为现在飞机从野猪背那边川流不息地飞来。就像置身于噩梦中一样，从十几架变成了几十架、几百架。

野人就像一头困兽，步步退却，背靠着灯塔的墙壁，看着那一张张脸，吓得说不出话来，恍如一个白痴。

一包口香糖瞄得很准，打中了他的脸颊，把他从浑浑噩噩中拉回到现实。一股惊愕的疼痛让他醒过来了，而且非常生气。

“滚开！”他吼叫着。

猿猴说话了，人群爆发出一阵大笑和鼓掌。“干得好，野人老伙计！加油，加油！”在杂乱无章的叫嚷声中，他听到：“鞭子，鞭子，鞭子！”

他得到了提示，立刻采取行动，从门后的钉子上取下那根打结的鞭子，朝这些折磨着他的人挥舞着。

他们讽刺地鼓掌叫好。

他凶猛地朝他们冲去。一个女人惊叫一声，那排人群最直接受到威胁的位置就快散开了，但又紧绷起来，牢不可破。这帮看客知道自己在力量上占绝对优势，因此勇气十足，这是野人没有预料到的。他吃惊地停了下来，看着周围。

“为什么你们不肯放过我？”他的愤怒中几乎夹杂着哀伤。

“吃几颗镁盐杏仁吧！”那个首当其冲或许会被野人第一个攻击的男人说道。他拿出一包东西，“很好吃哦，你知道的。”露出紧张的微笑抚慰他，“镁盐有助于你保持青春。”

野人不去理会他的好意。“你们想要我怎么样？”他问道，在一张张咧嘴大笑的面孔中转着圈。“你们想要我怎么样？”

“鞭子。”一百个声音含糊地回答，“拿鞭子抽自己。我们要看你拿鞭子抽自己。”

然后他们以缓慢而沉重的节奏一起喊道：“我们要鞭子。”最后他们一起叫嚷着：“我们——要——鞭子。”

其他人立刻加入到呐喊中，这句话像鹦鹉学舌一样被不停地重复了一遍又一遍，音量越来越高，重复了七八遍后，再没有人说起别的字眼。“我们——要——鞭子。”

他们一起呐喊着，陶醉在叫嚷声、一致性和有韵律感的救赎中，他们似乎可以好几个小时一直喊下去——几乎可以不停地喊下去。但喊到第二十五遍的时候，喊叫声戛然而止。另一架直升飞机从野猪背那里飞了过来，在人群上空盘旋着，然后落在离野人几码远的地方，就在那群看客和灯塔之间的空地上。螺旋桨的轰鸣声暂时压倒了吼叫声，然后随着飞机降落到地面，引擎被关掉之后，“我们——要——鞭子，我们——要——鞭子”的呐喊声再次响起，还是那么大声一致。

那架直升飞机的门打开了，先是走出来一个长着一头金发的脸色红润的年轻人，接着走出一个年轻的女人，穿着绿色的仿天鹅绒短裤和白色衬衣，戴着骑师帽。

看到这个年轻女人，野人吓了一跳，退了几步，脸色变得苍白。

那个年轻女人朝他微笑——犹豫、哀求，几乎卑微的微笑。好几秒钟过去了。她的嘴唇翕张着，正在说着什么，但她的声音被看客们反反复复的大声的叫嚷掩盖了。

“我们——要——鞭子！我们——要——鞭子！”

那个年轻女人的双手靠在左边身子上，她那张像蜜桃一样水灵又像洋娃娃一样漂亮的脸蛋露出奇怪的充满渴望的忧伤。她蓝色的眼睛似乎变得更大更明亮了。突然，两滴眼泪从她的脸颊滚落。她又说着什么，但没人听得见。然后，以充满激情的姿态，朝野人伸出双手，一步步走向前。

“我们——要——鞭子！我们——要——鞭子！……”

突然间，他们得偿所愿。

“娼妇！”野人就像疯子那样朝她冲了过去。“娼妇！”他像疯子一样拿着他那根有许多小结的鞭子抽打着她。

她吓坏了，转身就逃，被石楠丛绊倒了，摔倒在地。“亨利，亨利！”她叫嚷着。但她那个脸色红润的同伴已经躲在直升飞机后面安全的地方了。

那群人兴高采烈地呐喊着散开了，朝那个吸引人的魔力中心蜂拥而去。痛苦是一种令人心醉神迷的恐怖。

“煎吧，都给我在奸淫里煎枯了吧！”[①]野人暴怒地又抽了一鞭。

他们如饥似渴地围了上来，像猪群拱槽那样推搡着。

“噢，肉体！”野人咬牙切齿地说道。这一次鞭子抽打的是他的肩膀。“杀啊！杀啊！”

被痛苦的恐惧和魔力所吸引，被发自内心的协同行动的习惯所驱动，被根深蒂固的培育出的对一致性和救赎的渴望所蛊惑，他们开始模仿野人狂野的动作，像野人殴打着自己叛逆的肉体或殴打着在他脚下的石楠丛里蠕动的丰满的罪恶的化身那样互相殴打。

“杀啊，杀啊，杀啊……”野人不停地嘶吼着。

然后，突然间，有人唱起了《狂欢之礼》，一会儿后，他们都唱起了

---

① 出自《特洛伊罗斯与克瑞西达》第五幕第二景。

副歌，还跳起了舞。狂欢之礼，跳了一圈、一圈又一圈，以六八拍子互相殴打。狂欢之礼……

直到午夜过后，最后一架直升飞机才飞走了。野人被苏摩的效力弄得神情恍惚，又因为被长时间的感官宣泄弄得精疲力尽，在石楠丛中睡着了。醒来的时候已经日上三竿。他躺了一会儿，像猫头鹰那样迷迷糊糊地对着阳光眨着眼睛，然后突然间记起了所有事情。

“噢，我的上帝，我的上帝啊！”他捂着眼睛。

当天晚上，无数架直升飞机嗡嗡嗡地飞越野猪背，像一朵乌云，延绵十公里之远。所有的报纸都在描写昨晚的救赎狂欢。

“野人！”第一批抵达者刚下飞机就高喊道，“野人先生！”

没有人回答。

灯塔的门是虚掩的。他们推开门，走进被百叶窗遮挡的昏暗中，穿过一道拱门，更加深入房间，看到通往更高几层的楼梯的底端。就在拱门顶端的下方有一双脚在摇荡着。

“野人先生！”

就像两根不徐不急的指南针的指针，那双脚缓缓地向右旋转：北边，东北边，东边，东南边，南边，西南偏南，然后停顿下来，过了几秒钟后，不徐不急地向左转回去：西南偏南，南边，东南边，东边……

附录

重返美丽新世界

《重返美丽新世界》作者序

机智的灵魂或许会成为谎言的躯壳。无论多么精妙和难忘，简洁，究其本质，永远无法充分揭示一个复杂情景的所有事实。在这么一个主题上，你只有通过省略和简化才能进行总结归纳。省略和简化有助于我们进行理解——但很多时候会让我们的理解出错，因为我们所理解的内容或许只是由缩略者精心归纳的概念，而不是纷繁宏大的现实，而它才是主观抽象所得出的概念的本原。

但生命是短暂的，而信息是无穷的：没有人能够有时间去成就一切。在实践中，我们总是被迫在过分简略的阐述和无法进行阐述之间作出选择。简略是必要的恶，缩略者的任务就是尽可能做到最好，虽然在本质上是不好的，仍强于什么都不做。他必须学会简化，但不至于弄虚作假。他必须学会专注于情况的本质内容，但又不至于忽略太多起到决定意义的旁枝细节。通过这种方式，他或许不能说出全部真相（因为几乎任何重要命题的全部真相是与简洁不相容的），但要比危险的一知半解或片鳞半爪的了解好得多，而后者总是盛行的思潮。

自由和它的敌人是一个宏大的命题，我所写的内容确实过于简短，对这个命题并不公允，但至少我已经触及了这个问题的许多方面。虽然每一个方面的阐述或许被过分简化了，但我希望这些林林总总的过分简化的内容会拼凑成一幅图画，让你了解到原命题的宏大与复杂。

在这幅画面中省略了自由在技术方面和军事方面的敌人（并不是因为它不重要，只是为了创作的方便，而且因为我在早前的时候已经对它们进行了探讨）——掌握在世界的统治者手中用于对付其臣民的强大的武器和工具，为更具毁灭性的、代价更加高昂和更疯狂的自杀式的战争进行准备。接下来的章节发生的背景将是匈牙利人的起义和对它的镇压、氢弹、每一个国家为了“国防”而付出的代价，还有无穷无尽的身穿军装的年轻士兵的队伍，有白种人、黑种人、棕种人、黄种人，他们正俯首帖耳地行军，朝公共墓地前进。

第一章

人口过剩

当我在一九三一年创作《美丽新世界》时，我相信时间还很宽裕。完全组织化的社会、科学式的等级体制、以系统培育泯灭自由意志、通过定期服用化学药物产生快感而接受奴役、利用夜间睡眠教育灌输正统理念——这些事情将会发生，但不会在我的时代，甚至不会在我的孙子那一代人发生。我忘记《美丽新世界》的背景的具体时间了，但那大约是在福特纪元六或七世纪。我们生活在二十世纪的中期，必须承认这是一个令人毛骨悚然的世界，但那些萧条年月的梦魇与《美丽新世界》里所描写的未来将会出现的梦魇截然不同。我们这个时代的梦魇源于没有秩序，而《美丽新世界》的梦魇源于过度秩序化。从一个极端到另一个极端应该会经历漫长的过渡时期，在我的想象中，在这一时期，那三分之一的幸运儿将会充分利用好这两个世界——奉行自由主义的无序的旧世界与过度秩序化的完美高效的消灭了自由和个人主动性存在空间的美丽新世界。

二十七年后，来到二十世纪的中后期，福特纪元的第一个世纪还远远没有结束，比起在创作《美丽新世界》的时候，我没有那么乐观了。一九三一年所作的那些预言将比我的想象更快成为现实。没有秩序与过度秩序化之间的幸福时光还没有开始，而且根本没有开始的迹象。确实，在西方，作为个体的男男女女依然享有很大的自由，但就算在那些拥有民主政治传统的国家，这一自由，甚至对于自由的渴望，似乎正在消失。在世界其他地区，个体的自由已经绝迹，或显然即将绝迹。我设想将会在福特纪元七世纪出现的完全组织化的梦魇已经从遥远的安全的未来显现，正在等候着我们，即将成为现实。

乔治·奥威尔的《一九八四》是将现在的斯大林主义和刚过去不久的猖獗一时的纳粹主义放到未来的夸张描写。《美丽新世界》写于希特勒在德国上台之前，那时候俄国的独裁者尚未得势。一九三一年时，系统性的恐怖主义并不像一九四八年那样是无法忽视的时代现实，我所想象的未来的独裁体制世界并不像奥威尔的精彩描写那么残暴。根据一九四八年的形势，《一九八四》似乎恐怖而令人信服。但说到底，暴君也是凡夫俗子，而且形势是会改变的。俄国近期的发展和科技的进步已经让书中某些恐怖而逼真的描写无从发生。当然，一场核战争会让每个人的预测落空，但是，假设强权大国在当下能有所克制，不会把我们毁灭，我们可以说，现在看来，似乎《美丽新世界》的情景要比《一九八四》的情景更有可能成为现实。

根据我们对动物行为的大体了解，特别是对人类行为的了解，显然，从长远来看，通过惩罚手段去控制不合乎要求的行为不如通过奖励对合乎要求的行为进行强化来得有效。而且，大体上，以恐怖手段实施统治的政府不如以非暴力的手段对环境与男女老少的思想和情感实施操纵的政府那么运作有效。惩罚暂时能够停止不合乎要求的行为，但无法永久消除被惩罚者沉溺其中的念头。而且，惩罚的身心影响或许就像某个人招致惩罚的行为一样会带来不良后果。心理疗法的大部分内容探讨的就是过去的惩罚所造成的导致身心衰弱或仇视社会的后果。

《一九八四》的寓言所描写的社会是一个几乎完全通过惩罚和对惩罚的恐惧实施控制的社会。而在我所设想的世界里，惩罚并不经常发生，而且大体上很温和。由政府实施的近乎完美的控制是通过多种多样的几乎非暴力的身心控制、基因标准化和对合乎要求的行为进行系统性的强化而实现的。试管婴儿和生育的集中控制或许可以做到，但显然，在未来相当长的时间里，我们应该还会长期以胎生的方式进行随机性质的生育。基因标准化的实际应用或许不会实现。社会仍将继续实施产后控制——和过去一样以惩罚作为手段，并逐渐增加更为有效的奖励和科学控制。

在俄国，《一九八四》所描写的老式的斯大林式的独裁体制开始让位于更加与时俱进的独裁形式。在苏联等级森严的社会体制中的上层阶级，对合乎要求的行为进行强化开始取代旧式的对不合乎要求的行为进行惩罚作为实施统治的手段。工程师、科学家、教师和行政人员如果工作出色的话，会得到优厚的报酬，而且无须缴纳高额税收，因此他们总是有把工作做得更好并得到更高报酬的动力。在某些领域，他们享有思想上的自由，能够随心所欲地行动。只有在他们越过了规定的限制进入意识形态和政治领域时才会被惩罚。正是因为他们被赐予了职业人士的自由，俄国的教师、科学家和技术人员才取得了如此非凡的成就。而那些生活在苏联的金字塔底层的人根本享受不到半丁点儿这些幸运儿或天才的特权。他们只有微薄的工资，而且以昂贵的价格承担高得离谱的税收。他们可以随心所欲自由行动的范围非常狭窄，而且他们的统治者更多是依靠惩罚和威胁而不是通过非暴力的控制或通过奖励强化合乎要求的行为实施控制。苏维埃的体制结合了《一九八四》和《美丽新世界》中所预言的上层阶级的特征。

与此同时，我们几乎没有能力进行控制的非人格化的力量似乎正把我们推往《美丽新世界》式的梦魇，这一非人格化的推动力正被商业机构和政府组织的代表有意识地加快速度，他们发展出一系列新的手段，为了少数人的利益去操纵人民群众的思想与情感。在后面的章节里会对操纵的手段进行探讨。现在让我们专注于正使得民主岌岌可危并严重威胁到个体自由的非人格化的力量。这些力量是什么呢？为什么我原本预测会在福特纪元七世纪才降临的梦魇如此迅猛地朝我们而来呢？对这些问题的答案必须从文明社会的开端说起——生物意义的层面。

公元元年的圣诞节，地球的人口大约是两亿五千万——不到目前中国人口的一半。十六个世纪后，当清教徒移民在普利茅斯岩登陆时，人口数字攀升到了五亿多一些。到《独立宣言》签署时，世界人口突破了七亿大关。到了一九三一年，在我创作《美丽新世界》时，世界人口不到二十亿。而今天，仅仅过了二十七年，人口总数就达到了二十八亿。以后的情况会是怎样呢？青霉素、滴滴涕和净水成为了廉价商品，它们对公共健康的作用远远大于它们的成本。即使是最贫穷的政府也有钱为其人民实施深入的死亡控制。而生育控制则是另外一回事。一个仁慈的政府只要出资雇几个技术人员就能够为全民提供死亡控制。而生育控制则取决于全体国民的配合。它必须由不计其数的个体奉行节育，所要求的智慧和意志力是世界上人数众多的文盲所不具备的，而且（在使用化学或机械手段避孕的情况下）所要花费的金钱也是这数亿人中绝大多数人承担不起的。此外，没有任何宗教或社会传统会赞成滥杀，而提倡不受节制的生育的宗教和社会传统则影响深远。正是基于这些原因，死亡控制可以轻易实现，而生育控制的实现则很困难。因此，死亡率近年来以惊人的速度骤然下降，而出生率却仍保持着旧时的高水平或只有略微的下降，而且速度非常缓慢。结果，现在人口数量的增长要比历史上的任何时期更加迅速。此外，每年的增长自身也在增长。除了以复合增长的规律稳定增长之外，在技术落后的社会，随着公共健康法则的一一落实，人口还呈现非常规的增长。目前，世界人口每年增加大约是四千三百万。这意味着每四年人口就增加相当于目前整个美国的人口，每过八年半就增加相当于目前整个印度的人口。按照基督诞生和伊丽莎白一世女王逝世之间的人口增长率，世界人口花了十六个世纪的时间才增加了一倍。但按照目前的速度，不到半个世纪的时间人口就能倍增。而且，迅猛的人口倍增是在地球最美好肥沃的地区已经人口稠密的情况下发生的，那些地区的土壤由于农民希望多产粮食的疯狂努力而退化流失，那里能够轻易开采的矿藏正被肆意挥霍，就像一个醉醺醺的水手正在败光自己的积蓄。

在我的寓言《美丽新世界》里，人口数量与自然资源之间的关系这个问题被有效地解决了。世界人口的最佳数量被计算出来，一代又一代的人口数量被保持在这个水平（如果我没有记错的话，大概是二十亿不到）。在当代现实世界里，人口问题并没有得到解决。恰恰相反，随着一年年过去，形势变得更加严峻。正是在这一严峻的生物学意义的背景下，我们这个时代的政治、经济、文化和心理的连场好戏正在上演。随着二十世纪的逐渐流逝，新增加的数十亿人叠加在原有的数十亿人之上（到我孙女那代人，人口数量将会达到五十五亿以上），这一生物学意义的背景将会愈发执着并更具威胁地站上历史舞台的中心。急剧增加的人口与自然资源、社会问题和个人幸福之间的问题——是当前人类的最主要的问题，而且在接下来的一个世纪里仍会是最主要的问题，或许还将延续到之后的几个世纪。新的时代应该始于一九五七年十月四日[①]，但事实上，当前我们所有关于后人造卫星时代的高谈阔论根本没有意义，甚至很荒唐。对于人类而言，接下来的时代不会是太空时代，而会是人口过剩的时代。我们可以对一首老歌的歌词稍加改动并提问：

如此辽阔的空间，
能不能在厨房里生起火，
抑或小小的神明会转起烤肉叉、烤肉叉、烤肉叉？

显然，答案是否定的。登月对于强大的国家来说或许会带来军事优势，但它并不能改善生活，再过五十年，当前的人口规模将会倍增，对于地球上饥肠辘辘的迅速增长的数十亿人来说，即使到了移民火星成为现实的未来，即使有许多人感到彻底绝望，愿意到两倍于珠穆朗玛峰高度的山上那样的环境中开始新的生活，那又能改变什么呢？过去四个世纪以来，许多人从旧世界漂洋过海来到新世界。但无论是他们离去还是将食物和原材料带回来，都无法解决旧世界的问题。同样地，将一些剩

---

① 一九五七年十月四日，苏联发送人类第一颗人造卫星“旅行者”号（the Sputnik），拉开美苏太空竞争的序幕。

余人口载到火星（运输与开发的成本将会是每个人数百万美元）并无助于解决我们这个星球的沉重的人口压力问题。这个问题没有解决，我们的其他问题也就无法解决。更糟糕的是，它将会使得个体自由和民主生活方式的社会价值观根本无法存在或几乎无法想象。每一个独裁体制的产生方式并不相同，通往《美丽新世界》有很多条道路，但或许最直接的道路正是我们今天所走的庞大人口及迅速增长所指向的道路。让我们大致了解一下为什么人口过多和快速繁衍与极权思想的形成和极权政治体制的崛起之间存在着紧密的联系。

随着不断增加的庞大人口对可利用的资源构成了越来越大的压力，经历这一考验的社会的经济情况会变得越来越不乐观，而对于那些不发达国家来说更是如此。通过利用滴滴涕、青霉素和净水而骤然降低的死亡率并没有伴随着出生率的下降。在亚洲的部分地区和中南美的绝大部分地区，人口增长如此迅速，二十年后，人口就会倍增。如果食物和工业产品的生产、房屋建设、学校和教师的增长能够比人口增长更快一些的话，或许有可能改善那些生活在人口稠密的不发达地区的居民的悲惨命运。但不幸的是，这些国家不仅缺乏农业机械和能够制造这些机械的工业设施，而且还缺少建设工业设施所需要的资金。而资金是满足人口的基本需要之后的剩余产品，不发达国家的绝大多数人口的基本需要从未得到充分的满足。到每一年的年末，几乎没有剩余产品能够留下来，因此，根本没有资金能够用于发展工业和农业，而它们是满足人们需要的手段。而且，所有这些不发达国家都严重紧缺受过培训的劳动力，而没有他们就无法操作现代工业和农业设备。目前的教育设施不足，而根据形势的需要尽快改善现有设施的资源、资金与文化也不足。与此同时，这些不发达国家的人口正以每年百分之三的速度持续增长。

他们的艰难处境在出版于一九五七年的《下个一百年》这本重要的书里进行了探讨，作者是加州理工学院的哈里森·布朗、詹姆斯·邦纳和约翰·韦尔教授。人类如何应对人口迅速增长这个问题呢？并不是非常成功。“有力的证据表明，过去半个世纪以来，大部分不发达国家的个人处境明显恶化。他们的伙食变得更糟糕了，每个人所拥有的财产也更少了。”基本上，每一次改善局势的尝试都因为人口持续增长带来的无情压力而宣告失败。

当一个国家的经济生活陷入萧条时，中央政府只能为保证基本的福利承担起更多的责任。它必须制订精密的计划应对严峻的局面，它必须对民众的活动实施更大的控制，如果恶化的经济状况造成政治动荡或公然叛乱的话（这是非常可能出现的情况），中央政府必须进行干涉以维持公共秩序和自己的权威。从而，权力越来越集中于行政人员与官僚阶层的手中。但权力的本质就是：即使是那些并没有主动追求权力而是被迫接受权力的人也会渴望得到更多的权力。“不叫我们遇见试探，”我们祈祷——我们有充分的理由这么做，因为当人类面对的诱惑的魅力太强大或时间太久时，他们总是会屈服。民主宪政是防止统治者屈服于权力的危险诱惑的手段。在英国或美国，这个体制运作得很好，因为它们有尊重宪法程序的传统。而在共和精神或限制君权的传统薄弱的国家，即使是最完善的宪法也无法阻止野心勃勃的政客心醉神迷地屈服于权力的诱惑。在任何国家，当人口的数量对可利用的资源带来沉重的压力时，这些诱惑必定会出现。人口过剩导致经济萧条和社会动荡。而动荡和萧条又会导致中央政府实施更多的管制和强化他们的权力。如果没有宪政传统，权力的加强或许将以独裁专制的形式出现。由于人口过多导致动荡致使独裁势力崛起几乎是不可避免的事情。我敢打赌，再过二十年，全世界的人口过剩的不发达国家将会陷入极权主义统治之下。

这一发展会如何影响人口过多但高度工业化的欧洲民主国家呢？如果那些新成立的独裁国家对它们抱以仇视的态度，如果从不发达国家运往发达国家的正常的原材料输送被故意切断的话，西方国家将会发现自己的处境非常不妙。它们的工业体系将陷于崩溃，迄今为止一直令它们能够支撑原本单靠本地资源无法维系的庞大人口的高度发达的技术将无法再保护它们避免地狭人多的种种后果。如果这种事情发生的话，由于情况危急而赋予中央政府的巨大权力或许将以极权独裁的方式去行使。

目前美国的人口并不算太多，但是，如果它的人口按照现在的速度（这个速度要比印度的增长更高一些，但幸运的是，要比墨西哥或危地马拉的速度低得多）继续保持增长的话，人口数量与可用资源的关系问题或许到了二十一世纪初就会带来麻烦。当前人口过剩并不会直接威胁美国人的个体自由。但是，它一直会是只有一步之遥的间接的威胁。如果人口过剩使得不发达国家陷入极权主义，如果这些新的独裁国家与俄国结盟，那么美国的军事地位将不会那么牢固，它必须加强国防和打击报复能力。但我们所认识的自由是无法在一个总是处于战争状态或接近战争状态的国家兴盛发展的。危机一日不解除，中央政府的各个机构就将牢牢控制着每一个人和每一件事，而危机将成为未来世界的常态，在未来世界里，人口过多将导致独裁成为几乎不可避免的事实。

第二章

数量、质量、道德

在《美丽新世界》里，我所幻想的优生学和劣生学得以系统实现。在一组瓶子里装着生理质量优秀的卵子，由生理质量优秀的精子进行受精，得到最好的产前处理，最后通过试管培育出贝塔、阿尔法甚至优等阿尔法。在另一组数量多得多的瓶子里，生理质量低劣的卵子由生理质量低劣的精子受精，然后接受波卡诺夫斯基流程处理（由一个卵子培养出九十六个一模一样的多胞胎），并在产前再用酒精和其他蛋白质毒素加以处理。这些通过试管培育出来的生物几乎算不上是人，但他们能够进行非技术性的工作，经过适当的培育，自由频繁地与异性交往以放松身心，沉溺于免费的娱乐消遣，并通过每日服用苏摩对良好的行为模式加以强化，不会为他们的上司领导制造麻烦。

在二十世纪的后半阶段，我们并没有对生育进行系统性的处理，但由于我们的生育没有节制，我们不仅使得地球人口过剩，而且似乎这个数目庞大的人口的生理素质还变差了。在糟糕的旧时代，有明显遗传性缺陷的孩子或只是略有遗传性缺陷的孩子很难活下来。而如今，由于卫生、现代医学和社会良知的进步，大部分有遗传缺陷的孩子都能长大成人，而且繁衍自己的后代。在如今的普遍条件下，医学上的每一次进步都会被某些有基因缺陷的个体的生存率的提高抵消掉。尽管有了新的灵丹妙药和更合理的措施（事实上，从某种意义上说，正是因为这些），人口的整体健康状况将不会得到改善，甚至可能恶化。而伴随这一情况，人口的平均智力水平或许也会下降。事实上，某些权威人士相信这种情况已经出现，而且正在继续。“在软弱而无序的情况下，”威廉·赫伯特·谢尔顿[①]博士写道，“我们最好的人种将会被方方面面都不如他们的劣等的人种所淹没……在一些学术圈子里，向学生们保证对于出生率差异的担心毫无根据成为一种风尚，说这些问题只是经济上的问题，或只是教育上的问题，或只是宗教上的问题，或只是文化上的问题，或某个方面的问题。这是盲目的乐观主义。生育不良是最基本的生物问题。”他还补充说：“没有人知道这个国家（美国）的平均智力水平自从一九一六年特曼[②]尝试标准化IQ100的意义以来到底下降了多少。”

在一个人口过多的不发达的国家，当五分之四的人口每天的热量摄入不到两千卡路里，只有五分之一的人口能够吃得上饱饭时，能够自发实现民主吗？如果民主制度由外部确立或自上而下推行，它能够维持下去吗？

现在，让我们思考一下富裕的工业化的民主社会的情况，在劣生学随机而有效的作用下，智力水平和身体机能正在下降。这么一个社会能维持它的个体自由和民主政府的传统多久呢？再过五十年或一百年，我们的儿孙辈将会知道这个问题的答案。

与此同时，我们发现自己面临一个最令人不安的道德问题。我们知道对高尚目标的追求并不表示能动用卑劣的手段。但那些如今经常发生的由于好的手段而导致糟糕的结果的情况又如何呢？

比方说，我们来到一个热带岛屿，在滴滴涕的帮助下，我们消灭了疟疾，在两三年内，拯救了数十万人的生命。这显然是好事。但这数十万被救活的人，以及他们繁衍出的数以百万计的后代，没有衣服穿，没有房子住，无法接受教育，甚至将岛上可供利用的资源全部消耗殆尽。疟疾造成的早夭被消灭了，但营养不良和过度拥挤使得悲惨的生活成为

---

① 威廉·赫伯特·谢尔顿（William Herbert Sheldon，1898—1977），美国心理学家，体质心理学创始人。

② 路易斯·麦迪逊·特曼（Lewis Madison Terman，1877—1956），美国心理学家，教育心理学先驱，曾对智力水平测试进行改良。

常态，饥饿造成的早亡对更多的人口造成了威胁。

那些先天不足的人又怎么样呢？我们的医药和社会服务保全了他们的性命，让他们得以繁衍自己的后代。帮助不幸的人显然是好事。但不良变异的结果正成批量地遗传给我们的后代，一点一滴地污染我们这个物种赖以繁衍后代的基因库，显然也是很糟糕的事情。我们陷入了伦理上的两难境地，必须倾注所有的智慧和善意，才能找到一条中庸之道。

第三章

过度组织化

正如我所指出的，通往《美丽新世界》的噩梦最宽敞便捷的道路，就是人口过多和人口数量的加速增长——今天是二十八亿，到世纪之交将会是五十五亿，大部分人口只能在无政府状态和极权主义控制之间作出选择。但人口增加对可供利用的资源所造成的日益沉重的压力并不是将我们往极权主义方向推进的唯一的力量。威胁自由的生物学意义上的盲目的敌人正与我们最引以为豪的技术进步所带来的强大的力量结盟。或许应该补充的是，我们确实有理由感到自豪，因为这些进步是天才与不懈的勤奋努力、逻辑、想象与克己奉献的成果——一言以蔽之，是道德与智慧的结晶，你只会感到景仰与崇拜。但是，大自然的规律是，在这个世界上，凡事必有其代价。要享受到这些神奇美好的进步也要付出代价。事实上，那就像去年买的洗衣机，现在仍得为它们付钱——而且每一期的分期付款要比上一期的价格更高昂。许多历史学家、社会学家和心理学家已经怀着深切的担忧探讨了西方文明为技术进步已经付出并将继续付出的代价。譬如说，他们指出民主几乎不可能在政治权力与经济权力逐步集中与集权的社会里蓬勃发展。但技术的进步已经并且仍在继续导致这种权力的集中与集权。随着大规模生产的机器的效率越来越高，它将会变得愈发复杂昂贵——而资源有限的企业家将越来越无力承担。而且，大规模生产离不开大规模的分销，但大规模的分销所提出的问题只有大规模的制造商才能满意地解决。在一个大规模生产与大规模分销的世界里，资金有限的小人物处于非常不利的处境。在与巨人的竞争中，他会赔光老本，最后，作为一个独立的制造商，巨人会将他一口囫囵吞掉。随着小人物的消失，越来越多的经济权力被越来越少的人掌握。在独裁体制下，技术进步造就了大型商业，进而消灭小型商业，并由政府掌控——也就是说，由一小撮党的领袖和执行命令的士兵、警察和公务员控制。在资本主义民主国家，例如美国，是由查尔斯·赖特·米尔斯①教授所说的“权力精英”。这些权力精英直接雇佣着美国工厂、办公室和商店里的几百万劳动力，通过向数千万人贷款去购买他们的产品间接控制着他们，并且通过掌握大众通讯传媒，影响着基本上每个人的思想、情感和行为。套用温斯顿·丘吉尔的话说：“从未有如此之多的人被如此之少的人如此程度地实施操控。”事实上，我们距离杰弗逊理想中的由不同层次的自治体——“村庄的初级共和、郡县共和、各州共和与美利坚合众国，构成权力渐进的政体”——所组成的真正的自由社会仍很遥远。

于是，我们看到现代技术已经导致经济权力和政治权力的集中，并形成了由大型商业和庞大政府所控制的社会（在极权主义国家是残酷无情的统治，而在民主国家则相对温和与难以察觉）。但社会是由个体构成的，只有能够帮助个体实现潜能和过上快乐而有创造性的生活的社会才是好的社会。近几年来的技术进步如何对个体产生影响呢？下面是哲学家—精神病学家埃里希·塞利格曼·弗罗姆②博士对这个问题的回答：

> 我们的当代西方社会虽然在物质、思想和政治层面取得了进步，正变得越来越不利于精神健康，而且会戕害个体内心的安全感、幸福感、理性思考和爱的能力。它会将他变成一台自动机器，由于人性的缺陷，人们的精神疾病日益严重，在疯狂的工作和追求所谓的快乐的背后隐藏着绝望。

① 查尔斯·赖特·米尔斯（Charles Wright Mills，1916—1962），美国社会学家。
② 埃里希·塞利格曼·弗罗姆（Erich Seligmann Fromm，1900—1980），德国社会心理学家、社会学家。

我们“日益严重的精神疾病”或许将以神经官能症的症状作为表征。这些症状很明显，而且非常令人不安。但“我们要当心，”弗罗姆博士说，“不要将精神健全等同于防止症状的出现。这些症状并不是我们的敌人，而是我们的朋友。有症状就表明有冲突，而冲突总是意味着渴望完整与快乐的生命的力量仍在抗争。”真正无药可救的精神病患者是那些看上去很正常的人。“他们许多人很正常是因为他们非常适应我们的生存模式，因为他们从早年就失去了发出人性呐喊的声音，他们甚至不会去挣扎，或承受苦难，或像精神病患者那样表现出症状。”他们不是绝对意义上的正常人，他们只是一个极度不正常的社会里的正常人。他们完美地适应了这个不正常的社会，这就是衡量他们的精神疾病严重程度的尺度。这数百万不正常的正常人乖乖地生活在社会里，而如果他们是完整意义上的人，他们不应该会适应，仍会珍惜“个体性的幻想”。但事实上，他们已经在很大程度上非个体化了。他们的顺从方式是他们形成了“一致性”。但“‘一致性’与自由是不相容的，一致性与精神健康也是不相容的……人不应该被塑造成一台自动机器，如果他成为了一台自动机器，精神健康的基础就被摧毁了”。

在进化的过程中，大自然不厌其烦地让每一个个体各不相同。我们通过将父亲的基因和母亲的基因相结合的方式繁衍后代，这些遗传因素能够以几乎是无数种方式进行结合。因此，我们每个人在身体上和精神上都是独一无二的。任何文化，为了效率或遵奉某个政治的理念或宗教的教条为名，都会试图将个人标准化，做出有违生物本能的暴行。

科学或许可以被定义为“将多样性归纳为统一性”。它的宗旨是通过忽略个别事件的独特性，专注于事件之间的共性，总结出某个能够被理解和有效处理的“法则”，去解释大自然无穷无尽的纷繁复杂的现象。譬如说，苹果从树上掉下来，月亮横跨天空。自古以来人们就一直观察到这些事实。和格特鲁德·斯泰因[①]一样，他们相信苹果就是苹果，而月亮就是月亮，二者风马牛不相及。只有艾萨克·牛顿才察觉到这些风马牛不相及的现象其实有共同之处，并归纳出万有引力理论，让苹果的运动、天体运动和宇宙中的一切现象的某个方面都可以通过这个单独的思想体系进行解释和处理。艺术家以同样的信念将外部世界的数不胜数的多样性与独特性与他自己的想象力相结合，在一个雕塑的、文学的、音乐的、有序的体系里赋予它们意义。从混沌中确立秩序，在不协调中构建和谐，从多样性中归纳出统一性的愿望是一种思想本能，是精神的基本冲动。在科学、艺术和哲学的王国内，我所说的"渴望秩序的意志"的作用大体上是好事。确实，渴望秩序的意志制造了许多基于不充分证据的不成熟的假想、荒谬的形而上学和神学思想，以及许多迂腐的关于现实的错误观念和对直接体验的符号化与抽象化。但是，无论这些错误多么令人遗憾，它们并没有造成太大的破坏，至少不是直接的破坏——但是，有时候一个错误的哲学体系或许会造成间接性的破坏，被用来为愚昧和惨无人道的行为进行辩护。在社会范畴和政治经济的范畴里，渴望秩序的意志造成了真正的危险。

在这里，将无法理解的多样性在理论上归纳为可以理解的统一性意味着在实践中将人性化的多样性归结为非人性化的一致性，将自由变为奴役。在政治世界里，最完善的科学理论或哲学体系相对应的事物就是极权主义独裁体制。在经济世界里，与美妙的艺术品相对应的事物就是工人们完美地与机器相结合的运作顺畅的工厂。渴望秩序的意志能将那些只是希望消除混沌的人变成暴君，而秩序之美则被用来为专制主义开脱。

组织是不可或缺的，因为只有在一个由自由合作的个体组成的实行自我管理的社区里，自由才能存在和拥有意义。但是，尽管不可或缺，

① 格特鲁德·斯泰因（Gertrude Stein，1874—1946），美国女作家、诗人。

组织也可能是致命的。过度的组织会将男人和女人变成自动机器，扼杀创新精神和毁灭自由存在的可能。和以往一样，唯一的安全途径是在自由放任和完全控制这两个极端之间找到一条中庸之道。

过去一个世纪来，技术的持续进步一直伴随着组织程度的相应提高。精密的机械必须有复杂的社会结构相匹配，按照设计，它们将像新的生产手段那样顺利高效地运作。为了适应这些组织，个体就必须消除自己的个体特征，必须否定自己天生的多样性，并顺从于一个标准化的模式，努力成为一台自动机器。

过度组织化的非人性化的作用强化了人口过多的戕害人性的作用。随着工业的扩张，越来越多的人口被吸引到大城市，但大城市的生活并不利于精神健康（据说精神分裂症发生频率最高的地方就是人口密集的工业贫民窟），也无助于培育在自治小群体中负责任的自由，而它是真正的民主体制的前提条件。城市生活是匿名性的，也是抽象的。人们彼此之间的关系不是基于完整的人格，而是经济功能的体现，当他们不工作时，就只是不负责任的贪图享乐的人。过着这样的生活，个体会感觉到孤单和无足轻重。他们的存在失去了任何意义。

在生物学的意义上，人有一定的群居性，但不是彻底的社会性动物——他更像是一头狼或一头大象，而不是一只蜜蜂或一只蚂蚁。原始形态的人类社会根本不像蚂蚁穴或白蚁窝，他们只是组成了族群而已。做一个简单的类比，文明是从原始的族群转变到社会性昆虫式的有机体的过程。当前人口过多的压力和技术变革正在加速这一进程。白蚁窝似乎可以实现了，甚至在某些人的眼里，它就是美好的理想。无消说，这个理想是永远无法实现的。在社会性的昆虫与群居性并不是特别强的头脑发达的哺乳动物之间横亘着巨大的鸿沟，即使那头哺乳动物尽自己的最大努力去模仿那只昆虫，鸿沟依然存在。无论他们多么努力地进行尝试，人类都无法构建出社会性的有机体，他们只能创造出一个组织。在尝试构建有机体的过程中，他们只是创造出了极权主义体制。

《美丽新世界》描绘了一个奇妙而又有点低俗下流的社会图景，在那里，将人类塑造得如同白蚁一般的尝试几乎达到了极致。显然，我们正被推往《美丽新世界》的方向。但同样明显的事实还有，如果我们真心渴望的话，我们能够拒绝与正在推动我们的盲目的力量合作。但是，抵制的愿望目前似乎并不是非常强烈或广泛。正如威廉·怀特[①]先生在他那本杰出的作品《组织人》里所指出的，一种新的社会伦理正在取代我们以人为本的传统伦理。社会伦理的关键词是“调整”、“适应”、“以社会为依归的行为”、“归属感”、“社交技能的掌握”、“团队合作”、“集体生活”、“集体忠诚”、“集体驱动力”、“集体思考”、“集体创造力”等。它的基本设想是作为整体的社会要比个人拥有更大的价值和意义，与生俱来的生物意义的差异应该让位于文化意义的一致性，集体的权利优先于十八世纪所倡导的人权。根据社会伦理的看法，耶稣认为安息日是为人类创造的，这个想法是彻底错误的。恰恰相反，人类是为了安息日而创造的，他必须牺牲自己与生俱来的个人特征，伪装成集体活动的组织者心目中标准化的合乎理想的会交际的人。合乎理想的人会展现出“合群活跃”（多么美妙的字眼！）和对集体拥有高度忠诚，总是乐意服从命令，有归属感。合乎理想的人必须有合乎理想的妻子，非常合群，有极强的适应力，不仅接受她的丈夫首先要忠于企业这个事实，而且自己也非常忠诚。就像弥尔顿对亚当与夏娃的评论：“他只为了上帝而生存，而为了上帝，她在他的身体中。”在一个重要的方面，合乎理想的组织人的妻子要比我们的第一位母亲糟糕得多。她与亚当得到主的允许可以放纵不羁地沉溺于“年轻的嬉戏”。

我不愿意，

让亚当离开他那肌肤胜雪的伴侣，让夏娃背离仪式，

---

① 威廉·怀特（William Whyte，1917—1999），美国城市规划专家、组织分析专家，代表作有《组织人》、《小型城市的社会生活》等。

让美妙的夫妻恩爱，遭到拒绝。

今天，根据《哈佛商业评论》的一位作家所写的，努力达到社会伦理所倡导的理想模范妻子“绝对不会要求占有她的丈夫太多的时间和关注。因为他需要一心一意专注于工作，甚至他的性生活也必须降低到次要的地位”。僧侣们发誓要清贫、温顺和守贞。属于组织的人可以发财致富，但必须承诺服从（“他毫无怨言地接受权威，崇拜他的领袖”——墨索里尼永远是正确的），而且他必须做好准备，为了雇用他的组织更伟大的荣耀，甚至舍弃夫妻恩爱。

值得一提的是，在《一九八四》里，党员们被迫顺从地接受比清教徒主义更严苛的性伦理。而另一方面，在《美丽新世界》里，所有人都可以无拘无束地沉溺于性爱的冲动。奥威尔的寓言所描写的社会是一个永远处于战争状态的社会，而它的统治者们行使权力的目的首先当然是为了自己的快乐，其次是让他们的臣民长期处于战争所要求的紧张状态。通过禁止性爱，领导者们得以让他们的追随者保持合乎要求的紧张情绪，与此同时，能够以最令人陶醉的方式满足他们的权力欲望。《美丽新世界》所描述的社会是一个世界统一的国家，战争已经被消除，统治者的首要目标是不惜一切代价让被统治者不制造麻烦。这一点他们通过合法化一定程度的性自由（通过废除家庭）以及其他手段，基本上保证生活在美丽新世界里的人不会有任何形式的毁灭性（或创造性）的情感压力。在《一九八四》里，权力欲通过施加痛苦而得到满足，而在《美丽新世界》里，则是通过给予快乐，但同样是对人的侮辱。

显然，当前的社会伦理只不过是在为过度组织化的不良后果进行开脱。它代表了从不得已而为之的事情中寻求价值，将坏事变成好事的可悲的尝试。它是一个非常不切实际因此极度危险的道德体系。社会整体的价值被认为要比它的组成部分的个体的价值更大，但它并不是一个像蚂蚁穴或白蚁窝那样的有机体。它只是一个组织，一台社会机器。它的价值只在于与生命和意识的关系。一个组织既没有意识也没有生命。它只有工具性和派生的价值。它本身并不美好，它的价值完全在于它如何能够让构成集体总和的个体获益。让组织优先于个人就是让目标服从于手段，希特勒和斯大林已经清楚地展现了这一点。在他们残暴的统治下，通过暴力和宣传、系统性的恐怖和系统性的思想控制的综合运用，使个人的目的服从于组织这个手段。在独裁制度更有效率的明天，或许暴力行为不会像在希特勒和斯大林的统治下那么多。未来的独裁者的臣民将会没有痛苦地被一帮经过高度培训的社会工程师实施组织管理。“我们这个时代的社会工程的挑战，”一位这门新科学的热情的支持者写道，“就像五十年前技术工程遇到的挑战一样。如果说二十世纪的前半叶是技术工程师的时代，后半叶或许将会是社会工程师的时代。”——而我猜想二十一世纪将会是世界主宰、科学等级体制和美丽新世界的时代。至于“监督者由谁监督”[①]这个问题——又会是谁来规划工程师他们呢？——答案就是直白的否定，他们不需要任何监督。某些社会学博士似乎相信他们绝不会受到权力的侵蚀。就像加拉哈特骑士[②]，他们有以一当十的能力，因为他们的心灵是纯洁的——而他们有纯洁的心灵是因为他们是科学家，经过了六千个小时的社会学研究。

呜呼，高等教育并不一定能保证更高尚的品格或更高明的政治智慧。除了伦理和心理层面的担忧之外，还有纯粹科学性的担忧。我们能够接受社会工程师们为他们操纵人类的做法所提供的依据和辩护的理论吗？譬如说，埃尔顿·梅奥[③]教授向我们强调说：“人有强烈的愿望想要和他的同伴们一起工作，即使那不是最强烈的人性的特征。”我会说这显然不是真相。有些人像梅奥那样喜欢和人交往，但有些人并非如此。

---

① 原文是拉丁文：quis custodiet custodes?

② 加拉哈特骑士（Sir Galahad），是英国传说中亚瑟王麾下的骑士之一。

③ 乔治·埃尔顿·梅奥（George Elton Mayo，1880—1949），澳大利亚心理学家、组织理论家。

这是性格和遗传的问题。任何基于“人类”（无论他们是谁）总是渴望与同伴交往的设想的社会组织，对于许多男男女女来说，就是普洛克路斯忒斯之床，要么会被截肢，要么会被拉长，才能适应这张床。

还有，许多当代的社会关系理论家对中世纪诗情画意的描写是多么浪漫而误导！“中世纪的人作为行业工会、庄园或村庄一员，受到它们的保护，得到一生的安宁。”我们会问，保护他们不受什么的伤害呢？肯定不是免受上层阶级无情的欺压。而伴随着“安宁”，贯穿中世纪的始终，是长年的沮丧、郁郁寡欢和僵化的等级森严的不允许社会阶层上下流动的体制，人们都被绑在土地上，几乎没有横向流动的空间，对这个体制怀着强烈的憎恨。人口过剩和过度组织化的非人性化的力量，以及尝试引导这些力量的社会工程师们正将我们往新的中世纪制度的方向推去。中世纪的复兴会比《美丽新世界》中构想的制度设施，如婴儿培育、睡眠教育和药物刺激的欢愉更加容易接受，但对于大部分人来说，这仍然是一种奴役。

第四章

民主社会中的宣传

“欧洲的信条是，”杰弗逊写道，“由人组成的团体一定会逾越秩序与公义的界限，只能由权威施加独立于他们的意志之外的武力与道德才能维持秩序与公义……而我们（美国新民主体制的缔造者）则相信人是理性的动物，生来便拥有天赋的权利和正义感，能约束自己不做坏事，将有节制的权力交托于他们自己选出的人手中，由他们保护自己的权利，并自愿履行职责。”后弗洛伊德时代的人会觉得这番话精致典雅，富于感染力。人类并不像十八世纪的乐观主义者所想象的那么理性和天生怀有正义感。另一方面，他们也不像二十世纪的悲观主义者想让我们相信的那么道德败坏或毫无理性可言。虽然有本我和无意识，虽然神经官能症与智商低下十分普遍，大部分人或许正派讲理，能够被信任，能够去实现自己的命运。

民主制度是在尊重个体自由和主动性的基础上协调社会的机制，并让国家的统治者的直接权力臣服于被统治者的最高权力。事实上，在西欧和美国，总的来说，这些制度一直运作有效，证明十八世纪的乐观主义者们并非错得很离谱。人类很有可能管好自己，并更好地实施自治，但或许不会像被“独立于他们的意志之外的权威”所统治那样有如机器般高效。很有可能，我要重复一遍，因为“很有可能”是一个不可或缺的前提条件。没有人能够突然间从专制统治下的顺从状态过渡到完全陌生的政治独立状态，还能实现民主体制的运作。而且，经济萧条的人民很可能无法通过民主制度实现自我统治。自由主义只能在繁荣的环境里才能够蓬勃发展，而随着经济步入萧条，政府必须进行更加频繁而猛烈的干预，从而导致民主的式微。正如我说过的，人口过多和过度组织化是促使民主制度无法有效运作的两个因素。于是，我们看到，在某些历史条件、经济条件、人口条件和技术条件的作用下，杰弗逊笔下天生拥有不可被剥夺的权力和怀有正义感的理性的动物将很难去发挥他们的理性，倡导他们的权利，并在民主社会里做一个公正体面的人。我们西方人非常幸运，能够拥有实施自治的伟大实验的机会。不幸的是，最近的情况变化似乎表明这个弥足珍贵的机会正逐渐从我们手中被夺走。当然，这并不是真相的全部。个人自由和民主制度的敌人并不只是这些盲目的非人格化的力量。还有另外一些并不那么抽象的力量，可能会被追求权力的个体有意使用以对同胞实施部分乃至全面的控制。五十年前，当我还是一个孩子时，糟糕的旧时代似乎已经过去了，折磨、屠杀、奴役、迫害异端已经成为了过去时，这似乎是不言自明的道理。对于那些戴着高礼帽，乘火车出行，每天早上洗澡的人来说，这些事情已经不是问题了。毕竟，我们已经生活在二十世纪。几年后，这些每天洗澡、星期天戴着高礼帽去教堂的人就犯下了愚昧的非洲人和亚洲人做梦都想不到的罪行。以近代史为参照，以为这种事情不会再次发生是愚蠢的。无疑，它能够，而且将会再度发生。但在不久的未来，有理由相信《一九八四》里的那些惩罚手段会让位于《美丽新世界》里的强化和操纵手段。

宣传可以分为两种——理性的宣传号召与发言人和听众的正当的自我利益一致的行为，但非理性的宣传并不与正当的自我利益一致，而是诉诸激情，并由激情主宰。就个人的行动而言，有的动机比正当的自我利益更加高尚，但是，在政治与经济领域，当必须采取集体行动时，正当的自我利益或许是最有效的动机。如果政治家和他们的选民的行动总是在倡导实现自己或国家的长期利益，这个世界将会成为人间乐园。而实际的情况是，他们的行动总是有悖自己的正当利益，只是为了满足最不体面的激情。结果，这个世界就成为了悲惨之地。号召与正当的自我利益一致的行为的宣传诉诸理性，通过基于当前所能获得的完整而忠实的证据进行合乎逻辑的辩论。而号召由卑劣的自我利益所驱动的行动的宣传提出的是断章取义的虚假的证据，回避符合逻辑的辩论，试图通过简单地重复口号，气急败坏地斥责国外或国内的替罪羊，狡猾地将最卑劣的激情与最崇高的理想勾兑了去影响受骗者。因此，暴行以上帝为名义被奉为不朽的功绩，最自私卑劣的现实政治被奉为宗教准则和爱国责任。

用约翰·杜威[①]的话说："重塑对普遍人性本质的信仰，对人性的潜能的信仰，对人性以及对理性与真理作出回应的力量的信仰，是比展现物质成功或虔诚地崇拜某种特别的法律和政治形式更可靠的对抗极权主义的壁垒。"我们都拥有回应理性和真相的能力，但不幸的是，我们也有回应非理性和虚伪的倾向——特别是在虚伪能唤醒愉悦的情感，或利用非理性勾起我们内心深处的原始的非人性的回应的情况下。在某些领域，人类学会了坚持理性和真理。学术文章的作者不会去唤起同行的科学家和技术人员的激情。他们根据自己所了解的所有知识去诠释某一方面的真理，理性地解释他们观察到的事实，而且通过与别人进行理性的辩论去支持自己的观点。所有这些在物理科学和技术的领域很容易实现，但在政治、宗教、伦理的领域则很困难。在这些领域，我们总是无法把握相关事实。至于事实的含义，那当然取决于你选择哪一个思想体系进行诠释。理性的找寻真相的人所遇到的困难并不只是这些。在公众生活和私人生活层面，总是发生的情况是，没有时间去收集相关的事实或权衡它们的意义轻重。我们只能被迫在证据并不充分和不如逻辑那么可靠的感觉的指引下行事。怀着最好的善意，我们不能总是完全符合真相或一直保持理性。我们能够去做的，就是在情况允许之下，尽可能符合真相和保持理性，并尽我们的能力对别人提供给我们的有限的真相和不完美的推理作出回应。

① 约翰·杜威（John Dewey，1859—1952），美国哲学家、心理学家、教育家。

“没有哪一个愚昧的国家能够保持自由，”杰弗逊说道，“过去如是，将来亦如是……没有信息人民就没有安全。在媒体自由的地方，每个人都有识字能力，所有人都会平安无事。”同一时期，在大西洋对面，另一个理性的热情信徒有着几乎相同的想法。约翰·斯图尔特·穆勒[①]在写到他的父亲——实用主义哲学家詹姆斯·穆勒[②]时曾道：“他完全依赖于理性对人类思想的影响，如果所有人都能够理性行事，所有人都会受益。如果每个人都有识字能力，如果所有的意见都能通过言语或文章进行讨论，如果他们能够得到选举立法机构去反映他们的意见的权力。”所有人都会安全，所有人都会受益！我们再一次听到了十八世纪乐观主义的宣言。确实，杰弗逊是一个现实主义者，也是一个乐观主义者。惨痛的经历让他知道出版自由会被卑鄙地滥用。他宣称：“报纸上看到的内容没有什么能被相信。”但是，他坚持认为（我们只能认同他）：“在真理的范围内，媒体是一个高贵的制度，而且是科学和公民自由的朋友。”简而言之，大众传媒没有好坏之分，它只是一股力量，而就像任何力量一样，它可以造福也可以作恶。使用得当的话，媒体、电台和影院是民主的存在必不可少的条件。使用不当的话，它们将成为独裁者最强大的武器。和其他领域的企业一样，在大众传媒领域，技术进步已经伤害了小人物和扶助了大人物。就在五十年前，每一个民主国家会为拥有许多小型杂志和本地报纸而感到自豪。数千位编辑表达出数千个独立的想法，几乎任何人都可以通过某种方式刊印任何内容。今天媒体在很大程度上仍是自由的，但大部分小报已经消失了。木浆、现代印刷机器和新闻报业集团对于小人物来说代价太高了。在推行极权主义的东方，那里有政治审查制度，大众传媒被国家控制。在奉行民主的西方，那里有经济审查制度，大众媒体由权力精英阶层的成员控制。由不

① 约翰·斯图尔特·穆勒（John Stuart Mill，1806—1873），英国哲学家、经济学家。

② 詹姆斯·穆勒（James Mill，1773—1836），英国哲学家、历史学家、经济学家。

断增加的成本和传媒力量集中于几个大公司的手中所造成的内容审查制度并不像国家所有制和政府宣传那么糟糕，但它肯定不是杰弗逊等民主人士会赞同的东西。

全民识字和自由出版的早期支持者只想到了宣传工作的两个可能性：宣传或许是真实的，也有可能是虚假的。他们没有预见到在所有西方资本主义民主国家都会发生的事情——庞大的大众传媒行业的发展，关心的并不是内容的真与假，而是不切实际的根本无关紧要的内容。一言以蔽之，他们没有预见到人类对于消遣的几乎欲壑难填的渴求。

过去绝大多数的人从来没有机会完全满足这个欲望。他们或许渴望消遣，但他们没有得到消遣。圣诞节每年只有一次，盛宴“神圣而稀罕”，识字的人不多，而可供阅读的内容也很少，去附近看场演出只能去教区的教堂，虽然有很多场表演，但内容很单调乏味。要说有什么可以和现在盛行的情况相比较的，我们必须回到古罗马帝制时期，那时候古罗马人可以频繁地免费享受到各种娱乐形式——从诗剧到角斗士搏斗，从维吉尔的朗诵到无规则拳击，从音乐会到阅兵仪式和公开处决，以保持快乐的心情。但即使在古罗马也不像今天那样有报纸、杂志、电台、电视和电影所提供的无休止的消遣。在《美丽新世界》里，无休止的极其美妙的娱乐（感官电影、狂欢仪式、离心力碰碰球等）被作为政策工具加以利用，目的是不让人们去关心社会现实和政治局势。宗教的彼岸世界与娱乐的彼岸世界不一样，但它们关键性的相似之处在于“与这个世界无关”。二者都是消遣，如果一直沉溺其中的话，二者都会成为——用马克思的话说——“麻醉人民的鸦片”和自由的威胁。只有警醒的人才能够维护他们的自由，只有那些一直理智地活在当下的人才能有望通过民主制度实现自我治理。一个社会的绝大多数成员如果大部分时间不是活在当下和可预测的未来，而是生活在虚无飘渺的运动、肥皂剧、神话构建的奇幻迷离的世界里时，将很难抵挡想要操纵控制他们的人一步步的侵蚀。

今天的独裁者在宣传中主要依靠重复、镇压和文过饰非——重复他们希望被当成真理接受的口号，镇压他们希望忽略的事实，激情的唤醒与合理化或许会为了党派或政府的利益而被利用。随着操纵的艺术和科学得到更深入的了解，无疑，未来的独裁者将学会将这些技术与无休止的消遣结合在一起。在西方，它们正构成威胁，将维护个体自由和民主制度的理性宣传淹没在无关紧要的琐事的海洋中。

第五章

独裁体制下的政治宣传

希特勒的军备部长阿尔伯特·斯皮尔[1]在二战结束后接受审判时，发表了一则长篇演讲，非常准确地描述了纳粹暴政，并分析了它的手段。他说道："希特勒的独裁体制与历史上之前的独裁体制在本质上是不同的。它是第一个对自己的国家全方位实施现代技术手段的独裁体制。通过诸如电台和高音喇叭等技术手段，八千万人被剥夺了独立思考的权利，从而让他们臣服于一个人的意志……早期的独裁者需要有能人的协助，甚至在最基层也是如此——而这些人是能够独立思考和行动的人。如今现代技术高度发达，极权主义体制在现代通讯技术的帮助下已经不再需要这些人，基层领导有可能被机器代替，结果就是出现了新型的对命令丝毫不加批判的接受者。"

在我的预言性政治寓言作品《美丽新世界》里，技术的发展远远超越了希特勒时代的成就，结果就是，接受命令的人比起纳粹分子更加缺乏批判能力，对发号施令的精英阶层更加俯首帖耳。而且，他们被进行了基因标准化的改造，再经过产后培育，然后去执行作为下属的职能，几乎就像机器一样可靠。在下一章里，我们将会看到，这种对"基层领导"的培养已经在独裁体制里进行。俄国人不仅依赖先进技术的间接影响，他们正致力于直接改造基层领导的身心机制，让他们全身心接受残暴而且在各个方面极其高效的培育。斯皮尔说："许多人做着同一个噩梦，担心有一天国家会以技术手段实施统治。这个噩梦在希特勒的极权体制下几乎实现了。"是几乎，但并没有真的完全实现。纳粹分子没有时间——或许没有智慧和必要的知识——去对他们的基层领导进行洗脑和改造。或许这正是他们之所以失败的原因之一。

继希特勒之后，新的独裁者可供使用的技术手段已经大大丰富了。除了电台、高音喇叭、移动电影院和轮转印刷机之外，当代的宣传工作者还可以利用电视去播放雇主的图像和声音，并用卷轴磁带记录下来。由于技术进步，老大哥现在可以几乎就像上帝一样无处不在，新的独裁者增强的手段并不只是局限于技术层面。从希特勒的时代开始，应用心理学和神经学等领域已经开展了大量的研究工作，这些领域是宣传工作者、灌输者和洗脑者们特别关心的领域。那些精于改变别人思想之道并且信奉经验主义的专家人士通过试错法，归纳出了几个行之有效的方法和流程，但并不知道为什么它们会有成效。而如今，控制思想的艺术正逐渐成为一门科学。这门科学的践行者知道他们在做什么和为什么要这么做。他们的研究工作以基于大规模实验证明的理论和假想为指导。在这些新的知识以及这些知识所指导的新的技术手段的帮助下，在希特勒的极权体制下未能实现的噩梦或许将很快得以完全实现。

但在我们探讨这些新的知识和技术手段之前，让我们先看一看在纳粹德国几乎就要实现的噩梦。希特勒和戈贝尔们使用了什么手段去"剥夺八千万人的独立思考的权利，并让他们臣服于一个人的意志"呢？这些可怕而成功的手段是基于人性的什么理论呢？这些问题的答案的大部分内容可以从希特勒自己的话里找到。它们是多么清晰而狡猾的言语啊！当他就宏大而抽象的命题如人种、历史和上帝的意旨进行创作时，他所写的内容真是不堪卒读。但当他写到德国群众和他用来统治和引导他们的手段时，他的风格就改变了。不知所云变成了意义充实，空喊高调变得不动声色、愤世嫉俗而且清晰明朗。希特勒的哲学著作要么是在白日做梦或复述着别人的半生不熟的理念，而当他就群众与宣传发表意见时，他所写的内容是他了解的第一手经验。用最好的希特勒传记作家

---

① 伯托尔德·康拉德·赫尔曼·阿尔伯特·斯皮尔（Berthold Konrad Hermann Albert Speer，1905—1981），德国建筑师，曾担任纳粹德国战备部长一职。

艾伦·布洛克[1]先生的话说:“希特勒是历史上最出色的煽动家。”有些人会补充说:“只是一个煽动家而已。”但他们并没有理解群众政治时代权力政治的本质。正如希特勒本人所说的:“要成为领袖就必须有打动群众的本事。”他的目标首先是打动群众,然后使他们脱离传统的忠诚和道德,将他们强行纳入(在大多数人处于催眠状态的认同下)由他亲手设计的新的极权统治秩序。赫尔曼·劳施宁[2]在一九三九年写道:“希特勒对天主教会与耶稣会怀着深深的敬意,不是因为他们所奉行的基督教的教义,而是因为他们所控制的精密的‘机器’,他们等级森严的体制,他们极其聪明的策略和手段,以及他们对人性本质的洞察和他们在统治信徒时对人性弱点的巧妙利用。”没有基督教义的教会主义和修道院式的统治,不是为了上帝或实现个人救赎,而是为了国家和由前身是煽动家的领袖的更加伟大的荣耀与权力——这就是群众通过一系列行动被领往的目的地。

让我们了解一下希特勒对群众有什么样的看法和他是如何打动他们的。他奉行的第一条准则是价值判断:群众是卑微可鄙的,他们无法进行抽象思考,而且对自己的小圈子之外的事情根本不感兴趣。他们的行为不是由知识和理性决定,而是由情感和无意识的驱动力决定。这些驱动力和情感正是“他们正面的以及负面的态度的根源”。要成为一位成功的宣传工作者就必须学会操控和摆布这些本能和情感。“引发最大规模革命的驱动力从来不是说服了群众的科学的教诲,而总是鼓舞他们的忠诚和促使他们采取行动的某种歇斯底里的情绪。任何希望获得群众支持的人都必须掌控打开他们的心扉的钥匙……”用后弗洛伊德时代的术语就是开启他们的无意识。

希特勒对中下层阶级成员的吸引力最大,他们被一九二三年的通货

---

① 艾伦·路易斯·查尔斯·布洛克(Alan Louis Charles Bullock,1914—2004),英国历史学家、传记作家。

② 赫尔曼·劳施宁(Hermann Rauschning,1887—1982),德国民主活动家,纳粹主义的坚定反对者。

膨胀摧毁了，接着在一九二九年和之后那几年的大萧条中再被摧毁了一遍。他所说的“群众”是那数百万一直困惑、沮丧和忧心忡忡的人。为了他们更像乌合之众，更加趋同和泯灭人性，他在大会堂和体育场举行规模达数千人乃至数万人的集会，在这些地方，个人丧失了身份，甚至基本的人性，与人群融为一体。一个男人或女人通过两种方式与社会直接接触：作为家庭群体、职业群体或宗教群体的成员，或乌合之众的成员。群体能够像它的成员那样保持道德和理性，而乌合之众则混乱不堪，没有自己的目的，根本无法进行理智的行动和务实的思考。置身于乌合之众中，人们会失去理性思考和作出符合道德抉择的能力。他们的暗示感受性被增强到失去了自己的判断力和意志的程度，他们变得非常容易兴奋，失去了所有个体或集体的责任感，突然间会感到暴怒、兴奋和恐慌。简而言之，一个置身于乌合之众中的人的行为就像吞下了大剂量的强力兴奋剂。他们是我称之为“畜群中毒”症状的受害者，就像酒精一样，畜群毒害是一种烈性的外向性的毒药。畜群中毒的个体逃避责任、思想和道德，陷入一种恐慌状态，像动物一样失去了思考能力。

作为一名老练的煽动家，希特勒曾对畜群中毒的效果进行了研究，知道如何利用它们达到自己的目的。他发现演讲家能够借助那些激起行动的“隐藏的力量”，比写作更加有效。阅读是一种个体性而不是集体性的行为。作家只对在正常清醒状态下端坐的个体倾诉，而演说家的对象是由个体组成的群众，他们已经服下了畜群毒药，做好了准备。他们任凭演说家的处置，如果他能掌握这门手段，他就能随心所欲地操纵他们。作为一位演说家，希特勒可谓是行家里手。用他自己的话说，他能够“如此贴近群众，从他的听众的活生生的感情出发，说出恰到好处的话，直达他们的内心”。奥托·斯特拉瑟①形容他是“一台高音喇叭，宣

---

① 奥托·约翰·马克西米安·斯特拉瑟（Otto Johann Maximilian Strasser，1897—1974），德国政治家，德国纳粹党左翼派系领导人，二战前与希特勒决裂，流亡海外，组织抵制纳粹主义的运动。

扬整个国家最隐秘的欲望，最难以启齿的本能、苦难和个人的厌恶”。早在美国的广告业开始“动机研究”之前，希特勒就已经在系统性地探究和利用德国群众的隐秘的恐惧、希冀，渴望、焦虑与沮丧。通过操纵“隐藏的力量”，广告专家诱使我们去购买他们的产品——牙膏、香烟、政治候选人等。正是通过诉求于同样的隐藏的力量——以及美国广告业无法染指的其他太过于危险的力量——希特勒诱使德国群众接受了一位元首、一种疯狂的哲学和一场世界大战。

知识分子与群众的不同之处在于他们更倾向于理性，更关注事实。他们的批判性的思维习惯使得他们抗拒对群众很有效果的宣传内容。在乌合之众中，“本能是至高无上的，由本能派生出信仰……健全的平民会本能地结合成社区”。当然，不言而喻，由一位领袖进行领导，“知识分子却像庭院里的母鸡，三三两两，各自信步而行，你无法利用他们去创造历史，也不能作为构成集体的一分子派上用场”。知识分子讲求实证，会惊讶于逻辑的矛盾和谬误。他们认为过度简化是思想的原罪，不受宣传人员惯用的口号、没有根据的断言和空泛的大而化之等手段的影响。“一切有效的宣传，”希特勒写道，“必须限制在几则干巴巴的必要的内容，然后再以几道一成不变的公式进行表述。”这些一成不变的公式必须一直重复，因为“只有不断地重复才能最终成功地将一个理念移植到群众的记忆中”。哲学教导我们要去怀疑似乎不言自明的事物。而政治宣传则教导我们要接受不言自明的事物，不去进行判断或怀疑。煽动家的目的是让整个社会都奉他为领袖。但是，正如伯特兰·罗素所指出的：“没有实证基础的教条体系如经院哲学、马克思主义和法西斯主义的优势在于能在信徒的群体内产生极强的凝聚力。”因此，蛊惑人心的宣传人员必须坚持教条主义。所有他的言论都是没有根据的。他所描绘的世界图景里没有灰色，一切要么是邪恶狰狞的黑色，要么是圣洁美好的白色。用希特勒的话说，宣传工作者应该“对每一个必须解决的问题采取一以贯之的一面倒的态度”。他绝不能承认自己或许是错的，或观点不同的人有可能在部分程度上是正确的。他们不应该与对手进行辩论，而是应该对其进行抨击，用音量压倒他们，如果他们实在是太讨厌，就把他们消灭。道德上有洁癖的知识分子或许会对这种事情感到震惊。但群众总是相信“先声夺人者是正确的”。

这些就是希特勒对群众的看法。它是一个极其下流卑劣的看法。但它是一个错误的看法吗？一棵树因其果实而被认识，一个关于人性本质的理论所构思出的手段被证明如此恐怖而有效，一定蕴含了至少一定程度的真理。美德和智慧属于彼此自由结合的小群体中的个体，而罪恶和愚昧也是。野心家会利用群众的愚昧和罔顾道德，煽动被蒙蔽的他们采取行动，但愚昧和罔顾道德并不是作为个体的人的特征，而是乌合之众的特征。没有思想和罔顾道德并不是人性的特征，它们是畜群中毒的症状。世界上所有高层次的宗教都在为个人寻求救赎和启蒙。天国存在于一个人的意志中，而不存在于乌合之众的集体无意识中。基督应允我们：“有两三个人奉我的名聚会，那里就有我在他们中间。”他没有说他会在数千个畜群中毒的人中间出现。在纳粹的统治下，许许多多的人被迫花费许多时间排成密集的方队从 A 点走到 B 点，然后回到 A 点。“让整个人口进行游行似乎是在毫无意义地浪费时间和精力，”赫尔曼·劳施宁补充道，“直到后来，我们才了解到它是另有深意的，是经过深思熟虑的对目的和手段的调适。游行转移了人们的思想，游行扼杀了思想，游行标志着个体的终结。游行是不可或缺的魔术棒，目的是让人们习惯于机械的半仪式化的活动，直至它成为第二本能。”

从他的观点和他所选择的进行可怕工作的层次，希特勒对人性的判断是完全正确的。我们将男人和女人看作个体，而不是乌合之众或被严格控制的集体的成员，在我们看来，他似乎错得很离谱。在我们这个时代，人口过剩和过度组织化日益严重，大众传媒的手段越来越有效，我们如何能够保住诚实和重塑人类个体的价值呢？现在我们还能提出这个问题，或许还能得到答案，但再过一代人或许就无法得出答案了，在令人窒息的集体气氛下，或许根本就不会有人去提出这个问题了。

第六章

贩卖的艺术

民主的生存依赖于有许多人能够在获得充分信息的情况下作出现实的选择。而独裁体制则通过内容审查和歪曲事实维护自己的统治，不是诉诸理性思考或开明的自我利益，而是诉诸激情与偏见，诉诸希特勒所说的潜伏在每个人的无意识思想深处的强大的“隐藏的力量”。

在西方，民主原则被广泛宣传，许多能干而且有良知的宣传人员尽自己的最大努力为投票者提供充分的信息并以理性的辩论说服他们，希望借助这些信息让他们作出务实的抉择。所有这些都会造福社会。但不幸的是，西方民主国家的宣传，尤其是美国，具有两面性和人格分裂。编辑部总是由奉行民主的哲基尔医生[①]所掌管——作为一位宣传人员，他非常乐意证明约翰·杜威认为人性能回应真理和理性的意见是正确的。但这位值得尊敬的人只是控制了大众传媒这部机器的一部分。我们发现掌控广告部门的人是反民主而且反理性的海德先生——更确切地说，是海德博士，因为海德先生现在拥有心理学博士学位和社会科学硕士学位了。事实上，如果每个人一直都无愧于约翰·杜威对人性的信念的话，这位海德博士会非常恼火。真相与理想是哲基尔的事情，而不是他的事情。海德是一位动机分析专家，他的任务是研究人性的弱点和缺陷，调查那些无意识的欲望和恐惧，而人的有意识的思想和外在的行为正是受到这些无意识的欲望和恐惧的影响。而他做这些事情，不是像道德家那样希望让人变得更美好，或像医生那样希望治病救人，只是为了寻找出为了老板的经济利益利用他们的无知和非理性的最佳方式。但有人或许会争辩说：“资本主义已死，消费主义为王。”——而消费主义需要精通劝诱之道十八般武艺（包括更加阴险的手段）的专业销售员。在自由企业体制下，商业宣传是绝对不可或缺的，但不可或缺并不一定就是好事。经济学领域里的好事对于作为投票者乃至作为人类一分子的男男女女来说或许根本不是好事。道德感更加强烈的老一辈或许会为动机分析师赤裸裸的玩世不恭的思想感到震惊。而今天，当我们读到像范斯·帕卡德②先生的《隐藏的说服者》这么一本书的时候，我们会觉得内容很有趣而不会觉得恐怖，感到平静而不是愤慨。有了弗洛伊德，有了行为主义，有了大规模生产者对于大规模消费的近乎绝望的永不间断的需求，这只是顺理成章的事情。但我们会问，未来将会发生什么事情呢？海德的所作所为从长远来说与哲基尔的所作所为一致吗？理性的宣传能够在与另一个更加活跃的非理性宣传的抗衡中获得胜利吗？在这里我不会尝试去回答这两个问题，而是让它们作为探讨技术发达的民主社会的群众劝诱的方式时的背景。

比起大权在握的独裁者或即将上位的独裁者雇佣的政治宣传工作者，民主国家的商业宣传工作者的任务在某些方面要轻松一些，在某些方面则要困难一些。它要相对轻松一些，因为几乎每个人都怀有对于啤酒、香烟和冰箱的喜好，而几乎没有人会喜欢暴君。它要相对困难一些是因为商业宣传工作者受制于游戏规则，不能利用听众更加野蛮的本能。奶制品的广告商非常希望告诉他的读者和听众他们所有的麻烦都是一伙没有信仰的国际人造黄油厂家的阴谋引起的，他们的爱国责任就是列队出发去烧掉压迫者的工厂。但是，这种事情不可能发生，他只能使用比较温和的方式进行宣传。但温和的方式没有通过语言或行为暴力的方式那么刺激。从长远来说，愤怒与仇恨是自我毁灭的情感。但在短期内它们能带来精神上甚至生理上的高度满足（因为它们会释放出大量的

---

① 哲基尔医生（Dr. Jekyll）与海德先生（Mr. Hyde）是英国作家罗伯特·路易斯·史蒂文森（Robert Louis Stevenson）名著《化身博士》中的人物，象征人性的善与恶。

② 范斯·帕卡德（Vance Packard，1914—1996），美国记者、社会评论家。

肾上腺素和去甲肾上腺素）。一开始的时候人们或许会讨厌暴君，但当暴君或即将掌权的暴君为他们带来释放肾上腺素的宣传，渲染敌人的邪恶无耻——特别是邪恶透顶应该灭之而后快的敌人时——他们就会满怀热情地追随他。希特勒在演讲中一直重复着“仇恨”、“力量”、“无情”、“粉碎”、“摧毁”这些字眼，而且在说出这些暴烈的字眼时会伴随着甚至更加暴烈的姿态。他会声嘶力竭地咆哮，他会青筋毕露，他的脸会涨得发紫。强烈的情感（每一位演员和戏剧家都知道）非常具有感染力。听众们被演讲者恶毒的情绪所感染，会在不受约束的激情和狂欢中叹息、哭泣、尖叫。而这些放纵是如此美妙，大部分体验过的人会热切地回来再度寻觅。我们几乎所有的人都渴望和平与自由，但只有一小部分人对促成和平与自由的思想、情感和行动怀有热情。相反，几乎没有人想要战争或暴政，但许多人会在促成战争和暴政的思想、情感和行动中得到快感。这些思想、情感和行动用在商业上太危险了。广告人员只能接受这一束缚，尽自己的最大努力去利用毒害程度较轻的情感和相对比较平静的非理性的形式。

有效的理性宣传只有在当事的各方对符号的本质以及它们与所象征的事物和事件的关系有明确的认识时才可能实现。非理性宣传的效力取决于群众无法理解符号的本质。头脑简单的人总是会将符号等同于它们所代表的事情，将宣传工作者为了自己的利益而选择的词语当成是与它们联系在一起的事物和时间的特征。举一个简单的例子，大部分化妆品是用羊毛脂做的，那是净化的羊毛脂油和水混合而成的乳液化合物。这种乳液有很多好处，它能渗透肌肤，它没有难闻的味道，还有温和的抗菌作用，等等等等。但商业宣传人员不会去讲述这种乳液的真正的好处。他们会给它起一个美妙动人的名字，对女性的美丽进行极尽美妙而误导人的讲述，并展示美丽动人的金发女郎滋润肌肤的图片。一位广告商写道：“化妆品厂家卖的不是羊毛脂，他们卖的是希望。”为了这个希望，这个欺骗她们将脱胎换骨的承诺，女人愿意付出乳液的原价十倍乃至二十倍的价钱去购买，因为宣传人员以高超的技巧，通过误导性的象征符号，将其与几乎每一个女人深切的愿望——渴望变得更加吸引异性的愿望联系在一起。这类宣传内在的原理非常简单。找到一些共同的欲望，一些广为流传的无意识的恐惧或焦虑，想出某种方式将这个愿望或恐惧与某个你想卖的产品联系起来，然后通过语言或图像的符号搭建起一座桥梁，让顾客能从现实进入补偿性的梦境，再从梦境进入幻觉，以为当买下你的产品时就能够梦想成真。“我们买的不是橙子，我们买的是活力。我们买的不是汽车，我们买的是尊严。”诸如此类。比方说，我们买一支牙膏不是单单为了清洁和抗菌，而是为了消除让异性讨厌的恐惧。我们买伏特加和威士忌不是为了小剂量的压抑神经系统并获得快感的原生质毒素，我们购买的是友谊与情谊、丁利谷[1]的温馨和美人鱼酒馆[2]的美妙气氛。我们买泻药，是希望像古希腊神明那样健康和像狄安娜女神的仙女那样明艳照人。我们购买每月的畅销读物，是为了变得有文化，成为文化品味不如我们的邻居羡慕的对象并赢得见多识广之人的尊敬。无论是什么情况，动机分析师都能够找到某个深层次的愿望或恐惧，它们的能量能够被用来打动消费者花钱，从而间接地推动工业发展。这一潜在的能量存在于无数个体的思想与身体中，通过精心编排的符号进行表达，摈除理性，掩盖真正的问题，将其释放出来。

有时候，符号本身会美得令人心醉神迷。宗教的仪式和盛况就属于这类情况。这些“神圣之美”能强化已经存在的信仰，而如果信仰并不存在，能促成皈依。由于它们只是诉诸美感，它们并不能保证与它们生硬地联系在一起的教条便是真理或符合伦理价值。历史事实表明，世俗之美可以与神圣之美相提并论，甚至有过之而无不及。譬如说，在希特

① 丁利谷（Dingley Dell）是英国作家查尔斯·狄更斯的作品《匹克威克外传》中的一处庄园的名字。

② 美人鱼酒馆（Mermaid Tavern）是伊丽莎白一世时期许多文人骚客聚会饮酒的地方。

勒的统治下，每年一度的纽伦堡党代会是仪式与戏剧艺术的杰作。“我曾经在圣彼得堡待了六年，那是战争之前，旧式俄国巴黎舞蹈的黄金年代，”希特勒统治时期的英国驻德国大使内维尔·亨德森爵士写道，“但我从未见过能比纽伦堡集会更加恢宏壮丽的芭蕾舞。”你会想到济慈——“美就是真理，真理就是美。”但是，真理只存在于终极的超越凡俗的境界，而在政治和神学层面，美与愚昧和暴政是可以相行不悖的。这是非常幸运的好事，因为如果美与愚昧和暴政相悖，那么这个世界上就没有多少艺术可言了。绘画、雕塑、建筑的杰作可以是宣扬宗教或政治的宣传作品，为了某个神明、某个政府或某个神权阶层的更伟大的荣耀。但绝大多数国王与神权阶层都是专制的，所有的宗教都充斥着迷信。天才成为暴君的奴仆，艺术在宣扬某个地域性迷信的好处。随着时间的流逝，美妙的艺术会从蹩脚的形而上学中分离出来。我们能否学会不在事后而是在事情正在发生的时候就把二者区分开来吗？这正是问题的关键。

商业宣传清楚地知道运用令人心醉神迷的符号这一准则。每一位宣传工作人员都有他的艺术团队，不断尝试去制作美丽的广告牌、动人的海报以及配以生动的图画和相片的杂志广告页面。这些都不是大师作品，因为大师作品只有少数人才能够欣赏，而商业宣传工作者的目的是迷惑大多数人。对他来说，理想的状态是恰如其分的优秀，不需要太好，只需要足以打动人心，让美术与它所联系的产品相得益彰。

另一个令人心醉神迷的符号是商业歌曲。商业歌曲是近期的发明，但神学意义上的歌曲——圣诗与赞美诗——与宗教同样古老。军歌或进行曲与战争诞生于同一时代。爱国歌曲，我们的国歌的前身，无疑是被游走四方的旧石器时代的猎人与食物采集者用来增进集体团结，强调“我们”与“他们”的区别的。对于大部分人来说，音乐具有内在的吸引力。而且，旋律会在听众的脑海中萦绕。一首曲子能够被记住整整一辈子。譬如说，一则内容很无趣的言论或价值判断，光是那些词语本身，没有人会去关注，但把那些词语配上朗朗上口的好记的调子，它们立刻就会拥有魔力。而且，每一次听到或记起旋律的时候，这些歌词就会自发重复。俄耳甫斯[①]已经与巴甫洛夫联手——音乐的力量加上条件反射。对于商业宣传工作者和政治宗教领域的同仁们来说，音乐还有一个好处。一个理性的人耻于写下或说起或听到的无稽的内容可以被同一个人愉快地唱起或聆听，甚至在思想上认同。我们能不能学会享受歌唱或听歌的快乐，而不去轻易相信歌曲中传递的宣传内容？这又是一个问题。

有了义务教育和轮转印刷机，过去很多年来，宣传工作者们能够将他们的消息传播到几乎每一个文明国度的每一个成年人。而今天，有了无线电和电视，他甚至能与没有上过学的大人或还未识字的儿童进行沟通交流。

正如我们所想象的，孩子们对宣传毫无抗拒能力。他们对世界及其运作方式一无所知，因此，完全没有戒备心。他们还没有养成批判的能力。他们当中最年轻的人还没有达到能进行理性思考的年龄，而大一些的人则缺乏让刚刚获得的理性有效运作的阅历。在欧洲，被征募的士兵总是被戏称为“炮灰”。现在他们的弟弟妹妹成了电台和电视的“炮灰”。在我的童年时代，我们学唱儿歌，而在虔诚的家庭里，唱的则是赞美诗。今天那些小孩子唱的是商业歌曲。哪首歌比较好呢？——“莱茵的黄金是我的啤酒，最喜欢的干啤”或“小猫猫，蹦蹦跳，玩小提琴，喵喵喵”还是“和我在一起”或“用白速得牌牙膏刷牙，你会纳闷黄斑到底哪去了”？谁知道呢？

“我并不是说应该迫使孩子们缠着父母去买他们在电视广告上看到的产品，但与此同时，我不能无视这种事情每天都在发生的事实。”许多档面向青少年观众的节目之一的一位明星如是说。他补充说：“孩子

① 俄耳甫斯（Orpheus），古希腊神话中的吟游诗人，能演奏极其美妙的乐章。

们是活生生的会说话的录音机，记录下我们每天告诉他们的内容。”时候一到，这些活生生的会说话的电视商业广告的记录仪将会长大，会挣钱，会购买工业产品。“想一想，”克莱德·米勒先生[①]兴高采烈地写道，“想想它对于贵公司的利润意味着什么。如果你能培育一百万或一千万名儿童，他们将会长大成人，受过训练去购买贵公司的产品，就像士兵们提前受过训练，当他们听到口令就会齐步向前走！”是的，想一想那一幕吧！与此同时，请记住，那些独裁者和即将掌权的独裁者已经在琢磨这种事情很多年了。那数百万个、数千万个、数亿个儿童将会长大成人，接纳暴君的意识形态，就像训练有素的士兵那样，应对暴君的宣传工作者在他们有效的心灵中种下的触发命令，作出相应的行动。

自治政府与人口的数量成反比。选区越大，单独一张选票的价值就越小。当他只是几百万人中的一员时，个体选民会感觉自己根本无能为力，是一个可以被忽略不计的数字。他为其投票的候选人离他很遥远，远在权力的金字塔的顶峰。理论上说他们是人民的公仆，但事实上是这些公仆在发号施令，而人民由于身处金字塔的底部，只能乖乖听命。人口增加和技术进步使得组织的规模和复杂程度也随之增长，官员手中的权力越集中，相应地，选民手中的控制力也就越小，同时还伴随着公众逐渐失去对于民主程序的尊重。民主制度已经遭到当代世界非人格化的力量的削弱，正从内部被政客和他们的宣传人员所破坏。

人类的行为有种种不理性的方式，但如果给予机会的话，他们似乎都能在证据充分的情况下作出理性的选择。民主制度只有在各方都在尽力传授知识和鼓励理性思考的情况下才能有效运作。但今天，在世界上最强大的民主国家，政治家与他们的宣传工作人员倾向于几乎完全利用投票人的愚昧和非理性，使得民主程序毫无意义。一九五六年一份商业主流报刊的编辑告诉我们：“两党会以销售商品的商业手法去推销他们

---

① 克莱德·米勒（Clyde Miller，1887—1958），美国政客。

的候选人和议题。这些手法包括科学地选择诉求和经过精心策划的重复……收音机插播广告和广告会以计划好的强度重复选举口号。广告牌会推送被证明有感染力的宣传口号……除了浑厚的声音和美妙的措辞之外，竞选人还得在电视镜头前有诚恳的外表。”

政治宣传人员只会利用选民的弱点，而不是他们潜在的力量。他们不会尝试去教育群众，让他们变得适合实施自治。他们只满足于操纵和压榨他们。为了实现这个目的，所有的心理学和社会科学的资源都会被动员和运用。精心挑选的选民被安排“深度访问”。这些深度访问揭示了某个社会在选举时最为盛行的无意识的恐惧和愿望。专家们精心挑选词语和图像，目的是去舒缓，或者如果有必要的话，去增强这些恐惧，满足这些愿望，至少是象征性地满足，在读者和听众的身上进行尝试，然后借助反馈信息进行变更或改善。之后，选战被交给大众传媒工作者。现在需要的是金钱和一个能被教会露出“诚恳”模样的候选人。在新的安排下，政治原则和行动规划已经无关紧要，竞选者任由广告专家摆布所展现出的个性和做派才是真正要紧的事情。

不管怎样，无论是精力充沛的硬汉还是慈祥的父亲，这个候选人必须魅力四射。他还必须是一个不会让观众感到厌倦的表演者。他们习惯了电视和收音机的消遣，不喜欢被要求专注或长时间进行思考。因此，这个候选人兼表演者所发表的演讲都必须干脆简短。当前的重大问题最多只能花五分钟——最好六十秒钟就结束（因为听众渴望听到比通货膨胀或氢弹更为生动有趣的内容）。辩论的本质是，政治人物和神职人员总是倾向于将复杂的问题过度简化。站在布道坛或演讲台上，即使是最有良知的演讲者也会发现要讲述出全部真相是非常困难的事情。现在用于推销政治候选人的手段是把他当做保证有效的除臭剂，选民不会听到关于任何事情的真相。

第七章

洗　脑

在前面两章里我讲述了由最出色的煽动家和有史以来最成功的销售员所践行的或许可以被称为大规模的思想操纵技术。但人的问题不能单靠大规模的方式去解决。霰弹枪有其作用，而皮下注射器也有其作用。在接下来的几章里，我将讲述几个更加行之有效的手段，不是操纵群众或公众整体，而是独立的个体。

伊万·巴甫洛夫[①]在他的划时代的条件反射实验过程中观察到，当承受长期的生理压力或精神压力时，实验室的动物会表现出种种神经崩溃的症状。当情况到了无法承受的地步时，它们的大脑就会拒绝合作，开始罢工，或者彻底停止运作（有一只狗失去了意识），或消极怠工（有一只狗做出不切实际的举动，如果发生在人身上，我们会称之为歇斯底里的生理症状）。有的动物比别的动物更能承受压力。拥有巴甫洛夫称之为“强兴奋度”的狗要比其他只是比较“活泼”的狗（相对于容易愤怒或激动的狗）更快地崩溃。同样地，“控制力差”的狗会比“平和镇静”的狗更快地达到极限。但即使是最坚强的狗也无法一直忍受下去。如果承受的压力太大或太久的话，它也会像最脆弱的狗一样可怜而彻底地崩溃。

巴甫洛夫的发现在两次世界大战中以最令人担忧不安的方式大规模得以证明。无论是一场大灾难的经历还是长期忍受不是那么可怕但频繁重复的恐怖，士兵们都会出现一系列令他们丧失战斗能力的心理与生理症状：暂时无意识、极度激动、嗜睡、功能性失明或瘫痪等，或者对挑战作出不切实际的回应，终生行为颠三倒四——所有这些巴甫洛夫在他的狗身上观察到的症状在第一次世界大战的受害者身上重演，当时被称为“弹震症”，而在第二次世界大战时则被称为“战争神经官能症”。人就像狗一样有自己的忍受极限。大部分人在现代战争的情况下连续承受压力的极限大约是三十天左右。比较脆弱的人只能承受十五天，而比较坚强的人能够承受四十五天或五十天。无论是坚强的人还是脆弱的人，长期承受压力都会崩溃。所有这一切指的都是一开始神志清醒的人。讽刺的是，能够长期承受现代战争压力的人只有疯子。个体的癫狂避免了集体癫狂的后果。

每个人都有其崩溃临界点这个事实已经被了解，而且一直都被以不符合科学的粗暴的方式加以利用。有时候，人对人做出可怕的惨无人道的暴行是出于对残忍手段本身可怖而又迷人的魅力的热爱。但是，更经常发生的事情是，施虐是以功利主义、神学思想或国家利益为名义进行的。执法人员以肉体折磨和其他的方式施压，为的是让顽固的证人开口作供；神职人员这么做，目的是为了惩罚异端分子和诱使他们改变思想；秘密警察这么做，是为了让被怀疑会对政府不利的犯人坦白招供。在希特勒统治下，严刑拷打和大规模灭绝被用于对付那些人种意义上的异类——犹太人。对于一个年轻的纳粹分子来说，到集中营执行任务是（用希姆莱②的话讲）“了解劣等种族的最好的教育手段”。考虑到希特勒年轻时在维也纳贫民窟形成的强烈的反犹思想，再次动用神圣裁判所用于惩治异端分子和女巫的手段是不可避免的。但在巴甫洛夫的发现和精神病学家在治疗战争神经官能症方面所得到的知识的指导下，这似乎是可怕而荒诞的不合时宜的错误。大到足以使大脑彻底崩溃的压力可以通过尽管惨无人道却不需要使用暴力的方式进行施加。

无论早些年发生过什么，似乎可以很肯定地说，今天的独裁国家的

---

① 伊万·巴甫洛夫（Ivan Pavlov，1849—1936），俄国生理学家，古典条件反射实验的先行者。

② 海因里希·希姆莱（Heinrich Himmler，1900—1945），德国纳粹党人，希特勒亲信，曾担任党卫军首领、警察总长、内政部长等职务。

警察并没有广泛地使用暴力折磨。他们的灵感不是来自于异端审判法官或盖世太保，而是来自于生理学家和他们那些被系统处理的实验室的动物。对于独裁者和他的警察部队来说，巴甫洛夫的发现具有重大的实践意义。如果狗的神经中枢系统能够被摧毁，那么政治犯的神经中枢系统也可以被摧毁，只需要施加足够的压力并持续足够长的时间就可以了。到了折磨的尾声，囚犯会陷入崩溃或歇斯底里的状态，并愿意招供他的逮捕者想要他招供的任何内容。

但光是招供并不足够。一个绝望的精神病人对任何人都没有意义。那些精明强悍的独裁者需要的不是一个将被关入精神病院的病人或一个将被枪毙的死刑犯，而是一个愿意悔过自新并为他的事业奋斗的人。让我们再回到巴甫洛夫，他发现，在到达崩溃临界点的整个过程中，狗变得比平时更加听话。当那只狗达到或接近其大脑承受力的极限时，新的行为模式就能够轻易地建立，而且这些植入动物体内的新的行为模式似乎从此不会消失，在压力下所学习到的东西将会成为它的构造的不可分割的一部分。

心理压力可以通过很多方式去制造。在刺激格外强烈时，当刺激与习以为常的回应被过度延长时，当那只狗的大脑因为有悖于已经学会预测的刺激而陷于困惑时，当刺激不符合已经建立的认知模式时，狗就会变得焦躁不安。而且，研究已经发现刻意施加恐惧、愤怒、焦虑会显著提高狗的暗示感受性。如果这些刺激保持足够的强度和足够长的时间的话，大脑就会“罢工”。这时，新的行为模式就能够轻而易举地得以建立。

疲劳是让狗变得听话的生理压力的一种，此外还有伤痛和任何形式的疾病。

对于即将上台的独裁者来说，这些发现有着重要的意义。譬如说，它们证明了希特勒认为夜间举行民众集会要比在白天举行集会更有效果的这个想法是正确的。他写道：“白天的时候人的意志力以最强大的能量抵抗任何迫使其屈服于另一个人的意志和思想的尝试。但是，到了晚上，他们更容易屈服于一个更强大意志的凌驾一切的力量。”

巴甫洛夫或许会认同他的看法：疲劳能够让人变得更听话。（这就是除了别的原因之外，为什么电视节目的商业赞助商喜欢晚间时段，愿意出高价去强化观众的喜好的原因所在。）

疾病甚至要比疲劳更加有效地增强暗示感受性。在以前，病床见证了无数宗教皈依。经过科学训练的未来的独裁者会让治下的所有医院的病房和枕头下都安装喇叭，每天二十四小时播放，而更重要的病人会让政治灵魂拯救者和思想改造者去探访，就像以前牧师、修女和虔诚的善男信女去探访他们的对象一样。

强烈的负面情感会让人变得听话，因此促成心灵的转变这件事早在巴甫洛夫的时代之前就已经被观察到并加以利用了。正如威廉·萨甘特[①]博士在他那本富于启发意义的书《争夺思想的斗争》里所指出的，约翰·卫斯理[②]作为一位布道者之所以那么成功是因为他对中央神经系统的本能的理解。他在布道时会先冗长而详细地对各种苦难进行描述，他的听众觉得自己如果不皈依基督的话就会永远受尽折磨。然后，当恐惧与极度痛苦的罪恶感让听众几乎崩溃的时候（有时候一些听众会真的彻底精神崩溃），他会改变口吻，对那些信奉基督并愿意忏悔的人承诺救赎。通过这种布道方式，卫斯理使数以千计的男女老少皈依。强烈而持续的恐惧令他们崩溃，使得他们变得非常容易顺从听话。在这种状态下，他们不加质疑地接受了布道者的神学宣示。接着抚慰的话语令他们重新振作，顺利度过折磨，形成大体上更好的不可磨灭地植根于思想和神经系统中的新的行为模式。

政治与宗教宣传的效果取决于它们所采用的方式，而不是所传授的

---

① 威廉·萨甘特（William Sargant，1907—1988），英国精神学家。

② 约翰·卫斯理（John Wesley，1703—1791），英国基督教传教人、神学家，卫理公会创始人之一。

信条。这些信条或许是对的，或许是错的，或许是合理的，或许是有害的——但这些并不重要。如果灌输信条是在精神疲劳的适当时机以正确的方式实施，它就能取得成效。在条件理想的情况下，几乎每个人都可以被劝服信奉任何思想。

我们掌握了关于独裁国家警察如何对付政治犯的手段的详尽的描述。从他被关押的那一刻起，犯人就得遭受系统性的各种各样的肉体和精神的折磨。他吃不上饱饭，备受骚扰，根本不得安宁，每天晚上只能睡上几个小时，一直处于焦虑不安担惊受怕的状态。日复一日——或者应该说夜复一夜，因为这些巴甫洛夫式的警察知道疲劳能够让人变得顺从听话——他会被一连盘问好几个小时，那些问话的人会想尽办法恐吓扰乱他的心神。经过几个星期或几个月这样的折磨，他的大脑开始罢工，无论他的逮捕者想要他招供什么他都会坦白招供。然后，如果他需要被改造而不是被枪毙，他会得到希望的慰藉。如果他愿意接受真实的信仰，他还能得到救赎——当然，不是来生（因为按照官方的思想，并没有来生这回事），而是今世。

巴甫洛夫在政治立场上似乎是一个旧式的自由主义者。但命运就是这么讽刺，他的研究和理论促成了一支遍布世界各地的狂热的全情投入的心灵和反射神经系统，誓要摧毁旧式自由主义的大军。

如今正在进行的洗脑采用综合手段，其有效性一定程度上依赖于对暴力的系统利用，一定程度上依赖于巧妙的心理操纵。它表明《一九八四》的路线正朝《美丽新世界》的路线转变。在一个已经成立了很久而且管制得当的独裁体制下，当前我们正使用的半暴力的操纵手段无疑似乎显得很粗糙。从婴儿时期就接受培育（或许还接受了生物意义上的命运设计），中下阶层的群众将永远不需要改变信仰，甚至不需要对真正的信仰进行再培训。最高阶层的成员必须能够有新的思想去应付新的情况，因此，比起那些职责并不是去思考为什么而只需要默默地乖乖地干活和死掉的人来说，他们的培训不会那么僵化刻板。这些上层阶级的个体仍保持着野性——与完全驯服的动物不同，作为培训者和守卫者，他们自己只经过些许改造，他们的野性或许会让他们变得离经叛道。当这种情况发生时，他们要么会被消灭，要么会被洗脑以接受正统观念，或被放逐到某个孤岛上（就像在《美丽新世界》中一样），在那里他们不会再造成麻烦，只会互相骚扰。但普遍的婴儿培育和其他操纵手段还需要几代人的时间才能实现。在通过《美丽新世界》的道路上，我们的统治者只能依赖过渡性和临时性的手段进行洗脑。

第八章

化学劝诱

在我的寓言《美丽新世界》里，没有威士忌、香烟、非法的海洛因和违禁品可卡因。人们不吸烟、喝酒或吸毒。每当有人感到沮丧或心情低落时，他会吃一两片名为苏摩的化合物。这种假想的药品的名字取自于古代入侵印度的雅利安人在他们最神圣的宗教仪式上所使用的一种未知的植物（可能是马利筋属植物）。进行庄严的仪式时，祭司与贵族会喝下从这种植物的茎干榨取的令人陶醉兴奋的汁液。在《吠陀圣歌》中，我们了解到喝下苏摩的人会得到多重的祝福。他们的身体变得更加强壮，他们的心中充满勇气、快乐与热情，他们的头脑变得更加清醒，立刻体验到永生，对自己将获得不朽充满信心。但这种神圣的汁液有其缺点。苏摩是一种危险的药品——它是如此危险，即使是伟大的天神因陀罗有时候喝了苏摩也会生病。凡夫俗子服用过量的话甚至会死掉。但那种经历是如此超然、美妙和令人开悟，喝苏摩被视为一种高贵的特权。为了这个特权，多大的代价都愿意付。

《美丽新世界》里的苏摩毫无它的印度的前身那些缺点。小小的剂量就能让你感到飘飘然，而加大剂量能够让你产生幻觉，如果你服用三片的话，你就会在几分钟之内进入令身心放松的睡眠，而且完全没有生理或精神的代价。《美丽新世界》里的人在心情低落或因为遇到日常熟悉的烦心事时可以去度假，不会牺牲他们的健康或永久性地降低效率。

在《美丽新世界》里，服用苏摩的习惯并不是个人的恶习，它是一种政治制度，是“权利法案”规定的生命、自由与追求幸福的个中要义。但这一最宝贵的个体不可被剥夺的权利同时也是保卫独裁者的最强大的武器。为了国家利益而系统性地让个体服药（当然，顺便说一句，这是为了他们自身的快乐）是统治世界的主要政纲。每天配给苏摩是防止个体不满、社会动荡和反动思想传播的保障。卡尔·马克思宣称宗教是人民的鸦片。在《美丽新世界》里，情况发生了逆转。鸦片，或确切地说是苏摩，成了人民的宗教。就像宗教一样，这种毒品有宽慰和补偿的力量，它唤醒了另一个更加美好的世界，提供希望，增强信仰，倡导博爱。一位诗人写道："（啤酒）……在向人们宣扬上帝这件事情上比弥尔顿更有效果。"我们要记住，比起苏摩，啤酒是最粗陋和不可靠的药物。在向人们宣扬上帝这件事情上，苏摩之于酒精就好比酒精之于弥尔顿的神学辩论。

在一九三一年，当我在描写想象中的未来世界用来使人快乐顺从的合成药物时，著名的美国生化学家厄文·佩吉①博士正准备离开德国，之前三年他一直待在德皇威廉研究院，研究化学物品对大脑的影响。佩吉博士在最近一篇文章里写道："很难理解，为什么科学家们要花那么久的时间才开始着手研究他们自己的大脑里的化学反应。"他还补充说："根据我的亲身经历，当我在一九三一年回国时，我在这个领域（大脑化学领域）里找不到工作，也无法引起人们对这个领域的兴趣的涟漪。"今天，二十七年后，一九三一年根本不存在的涟漪变成了生化和精神药物学研究的滔天巨浪。调节大脑运作的酶素正被研究。人体内之前未知的化学物质如肾上腺色素和血清素（佩吉博士是发现者之一）已经被分离出来，而且它们对我们的精神和身体的深远影响现在正在被研究。与此同时，新药正在被研发——在多种化学物质的作用下强化、纠正或干预行为的药物——通过这些方式，神经系统时时刻刻都在执行控制身体以及指挥和调节意识的职能。在我们现在看来，关于这些新药最有趣的事实是它们能在短期内改变大脑的化学构成和相应的精神状态，而不会对大脑造成永久性的伤害。从这个意义上说，它很像苏摩——而不像以

① 厄文·赫恩利·佩吉（Irvine Heinly Page，1901—1991），美国生理学家、生化学家。

前那些改变精神的毒品。譬如说，古老的镇静剂鸦片是一种危险的毒品，从新石器时代开始直到今天，一直令人上瘾和破坏健康。古老的致幻剂酒精也一样——用《圣经·诗篇》的作者的话说，这个毒品“能悦人心”。但不幸的是，酒精不仅能悦人心，如果饮用过量，还会引发疾病和上瘾，而且过去八千到一万年以来，它一直是罪恶、家庭不幸、道德败坏和原本可以避免的惨剧的主要肇因。

古老的兴奋剂如茶、咖啡和马黛茶几乎完全没有危害。它们也是非常微弱的兴奋剂。与这些“令人振奋但不会令人迷恋的饮品”不同，可卡因是一种非常强力而危险的毒品。服用可卡因的人必须为他们的极度快乐和无穷无尽的精力和脑力的幻觉付出代价，包括痛苦、抑郁、有如万蚁侵蚀的生理痛苦和导致暴力犯罪的妄想症幻觉。另一种更新型的强力兴奋剂是安非他命，它更出名的商品名称是苯丙胺。安非他命非常有效——但如果滥用的话，代价就是身心的健康。据报道，在日本，目前有大约一百万安非他命的瘾君子。

在古典的致幻剂中，最有名的是墨西哥和美国西南部的乌羽玉和大麻，在全世界以诸如哈希什、班高、草等别名进行服用。根据最权威的医学与人类学证据，比起白人的杜松子酒或威士忌，乌羽玉危害要小一些。服用它的印第安人能够在宗教仪式上进入天堂，并感觉自己与挚爱的社区融为一体，而这种享受的代价只不过是不得不咀嚼味道难吃的东西和感觉恶心反胃一两个小时而已。大麻是一种毒害较低的药物——并不像某些人为了让我们相信所极力渲染的那么有害。一九四四年由纽约市长任命的药品委员会调查了大麻的问题，经过精心的研究，他们得出的结论是大麻对社会并不构成严重威胁，甚至对那些沉迷其中的人来说也无大害，只是让人觉得讨厌。

现在让我们的注意力从这些古老的精神药品转向精神药理学研究的最新成果。知名度最高的几种药物是三种新的镇静剂：利舍平、氯丙嗪和甲丙氨酯。在对几类精神病患者进行临床实验之后，前两种药物已经被证明疗效显著。尽管它们不能治愈精神疾病，但至少能够暂时抑止更痛苦的症状。甲丙氨酯（又名眠尔通）对罹患各种神经官能症的病人有相似的疗效。这三种药品都不是完全没有副作用，但它们造成的生理健康和精神效能的代价非常低。在一个凡事都有其代价的世界里，镇静剂的好处远远高于其代价。眠尔通和氯丙嗪还不是苏摩，但已经非常接近于这种神奇药物的其中一个方面。它们能够暂时松弛神经，在绝大多数情况下不会对器官造成永久性的伤害，只是在药物起作用时，会对身心效率造成些许影响。作为麻醉剂，它们或许要比巴比妥酸盐更好，后者会使思维迟钝，而且大剂量服用的话，会导致一系列不良的精神生理症状出现，或许还会导致严重上瘾。

LSD－25（麦角酸酰二乙氨）是药理学家们最近开发出的苏摩在另一个方面的替代品——几乎没有生理伤害的感受改善剂和致幻剂。这种神奇的药物，只需要五十微克甚至二十五微克，就能将人们带到另一个世界（就像乌羽玉）。在大部分情况下，LSD－25 所创造的另一个世界是天堂，但也可能是炼狱甚至无间地狱。无论是美妙的世界或是恐怖的世界，几乎任何服用麦角酸的人都能感受到深刻而富于启迪的体验，不管怎样，精神能够发生如此剧烈的改变，而且对身体的影响如此之小，真是令人惊讶。

苏摩不仅是一种致幻剂，也是一种镇静剂。而且它还是身心的致幻剂（无疑，这是不可能的），能主动缔造欣快感，也能带来被动的快乐，释放紧张和压力。

理想的兴奋剂——强力却又不会造成伤害——仍然有待开发。我们已经了解到，安非他命远远不能令人满意，为它的效力所付出的代价过于高昂。有希望承担苏摩的第三种功效的候选药品是异烟酰异丙肼，现在正被用于治疗抑郁，舒缓冷漠和增强心理能量。但根据一位我认识的杰出的药理学家所说，更有希望的药物是一种仍在实验阶段的新的名为迪安诺的化合物。迪安诺是一种氨基醇，据说能增加体内乙酰基-胆碱的制造，因此提高神经系统的活力与效果。服用这种新药的人睡眠时间少了，觉得更加警觉和愉悦，思维更加敏捷——而且几乎没有生理机能的代价，至少在短期内是这样。听起来好得几乎令人难以置信。

于是，我们看到，虽然苏摩并不存在（或许永远也不会出现），但它各个方面的替代品已经被研发出来了。现在已经有了生理代价很小的镇静剂、致幻剂和兴奋剂。

显然，如果独裁者愿意的话，他能够利用这些药品实施政治目的。他能通过改变被统治者的大脑的化学状态，让他们安于被奴役的状态，从而保证政治上的长治久安。他能使用镇静剂平息激动的人群，用兴奋剂去唤醒麻木不仁的人民的热情，用迷幻剂让可怜的人不去想到自己的悲剧。但有人或许会问，独裁者如何能够让被统治者服用这些药品，让他们思想、感受、行为都如他所愿呢？最有可能发生的情况是只需要制造出这些药物就够了。今天酒精和烟草都可以买到，人们在这些非常不令人满意的欣快剂、伪兴奋剂和镇静剂上花的钱要比花在他们的孩子的教育上的钱多得多。或想一想巴比妥酸盐和镇静剂，在美国，这些药品只能凭医生的处方才能买到。但美国公众希望让工业城市的生活变得更加可以忍受的要求如此强烈，现在医生每年开出各种镇静剂的数量达到了四千八百万颗。而且，大部分处方是反复开的。一百剂量的快乐药片不够，再去药店买一瓶——药吃完了就再开一瓶……无疑，如果镇静剂能够像阿司匹林那样轻易而廉价就买到的话，它们的消费量就不是目前的数十亿颗，而是数百上千亿颗了。一种廉价的好的兴奋剂也会同样大受欢迎。

在独裁体制下，药剂师在每次局势发生改变时会根据命令去改变国民的心情。在国家遇到危机时，他们的任务就是推动兴奋剂的销售。在危机之间，臣民太警惕和活跃或许会让暴君感到不安。在这种时候，群众会被鼓励去购买镇静剂和致幻剂。在这些抚慰人心的药物的作用下，他们不会对统治者带来麻烦。

当前，镇静剂或许能够阻止某些人去惹是生非，不只是不给他们的统治者，也不会给自己惹麻烦。压力太大是一种疾病，但压力太小也是一种疾病。有的时候我们应该感到压力，过度的宁静（特别是通过服用化学药物而获得的宁静）根本不是什么好事。

在最近我参加的一次关于甲丙氨酯的研讨会上，一位知名的生化学家开玩笑地说美国政府应该免费向苏联人民赠送五百亿颗这种最受欢迎的镇静剂。这个玩笑其实有着深刻的含义。在两个民族的对抗中，其中一个民族总是受到威胁和承诺的激励，总是接受片面的宣传的引导，而另一个民族总是看电视消遣和服用镇定剂眠尔通，哪一方更有可能最后获得胜利呢?

除了镇静作用、致幻作用和兴奋作用之外，我的寓言中的苏摩还能够让人变得更听话更顺从，因此能够被用于强化政府宣传。有几种药品已经能够被用于相同的用途，但效果没有那么显著，而且生理代价更高。譬如说，莨菪的有效成分莨菪碱，大剂量服用的话会是强力的毒药。还有喷妥撒和阿米妥钠。喷妥撒的绰号是“吐真剂”（在招供时使用），已经被多个国家的警察用于从不愿意合作的罪犯口中获得供词。喷妥撒和阿米妥钠降低了有意识与潜意识之间的界限，在治疗“战争神经官能症”上有非常好的效果，在英国被称为“发泄疗法”，在美国被称为“麻醉精神疗法”。

与此同时，药理学、生化学和神经学正在高歌猛进，我们可以很肯定，再过几年，能更让人顺从听话和降低精神抵抗的新的化学手段就将会被发现。和任何事情一样，这些发现可以被用于正途，也可以被用于为非作歹。它们可以帮助精神病医生治愈疾病，也能够帮助独裁者镇压自由。更有可能出现的情况是（因为科学是神圣而中立的）：它们能够造就或囚禁自由，能治病救人，也能够谋害人命。

第九章

无意识的劝诱

西格蒙德·弗洛伊德[①]在一九一九年出版的《梦的解析》的脚注里提醒读者关注奥地利神经学家波伊泽尔[②]博士的作品，他在不久前发表了一篇论文，描述了他使用视速仪（视速仪有两种，一种是观看盒，实验对象在盒子里观看一幅只显现几分之一秒的图像，另一种是配备高速快门的投影仪，能够非常迅速短暂地在屏幕上投射一幅图像）进行的实验。在这些实验中，波伊泽尔要求实验对象画出他们在观看视速仪时有意识地留意到的画面，然后他转而关注实验对象在当天晚上所梦到的情形，要求他们再把梦到的内容画出来。结果确凿无疑地表明，实验对象没有注意到的图像上的细节构成了梦境的素材。

波伊泽尔的实验经过多次改良后又重复了几遍，大部分工作由查尔斯·费舍尔[③]博士进行，并就"梦与前意识感知"这个主题向美国心理分析协会刊物贡献了三篇优秀的论文。与此同时，学术界的心理学家们也没有闲着。他们的研究证实了波伊泽尔的发现，表明人们实际所看到的听到的内容要比他们意识到自己看到的听到的内容多得多，他们不知道自己看到的听到的内容被记录在无意识层面里，或许会影响他们有意识的思想、情感和行为。

纯科学不会永远停留在纯科学的层面。迟早它将会转变成应用科学，最后变成科技。理论转化为工业实践，知识成为力量，公式与实验改头换面，以氢弹的面目出现。在这个例子里，波伊泽尔的蛮有意思的纯科学，以及前意识感知领域的所有其他蛮有意思的纯科学，令人惊讶地保持了其原先的纯粹性很长一段时间。然后，在一九五七年的早秋，在波伊泽尔的那篇原创论文发表四十年后，一则消息宣告它们的纯洁性已经成为过去，它们已经被加以应用，进入技术的领域。这个消息引起了相当程度的骚动，整个文明世界都在谈论它。这并不奇怪，因为这种名为“潜意识映射”的新型技术与大众娱乐有着紧密的联系，而在文明人的生活中，大众娱乐如今扮演着宗教在中世纪所扮演的角色。我们这个时代被起了很多别名——焦虑时代、原子时代、太空时代，或许还可以被称为电视上瘾时代、肥皂剧时代、唱片骑师时代。在这么一个时代，波伊泽尔的纯科学已经以“潜意识映射”的形式被加以应用这个消息必定会引起大众娱乐受众的浓厚兴趣。因为这个新技术的直接受众就是他们，它的目的是在他们不知情的情况下操纵他们的思想。通过专门设计的视速仪，词语或影像会在节目进行时（不是在节目进行之前或之后）在一毫秒或更短的时间内在电视机屏幕上或电影银幕上显现。“畅饮可口可乐”或“点上一根骆驼香烟”将会在爱人拥抱或心碎的母亲哭泣时叠加在上面，观众的视觉神经会看到这些隐秘的信息，他们的无意识思想会对它们作出反应，到了适当的时候，他们会有意识地想要喝苏打汽水和抽烟。与此同时，其他秘密信息会以极其轻柔微妙的方式倾诉，不会让意识听见。在有意识的层面，听众注意的是像“亲爱的，我爱你”，但在潜意识的层面，在意识阀之下，他那双极其敏锐的耳朵和他的下意识思想会接收到关于除臭剂和泻药的最新好消息。

这种商业宣传真的有效吗？商业公司提供的关于潜意识映射技术应用的证据语焉不详，而且从科学的角度看，很不令人满意。据说多买爆米花的命令在电影院幕间休息时每隔一段时间播放，促成了爆米花销售量百分之五十的增长。但单独一次实验并不能证明什么。而且，这个特殊实验的构设很粗陋。没有尝试去控制无疑会影响电影院观众的爆米花

---

① 西格蒙德·弗洛伊德（Sigmund Freud，1856—1939），奥地利精神学家、心理学家，精神分析学说创始人。

② 奥托·波伊泽尔（Otto Poetzl，1877—1962），奥地利神经学家。

③ 查尔斯·费舍尔（Charles Fisher，1908—1988），美国神经学家。

消费的许多变量。不管怎样，难道这就是将多年以来对于潜意识的科学调查所积累的知识最有效的运用了吗？光是闪现一种产品的名字和去购买它的指令就能够打破销售阻力和招徕新的顾客，这种事情有可能实现吗？这两个问题的答案显然是否定的。但是，这当然不是说神经学家与心理学家的发现根本没有实用价值。如果巧妙地加以利用，波伊泽尔的蛮有意思的纯科学或许将会成为操纵不加猜疑的思想的强大工具。

从暗示性的提示，让我们的注意力从爆米花小贩转移到正在同一领域进行的比较低调却更有想象力的更好的方式。在英国，操纵潜意识的过程被称为“洗脑灌输”，研究者强调创造合适的心理条件进行潜意识劝诱的重要性。当接受者在药物的作用下或由于疾病、饥饿或任何形式的身心折磨而处于轻度催眠入定状态时，意识层面之上的暗示会更有可能起作用。但是，对于意识层面的暗示起作用的情况也同样适用于潜意识层面的暗示。总而言之，一个人的心理抵抗越弱，洗脑灌输的暗示就会越有效。未来的有科学头脑的独裁者会设立耳语机器，在学校和医院（孩子和病人很容易听话）设立无意识投射仪，在所有的公共场合，听众会先接受降低心理防御和提高暗示感受性的演讲或仪式。

从让潜意识暗示生效的条件，现在让我们转到暗示的内容本身。宣传工作者们应该对受他们操纵的对象的潜意识说些什么呢？直接的命令（“去买爆米花”或“投票给琼斯”）和没有根据的言论（“社会主义很糟糕”或“某某牌牙膏能治疗口臭”）只会对那些在思想上已经倾向于琼斯和爆米花的人和已经意识到体臭和生产资料公有制的危险的人起作用。但增强已经存在的信仰并不足够，如果宣传人员要配得上他们的地位的话，就必须创造新的信仰，必须知道如何争取到那些漠不关心和犹豫不决的人，必须能够缓和矛盾，甚至可以化敌为友。除了无意识的主张和命令之外，他们还必须加上无意识的劝诱。

在意识层面，非理性的劝诱最有效的方式之一是联想式劝诱。宣传工作者刻意将他选中的商品、候选人或事情与某个文化中绝大多数人认为是美好的理念、人物形象或事物联系起来。因此，在促销时，女性的美或许会被武断地与从推土机到利尿剂的任何事物联系在一起；在选战中，爱国主义可以跟种族隔离或种族融合，跟诸如圣雄甘地或参议员麦卡锡的任何人联系在一起。几年前在中美洲，我观察到了联想式劝诱的例子，让我对想出这个点子的人佩服得五体投地。在危地马拉的山区，唯一的进口艺术品是外国公司免费派发的彩色日历，他们要把商品卖给当地的印第安人。那些美国日历上面有狗的照片、风景照片和年轻女人罗衫半解的照片。但对于印第安人来说，狗只是实用的牲畜，风景是他这辈子天天看腻了的，而且他对半裸的金发美女并不感兴趣，或许还有点令人反感。因此，美国日历远远比不上德国日历那么受欢迎。因为德国的广告商花了一番功夫去了解那些印第安人重视和感兴趣的是什么。我对一个商业宣传杰作的记忆尤为深刻。那是一张由阿司匹林的厂家发行的日历。在图片的下方你看到熟悉的装着白色药品的瓶子上的商标。上面没有雪景或秋日的树林，没有可卡犬或丰满的歌舞团女演员。不——聪明的德国人将他们的止痛药和圣三位一体端坐在云层上的色彩鲜艳栩栩如生的图画联系在一起，周围是圣约瑟、圣母马利亚、形形色色的圣人和一大群天使。乙酰水杨酸的神奇功效在印第安人的淳朴虔诚的心灵中得到了天父和整个天堂的保证。

这种联想式的劝诱应用于潜意识映射技术上似乎特别有效。纽约大学曾在国家卫生部的资助下进行了一系列实验，发现一个人对于一幅意识层面看到的图像的情感能够被无意识层面对于另一幅图像或带有价值判断的语句（后者更加有效）联系在一起而被修正。因此，当一张面无表情的脸在无意识层面与“快乐”这个词联系在一起时，在观察者看来它就似乎正在微笑，看上去很友善、亲切和外向。当同样一张脸在无意识层面与“生气”联系在一起时，它就似乎蒙上了严峻的表情，而且在观察者眼中变得充满敌意和难以相处。（对一群年轻女人来说，它还会开始显得很大男子主义——而当与“快乐”这个词联系在一起时，她们眼中的这张脸就会像是属于同一性别群体中的成员。丈夫们和父亲们，可要注意了。）对于商业和政治宣传工作者来说，这些发现显然具有重大意义。如果他能让他的操纵对象陷入反常的高度暗示感受性的状态，如果他能在他们处于这一状态时向他们展现他想要推销的事物或人物，或者通过符号展现事情时，在潜意识层面他能将这个事物、人物或符号与某个带有价值判断的词语或图像联系在一起的话，他就能够在他们完全没有察觉的情况下改变他们的情感和思想。根据新奥尔良的一个积极进取的商业集团所说，通过使用这一技巧，应该能够提高电影和电视剧的娱乐价值。人们喜欢感受到强烈的情感，因此很享受悲剧、惊悚片、谋杀疑案和富于激情的故事。一场打斗或一个拥抱场面的戏剧性能够带给观众强烈的感官刺激，如果在无意识层面与恰当的词语或符号联系在一起的话，能够产生更加强烈的情感。譬如说，在《永别了，武器》的改编电影里，女主人公在分娩时的死或许还能通过在播放这个场面时，一遍又一遍地在屏幕上闪现只能被无意识感知的诸如“痛苦”、“鲜血”、“死亡”这些恐怖的词语，将气氛营造得更加悲切。在有意识思想的层面，这些词语是看不见的，但它们对于无意识思想有着非常强烈的影响，而这些影响将会大大加强在有意识的层面通过表演和对话所唤起的情感。似乎可以非常肯定的是，如果无意识映射能够持续地强化电影观众所感受到的情感，电影业就有可能从破产的边缘起死回生——要是电视机的制造商未能抢先一步的话。

在探讨了联想式的劝诱和通过无意识的暗示强化情感后，让我们尝试着想象以后的政治会议会是什么情形。候选人（如果还有候选人的话）或寡头统治阶级的指定代表会向众人发言。与此同时，视速仪、耳语机器、投影仪在传递只有潜意识才能够作出反应的信息，系统性地将这个人与他的事业与积极正面的词语和神圣的形象联系在一起并加以强化，而当他提到国家或党派的敌人时就通过负面的词语和丑陋的符号进行洗脑灌输。在美国闪现的是“亚伯拉罕 · 林肯”的形象和“民有民治民享”这几个字投射在讲台上，而在俄国，演讲人肯定是和列宁的形象、“人民民主”和马克思的哲人般的大胡子联系在一起。因为所有这些仍是遥远的未来的事情，我们能够付诸一笑。再过十年或二十年，或许就没有那么好笑了。因为现在只是科幻的内容将会成为司空见惯的政治现实。

波伊泽尔是我在创作《美丽新世界》时忽略了的昭示未来的迹象之一。我的寓言里没有提到无意识映射。如果今天我重写这本书的话，我一定会将这个疏忽的错误予以纠正。

第十章

睡 眠 教 育

一九五七年秋末，加利福尼亚图莱里县的伍德兰路拘留营进行了一项新奇有趣的实验。一群囚犯自愿参加，作为心理学研究的白老鼠，在枕头下放置了微型扬声器，而扬声器都连着典狱长办公室里的一台留声机。整个晚上每隔一个小时，一个慷慨激昂的耳语声会重复一段关于“道德生活准则”的简短的说教。半夜醒来时，一个囚犯会听到这个微弱的声音在颂扬基本的价值观，或代表囚犯心中那个积极向上的自我在喃喃自语：“我对所有人都充满了爱与热情，请保佑我，上帝。”

读完关于伍德兰路拘留营的文章后，我翻开了《美丽新世界》的第二章。在那一章里，西欧生育与培育中心的主任对一群将执行生育与培育工作的新人解释由国家主导的伦理教育系统的运作，在福特纪元七世纪时被称为睡眠教育法。主任告诉他的听众，睡眠教育法在最初尝试时步入歧途，因此没有获得成功。教育者们尝试对昏睡中的学生进行智力培训，但智力活动与睡眠是不相容的。睡眠教学法只有在用于进行道德培训时才能取得成功——换句话说，在心理抵抗松懈的时候通过语言暗示对行为进行调节。“没有言语的条件作用粗糙而笼统，无法传授（国家所需要的）更复杂的行为模式。因此要达到这个目的就必须使用语言，但必须是非理性的言语……”那种不需要去分析理解却能够被睡眠中的大脑全盘接受的语言。这才是真正的睡眠教育法，“有史以来最伟大的道德教化和社会化的力量”。在《美丽新世界》里下层阶级的公民从来不会惹麻烦，为什么呢？因为从他们能够说话和理解别人对他们说什么的那一刻起，每一个下层阶级的孩子都在接受不断重复的暗示，夜复一夜，在昏昏欲睡和酣然入睡的时时刻刻。这些暗示就“像是蜡滴，一滴滴地附着在它们滴落的石头上，将它包裹起来，和它结合在一起，直到最后，那块石头变成了一个深红色的蜡团。直到最后那个孩子的思想就是这些话，而这些话就是那个孩子的思想。不只是孩提时的思想，他长大了也会秉承这个思想——一辈子都是这样。思想的判断、欲望和决定都由这些暗示所主宰，而所有的暗示都是我们的暗示——来自于国家的暗示……”

据我所知，目前只有图莱里县在努力进行睡眠教育的实验，而它对违法者实施睡眠教育的内在逻辑是无可指摘的。要是我们所有人，而不只是伍德兰路拘留营的囚犯，能够在我们睡着的时候被切实有效地灌输对世人的爱与怜悯就好了！不，我们反对的不是那个慷慨激昂的耳语声所传达的信息，而是由政府机构推行睡眠教育的原则。民主社会的官员被授予权力以行使权威，他们能够获得许可随心所欲地使用睡眠教育这种手段吗？在这个案例里，他们只是对志愿者进行实验，而且立意高尚。但没有人能保证在其他情况下都是出于良好的动机，或灌输都是在自愿的基础上进行的。任何法律或社会制度如果使得官员有可能陷入诱惑都是不好的。任何法律或社会制度能够让官员不受诱惑去滥用被授予的权力谋求私利或为某个政治、经济或教会组织的利益服务，都是好的。如果睡眠暗示能取得成效的话，将会成为能够向失去自由的听众施加暗示的人手中一个非常强有力的工具。民主社会的一贯主张是：权力经常会被滥用，因此应该有限度地交到有任期限制的官员手中。在这样的社会里，官员使用催眠暗示应该由法律进行管制——当然，如果睡眠暗示真的是一个强有力的工具的话。但它真的是一个强有力的工具吗？它真的会像我在所想象的福特纪元七世纪那样有效运作吗？让我们看一看证据。

在一九五五年七月的《心理学学报》里，查尔斯·西蒙[①]与威廉·

---

① 查尔斯·西蒙（Charles W. Simon），情况不详。

埃蒙斯[1]分析和评估了该领域的十个最重要的研究。所有这些研究都与记忆有关。睡眠教育能够帮助学生完成死记硬背的任务吗？在一个睡着的人耳边所说的内容他第二天醒来时能记住多少呢？西蒙与埃蒙斯的回答是："我们对十个睡眠教育研究进行了考察。许多研究被商业机构或流行杂志和新闻文章不加批判地引用，支持睡眠中进行学习的可行性。在对实验设计、统计数据、研究方法和睡眠的标准进行批判性的分析后发现，所有这些研究都在一个或几个方面存在着缺陷。这些研究并没有明确清晰地证明在睡眠中真的进行了学习。学习似乎在某种特殊的醒着的状态下发生了，但实验对象后来并不记得他们是否醒着。从学习时间的经济性的角度看，这或许具有重要的实用意义，但这并不能被解释为睡眠学习……在一部分程度上，这个问题因为对于睡眠不够充分的定义而变得含糊不清。"

事实上，二战时期在美军内部（甚至早在一战就进行了实验），士兵们除了白天上课学习摩斯密码和外语之外，还在睡着的时候接受指导——结果显然很令人满意。二战后，美国和其他地方有几家商业机构卖出了很多枕头扬声器和定时控制的留声机和录音机，帮助演员迅速记住台词，让政客和牧师显得很擅长进行即兴演讲，帮助学生备考，而最挣钱的是，帮助不计其数的对自己的现状并不满意的人通过被暗示或自我暗示，成为另一个人。自我实施的暗示能够方便地记录在磁带上，然后在白天和睡觉时反反复复地聆听。来自外部的暗示可以通过录音带的方式被买到，上面有各种各样的有益的信息，有释放压力的录音，有促进深度放松的录音，有提升自信的录音（大部分使用者是销售人员），有增加魅力和变得更有吸引力的录音。最好卖的录音是促成性和谐和针对那些希望减肥的人的录音（"我对巧克力很冷淡，我不会理会土豆的诱惑，我根本不为松饼所动。"）还有提高健康的录音，甚至还有挣更多

① 威廉·埃蒙斯（William H. Emmons），情况不详。

钱的录音。而了不起的是，根据衷心感激这些录音带的消费者未经证实的证言，许多听过睡眠暗示的人真的挣钱多了，许多肥胖的女性真的成功瘦身了，许多即将离婚的夫妇真的获得了性和谐，并过上了幸福快乐的生活。

在这一方面，西奥多·色诺芬·巴伯[①]刊登于一九五六年十月份《临床与实验催眠月刊》的文章《睡眠与催眠》是最具启发意义的。巴伯先生指出轻度睡眠与深度睡眠之间有一个重要的差别。在深度睡眠中，脑电图仪没有记录到阿尔法波，而在轻度睡眠中则有阿尔法波出现。从这个角度说，轻度睡眠比重度睡眠更接近于醒着的状态和催眠状态（这两种状态都有阿尔法波出现）。大声吵闹会让一个处于深度睡眠中的人醒来，比较轻微的刺激则无法让他醒来，但会让阿尔法波重新出现，由深度睡眠状态过渡到轻度睡眠的状态。

一个处于深度睡眠状态中的人是无法接受暗示的。但巴伯先生发现，当实验对象处于轻度睡眠中并被给予提示时，他们会作出反应，就像他们在催眠恍惚状态下会对暗示作出反应一样。

许多早期的催眠研究者进行过类似的实验。在他初版于一九〇三年的经典著作《催眠术的历史、实践和理论》中，米尔恩·布拉姆维尔[②]写道："许多权威人士宣称能将自然睡眠变成催眠下的睡眠。按照威特斯特朗德[③]的说法，与一个睡着的人，特别是睡着的孩子建立关系是非常轻松的事情……威特斯特朗德认为这种诱导式催眠的方法很有实用价值，并宣称总是能成功地应用这一手段。"布拉姆维尔引用了许多其他

① 西奥多·色诺芬·巴伯（Theodore Xenophon Barber，1927—2005），美国心理学家。

② 约翰·米尔恩·布拉姆维尔（John Milne Bramwell，1852—1925），苏格兰医生、催眠师。

③ 奥托·乔治·威特斯特朗德（Otto Georg Wetterstrand，1845—1907），瑞典医生，精神治疗手段的先驱者。

经验丰富的催眠师（包括伯恩海姆①，牟尔②和弗雷尔③等知名权威人士），他们也达到了同样的效果。如今一个实验者不会说“将自然睡眠变成催眠下的睡眠”。他会说轻度睡眠（相对于没有阿尔法波的深度睡眠而言）是一种许多实验对象在像是催眠状态下接受暗示的状态。譬如说，许多实验对象在轻度睡眠状态中被暗示说一会儿醒来后他们会感到非常口渴，结果当他们醒来时，他们真的口干舌燥，很想喝水。大脑皮层或许过于惰怠而无法直接进行思考，但它仍然很警觉，能够对暗示作出反应，并将它们传递到自主神经系统。

正如我们已经了解到的，著名的瑞典医生与实验者威特斯特朗德在对睡着的孩子进行催眠治疗时特别成功。在我们这个时代，有几位儿科医生按照威特斯特朗德的方法，指导年轻的母亲在孩子处于轻度睡眠的状态下给予有益的暗示。这种睡眠教育能够帮助孩子们克服尿床和咬指甲的习惯，能够做好准备不带着恐惧去做手术，在生活中遇到困难时能被给予信心和安慰。我自己就亲眼看到过对小孩子施行临床睡眠教育时取得的显著效果。或许在很多成年人身上也可以取得同样的效果。

对于未来的独裁者来说，所有这一切的寓意是很明显的。当条件合适的时候，睡眠教育是有效的——似乎和催眠一样有效。对于一个处于催眠状态中的人能够做的大部分事情，对于一个进入轻度睡眠状态的人也都可以实施。言语的暗示能够通过昏睡中的大脑皮层传递到中脑、脑干和自主神经系统。如果这些暗示被接收到并一再重复的话，睡眠者的身体机能可以得到改善或干预，新的感知模式会被建立，旧的感知模式会被修正，并发出催眠后的命令，口号、公式和触发命令会深深地留在记忆里。比起成年人，儿童是更好的睡眠暗示的对象，未来的独裁者会

---

① 希波莱特·伯恩海姆（Hippolyte Bernheim，1840—1919），法国医生、神经学家。

② 阿尔伯特·牟尔（Albert Moll，1862—1939），德国精神学家。

③ 奥古斯特-亨利·弗雷尔（Auguste-Henri Forel，1848—1931），瑞士精神学家、优生学家。

充分地利用这一点。托儿所和幼儿园的儿童会在午睡时被施加睡眠暗示。对于年纪大一些的儿童，特别是党员的孩子——那些长大后将成为领导、管理者和教师的男孩女孩们——将会为他们安排寄宿学校，白天接受优质的教育，而晚上则接受睡眠教育。至于成年人，病人会受到特别关注。就像巴甫洛夫在许多年前所表明的，意志坚定地进行抵抗的狗在经过手术或受病痛折磨时会变得特别听话。因此，我们的独裁者会让每一间医院的病房都接上扬声器。阑尾炎、分娩肺炎或肝炎的发作，都可以是进行忠诚和真实信仰的强化课程和重温意识形态原则的机会。失去人身自由的听众还可以在监狱、劳改所、兵营、海上船只、火车、飞机、巴士终点站或火车站沉闷的候车室等场合找到。即使对这些失去人身自由的听众施加的睡眠暗示只能产生不到十分之一的效果，对于独裁者来说，结果也会令他感到相当满意。

从轻度睡眠和催眠状态下的高度的暗示感受性，让我们转而探讨那些醒着的人的正常的暗示感受性——或者说，那些认为自己醒着的人。(事实上，根据佛教徒的观点，我们中的大部分人一直半睡半醒，像梦游者般度过一生，听从别人的指示。觉悟就是完全的醒觉，而“佛陀”这个词可以翻译为“醒觉者”。)

每个人在基因上是独一无二的，在许多方面与其他任何人都不一样。个体差异的范围在统计标准上非常宽泛，但我们必须记住，统计标准只在精算中才有意义，在现实生活中并没有意义。在现实生活中，没有所谓的平均意义上的人，只有特定的男女老少，每个人都有其与生俱来的身心特征，所有人都在尝试（或被迫）将自己的生物多样性硬生生地挤入文化模式的统一性中。

个体之间的暗示感受性有非常显著的区别。当然，环境因素在让一个人比另一个人对暗示更有反应上起到一定程度的作用，但同样肯定的因素还有体质上的差异。对暗示极度抗拒是相当罕见的。幸好如此，因为如果每个人都像某些人那样冥顽不灵的话，社会生活就根本不可能进行。社会能够在相当程度上有效地运作，原因就在于大部分人都是可以受到暗示的影响，只是程度不同而已。极高的暗示感受性与极低的暗示感受性同样罕见。这也是一件幸事，因为如果大部分人就像处于暗示感受性的极端的那些男男女女一样对外部暗示极度敏感的话，对于绝大多数选民来说，自由理性的选择将几乎不可能实现，民主体制将无法继续，甚至根本不会存在。

几年前在麻省综合医院，一群研究者进行了一次关于安慰剂止痛效果的最发人深省的实验。(安慰剂是病人相信有效但实际上并没有药效的东西。）在这个实验中，实验对象是一百六十二个刚刚做完手术的病人，全都感到很痛。当一个病人要求吃药止痛时，他或她会被打一针，或者是吗啡，或者是蒸馏水。所有的病人都被注射了一些吗啡和一些安慰剂。大约百分之三十的病人从未能从安慰剂那里得到慰藉，而有百分之十四的人被注射了蒸馏水后感觉疼痛减轻了。剩下的百分之五十五的病人有时候觉得安慰剂能止痛，有时候则没有效果。

那些容易接受暗示的有反应的病人和那些不容易接受暗示的没有反应的病人在哪些方面不一样呢？仔细的研究和测验表明，年龄或性别都不是关键因素。男人和女人对安慰剂起反应的频率是一样的，而年轻人和老年人也没有区别。根据标准测试测量出的智商水平似乎也不是重要因素。两组病人的平均智商水平大致相等。最大的不同在于性情，他们对于自己和其他人的观感有着显著差别。有反应的人比没反应的人更加配合，不那么挑剔和多疑。他们不会给护士们添麻烦，觉得医生的照料“好得很”。但是，虽然他们比那些没有反应的人更加友好，这些有反应的病人大体上却更加担心自己。在压力之下，这种担忧会转化成各种身心失调的症状，如胃痛、腹泻和头疼。或许是因为他们感到焦虑的缘故，大部分有反应的病人比没有反应的病人更加无拘无束地流露感情，更加健谈。他们在宗教上更加虔诚，更积极参与教会事务，在无意识层面更加在意自己的骨盆和腹部器官。

将对安慰剂起作用的数字与催眠领域的作者估计的数字进行比较是很有趣的事情。我们了解到，大约有五分之一的人能轻易地被催眠；另外有五分之一的人根本无法被催眠，或只有在药力作用或疲惫降低了心理戒备的情况下才能被催眠；剩下的五分之三的人不像第一种人那么容易催眠，但要比第二种人容易催眠得多。一位制作睡眠教育录音带的厂商告诉我，他的顾客中有百分之二十的人非常热情，在很短的时间内就报告显著的结果，而在暗示感受性的另一个极端，有百分之八的人总是会要求退款。在这两个极端的人群之间是既无法得到立竿见影的成效却又有足够的暗示感受性，终究会取得效果的人。如果他们坚定不移地收听合适的睡眠教育指导的话，他们终能得到自己想要的结果——自信、性和谐、减肥成功或挣到更多的钱。

民主和自由的理想遭遇到人的暗示感受性这个无情的事实。五分之一的选民能够在几乎一眨眼间就被催眠，七分之一的选民被注射清水后就感到疼痛消除，四分之一的人会立刻热情地对睡眠教育作出反应。除了这些过于配合的少数人之外，还有反应迟钝的大多数人，任何手段老到而且愿意付出必要的时间和不惮烦的人都可以利用他们不那么极端的暗示感受性。

个体的自由与高度的个人暗示感受性一致吗？民主制度能否经受得住受过科学培训、精于利用个人和群体的暗示感受性的、手段高明的思想操纵者的颠覆呢？为了个体的利益和民主社会的利益，在何种程度上过于容易受到暗示的天生的倾向性能够通过教育被消弭呢？商人、教会人员和像走马灯那样上台下台的政治人物利用与生俱来的暗示感受性能够在何种程度上受到法律的控制呢？在前面的章节里已经直接或间接对前两个问题进行了探讨。在接下来的内容中，我将探讨预防与救治的问题。

第十一章

争取自由的教育

争取自由的教育必须以阐述事实与阐明价值观作为起点，而且必须制定合适的手段去实现这些价值，并与那些不管出于什么原因而选择忽略事实或否定价值的人作斗争。

在前面的章节里，我探讨了将源自于过度组织化和人口过多的弊端正当化并使之看上去像是好事的社会伦理。这么一个价值体系与我们所了解的关于人类身心的知识并行不悖吗？社会伦理认为教化是决定人的行为最重要的因素，而天性——个人与生俱来的生理与心理特征——是可以忽略不计的因素。但真的是这样吗？人真的只是他们的社会环境塑造的产物吗？如果事实并非如此，认为个体没有他所属的集体那么重要的观点有什么正当性可言呢？

所有的证据都指向这么一个结论：个体的生命和社会的传承的重要性并不亚于文化。每一个人在生物意义上是独一无二的，有别于所有其他个体。因此，自由是一桩好事，宽容是高尚的价值，而严格管制则是巨大的不幸。出于功利或理想原因，独裁者、组织者和某些科学家渴望将令人抓狂的人的天性的多样性归结为可以实施管理的统一性。约翰·布罗德斯·华生[①]在首次宣泄行为主义热情时，庄严地宣布他找不到“遗传性的行为模式，或特殊的能力（音乐、美术等）有家族遗传性”的支持。即便到了今天，我们听到哈佛大学的杰出心理学家博尔赫斯·弗雷德里克·斯金纳[②]教授坚称：“随着科学解释越来越完善，原本或许可以被认为是个人所作出的贡献似乎接近于零。人类所自诩的创造力，在艺术、科学和道德领域所取得的成就——这些在新的科学的自我写照中并不显著，它们其实是选择的能力和我们让他为选择的结果承担责任的结果。”一言以蔽之，莎士比亚的戏剧不是莎士比亚写的，更不是培根或牛津伯爵[3]写的，它们是由伊丽莎白时期的英国人写的。

六十多年前，威廉·詹姆斯[4]写了一篇名为《伟人与环境》的文章，在文中为杰出的个体进行辩护，反对赫伯特·斯宾塞[5]的抨击。斯宾塞声称“科学”（在任何时候某某教授都可以信手就用它作为意见的代表）完全摈除了伟人。他写道：“伟人必须与诞生他的社会的所有其他现象等量齐观，是其所有早前的事件促成的产物。”伟人或许是（或似乎是）“改变的直接促成者……但如果这些改变有一个真正的解释的话，它必须在条件的总和中去寻找，而正是这些条件造就了他和这些改变”。这是一番空洞的深奥的言论，根本没有实际应用的意义。我们的哲学家所说的是：在我们完全理解一切之前必须知道一切。这句话没有问题。但事实上我们永远不可能知道一切。因此，我们必须满足于片面的理解和直接的原因——包括伟人的影响。“如果有什么事情从人的角度说是肯定的话，那就是，确切地说，先是伟人重塑了社会，然后才是社会造就了他。生理的、社会的、政治的、地理的，还有很大程度上人类学的力量与造就他的原因之间的关系，就像维苏威火山与我书桌前这盏汽灯的闪烁。难道斯宾塞先生认为在一五六四年四月二十六日，在社会压力的汇合冲击之下，拥有种种思想特征的威廉·莎士比亚注定会在埃文河畔斯特拉福德出世？……他是不是说，如果这位莎士比亚死于婴儿吐泻病，埃文河畔斯特拉福德的另一位母亲将会生出另一个一模一样的莎士

---

① 约翰·布罗德斯·华生（John Broadus Watson，1878—1958），美国心理学家。

② 博尔赫斯·弗雷德里克·斯金纳（Burrhus Frederic Skinner，1904—1990），美国心理学家，行为主义者。

③ 爱德华·德·维尔（Edward de Vere，1550—1604），第十七任牛津伯爵，伊丽莎白一世时期英国宫廷贵族，钟爱并热心支持艺术与文艺创作，有学者认为他是莎士比亚作品的真正作者。

④ 威廉·詹姆斯（William James，1842—1910），美国哲学家、心理学家。

⑤ 赫伯特·斯宾塞（Herbert Spencer，1820—1903），英国哲学家、社会学家、人类学家，社会进化论提出者。

比亚，以恢复社会的平衡？”

斯金纳教授是一位实验心理学家，他的论文《论科学与人类行为》以事实作为坚实的依据。但不幸的是，那些事实如此狭隘有限，当他最后大胆地作出总结时，他的结论就像维多利亚时代的理论家那样空泛而不切实际。这是不可避免的，因为斯金纳教授与赫伯特·斯宾塞一样对詹姆斯所说的“生理意义上的力量”根本不屑一顾。他只用了不到一页的内容就把影响人类行为的基因这个因素打发掉了。他的书里没有提到体质药理学的发现，也没有提到体质心理学，而仅这两个话题（在我看来，单凭一个话题）就足以撰写一篇完整而切合实际的关于个体与其存在的相关事实之间的联系的传记——他的身体、他的性情、他的智力天赋、他时时刻刻所处的环境、他的时代、地点与文化。研究人的行为的科学就像一门研究抽象运动的科学——它很有必要，但光靠它自身并不足够。设想一下，有一只蜻蜓、一架火箭和一股破碎波。这三种事物都展现了相同的运动基本法则，却是以不同的方式展现了这些法则，其差异性与共同性一样重要。运动研究本身几乎无法告诉我们在某个具体的情形下，是什么事物在运动。同样地，行为研究本身也几乎无法让我们对展现行为的个体身心有所了解。但是，对于拥有身心的我们来说，对于身心的了解非常重要。而且，通过观察与实验我们了解到，个体身心之间的差别非常大，有的身心能够而且确实深刻地影响了它们的社会环境。关于最后这一点，伯特兰·罗素先生完全认同威廉·詹姆斯——我会补充说，几乎每个人都会赞同，除了斯宾塞哲学或行为主义的支持者。在罗素看来，历史变迁的原因有三种——经济改变、政治理论和重要的人物。罗素先生写道：“我不相信任何一者能够被忽略，或单凭一者就能将另一者的影响搪塞解释掉。”也就是说，如果俾斯麦和列宁早夭的话，我们的世界将会与现在大不一样，而某种程度上由于俾斯麦与列宁的缘故，世界成了现在的样子。“历史并不是一门科学，而且只能在作伪与断章取义的情况下才能让它似乎是一门科学。”在日复一日的现实生活中，个体的因素从来无法被搪塞掉。只有在理论上，它们的贡献似乎接近于零，但实际上它们非常重要。当一件作品问世时，是谁做的？是谁的眼睛和耳朵在感受，谁的大脑在进行思考，谁的情感在鼓舞，谁的意志在克服障碍？当然不是社会环境，因为一个群体并不是一个有机体，只是一个盲目的无意识的组织。在一个社会中所做的每一件事情都是由个体来做的。当然，这些个体受到本土文化、禁忌、道德和以口头传统或文学作品保存及传承的信息与谬误的深刻影响，但无论每一个人从社会接受了什么（或许更确切地说，是他从与其联系的群体中的无论在世或已经去世的其他个体或由他们撰写的符号记录所接受的东西），都会以他自己独特的方式进行运用——以他独特的感受、他的生化构造、他的身体和性情，与别人无关。没有任何一种科学解释，无论它有多么综合完善，能够搪塞解释掉这些不言自明的事实。让我们记住，斯金纳教授的科学式的人的写照认为人是社会环境的产物，但它并不是唯一的科学式的写照。还有其他写照更加符合真实。譬如说，思考一下罗杰·威廉姆斯[①]教授的写照。他所描绘的不是抽象的行为，而是身心与身心之间的互动，一部分是他们与其他身心共同分享的环境的产物，另一部分则是他们自身的个体遗传性的产物。在《人的边界》与《论自由和不平等》里，威廉姆斯教授以丰富的细节阐述了个体之间的天赋之间的区别，华生博士对此不予认同，而在斯金纳教授的眼中，其重要性接近于零。在动物界里，物种在进化程度上的等级越高，生物意义上的多样性就愈发明显。这种生物意义上的多样性在人类身上达到了最高的程度，比任何其他物种在生化特征、结构特征和性情特征上都有更大的差异。这是一个非常明显的事实。但我所提到的渴望秩序的意志，将可以理解的统一性强加于令人困惑的事物和事件的多样性之上的渴望，使得许多人忽视了这个事实。他们将生物独特性的意义最小化，只专注于更

① 罗杰·约翰·威廉姆斯（Roger John Williams，1893—1988），美国生化学家、生物学家。

加简单而且在目前的知识状况下更容易理解的与人类行为相关的环境因素。“这一以环境为中心的思考和研究的结果，”威廉姆斯教授写道，“人类的婴儿在本质上是相同的这一信条已经被许多社会心理学家、社会人类学家和其他学者，包括历史学家、经济学家、教育家、法学家和公共领域的人士接受。这个信条被纳入了许多能够影响教育和行政政策的人士的思考模式中，并被那些不具备独立批判思想的人不假思索地接受。”

一个基于相对真实的对经验数据进行总结归纳的伦理体系应该会利大于弊，但许多伦理体系的基础是极其不符合真实的经验总结归纳以及对事物的本性观念的。这样的伦理体系的危害要比好处更大。直到不久之前，人类普遍相信恶劣天气、牲畜的疾病和性无能或许是由巫师恶意作祟而引起的。将巫师捉住并处死就成了责任——而且这个责任被神圣地记载于摩西的经书中：“行邪术的女人，不可容她存活。”以这个错误的观点为基础的伦理和法律造成了最骇人听闻的罪行（在掌握权力的人对它非常重视的那几个世纪里）。窥私告密、私刑和合法谋杀的狂欢，关于巫术的错误观点使之变成天经地义和必须去做的事情，但它们远远比不上我们这个时代基于错误的经济学观点和错误的人种观点的纳粹伦理所命令执行和正当化的更大规模的暴行和惨剧。社会伦理的基础是我们是完整的社会性动物，人类的婴儿出生时别无二致，个体是在集体环境下塑造的产物，但这些观点是错误的，如果社会伦理被广泛接纳的话，将可能会造成同样可怕的后果。如果这些观点是正确的，如果人类真的是一个社会性物种的成员，如果他们的个体特征微不足道并能够通过适当的培育而完全定型的话，那么，显然就不需要自由了，国家迫害要求实现自由的异端人士将会被正当化。对于白蚁来说，为白蚁窝服务就是最好的自由。但人类并没有彻底的社会性，他们只是有一定的群居性。他们的社会不是像白蚁窝或蚁穴那样的有机体，而只是组织，换言之，是为了集体生活而创造的机器。而且，个体之间的差异是如此巨大，即使在最强大的文化塑造之下，一个极端的内胚叶型者（用威廉·赫伯特·谢尔登的术语进行形容）仍会保持他那好交际和贪图享乐的特征，而一个极端的中胚层体型者仍会保持精力充沛不畏艰难的特征，而一个极端的外胚叶型者会总是孤僻、内向而过于敏感。在我的寓言《美丽新世界》里，基因改造和后天培育的双重过程确保了合乎社会要求的行为。在试管里培育婴儿，通过采用数量有限的母亲的卵子和促使每一个卵子不断分裂的手段，培育出一百多个一模一样的多胞胎出来，以此保证生出来的人高度一致。通过这种方式有可能为标准化的机器培育出标准化的操作员来。而标准化的操作员在出生后再通过婴儿培育、睡眠教育和使用化学药物产生欣快感，代替一个人感到自由和有创造力时的满足感，使其成为完美的产品。正如前面的章节所指出的，在我们生活的世界里，巨大的非人格化的力量正在促成权力的集中和一个严格管制的社会。对个人实施基因标准化仍然不可能实现，但庞大的政府和商业机构已经掌握了或很快将会掌握《美丽新世界》里所描述的所有的用于控制思想的手段，以及其他我根本无法想象的手段。未来人口过多而且过度组织化的世界的统治者们缺乏对胚胎进行基因一致性改造的能力，将会尝试对成人和他们的孩子推行社会和文化的一致性。要实现这个目的，他们会（除非予以制止）运用一切能够运用的思想控制的手段，并会毫不犹豫地通过经济压迫和肉体施暴的威胁强化这些非理性劝诱的手段。要避免这种独裁体制出现，我们必须刻不容缓开始对我们自己和我们的子孙进行关于自由与自治的教育。

正如我已经说过的，倡导自由的教育首先应该是基于事实与价值观的教育——个体多样性和基因独特性这一事实，以及自由、宽容和友爱的价值，它们是这些事实在伦理上的必然推论。但不幸的是，光有正确的知识与合理的原则并不足够。平淡的真相或许会被令人兴奋激动的谎言所掩盖。对激情的巧妙利用总是良好的决心所无法抵挡的。只有接受彻底的对宣传手段进行分析和看穿它的诡辩的培训，才能消除虚伪而有害的宣传的影响。语言促成了人类从动物进步为文明意义上的人。但语言也激发了愚昧和系统性的极度可怕的邪恶，它们就像由语言激发的深谋远虑和善良仁慈一样是人类行为的特征。语言让其使用者专注于事物、人物和事件，即使那些事物和人物并不存在，而那些事件并没有发生。语言塑造了我们的记忆，通过将经历转变成符号，将直接的渴求或憎恶、仇恨或爱意转化为固定的情感和行为准则。大脑的网状系统从不计其数的刺激中选择少数对我们有实际意义的体验，而这个过程我们毫无察觉。从这些无意识下选择的体验中，我们再有意识地将一小部分选择出来并抽象化，从我们的词汇中选择词语作为标识，然后将其归入一个同时涵盖形而上学、科学和伦理学的由其他抽象层次更高的词语构成的体系中。如果选择和抽象化是由一个对于事物的本质并非过于谬误的体系决定的，而词语标签得到精心选择并充分理解它们的符号本质的话，我们会作出切合实际和得体的行为。但如果词语选择不当，而且对它们只是符号的本质缺乏理解，而且由谬误的思想体系去选择和抽象化体验的话，我们将会做出残忍愚昧的举动，而这些事情是愚笨的动物（正是因为它们愚笨而不会说话）做不出来的。

自由的敌人通过非理性的宣传，系统性地败坏语言的资源，目的是哄骗或恫吓受害者像思想操纵者所希望的那样去思考、感受和行动。倡导自由的教育（同时也是提倡爱与智慧的教育，它们是自由的条件和结果）其中必须包括语言的恰当使用的教育。在过去两三代人的时间里，哲学家们殚精竭虑地对符号与意义的含义进行分析。我们表达的词语与句子是如何与我们在日常生活中必须应对的事物、人与事件联系在一起的？对这个问题进行讨论会花费太多的时间和偏离主题。简单地说，对语言的恰当使用进行合理教育的教材——横跨从幼儿园到研究生院的每一级别的教育——现在已经有了。分辨符号的恰当使用和不当使用的教育已经可以立刻开始进行了。事实上，过去三四十年间，它原本可以随时开始。但现在孩子们并没有在接受系统的教育去辨别真伪或区分有意义和无意义的表述。为什么会是这样？因为他们的长辈，即便他们生活在民主国家里，也不想让他们接受这类教育。在这里有必要讲述一下宣传分析学院那短暂而可悲的历史。该学院创建于一九三七年，当时纳粹的宣传喧嚣一时，影响深远，它的创始人是新英格兰的慈善家费尔林[①]先生。在其赞助下，对非理性宣传的分析开始进行，并为高中生和大学生准备了几篇课文。接着战争打响了——一场在各个战线进行的全面战争，不仅在战场上，还在思想上进行。同盟国的所有政府都在进行“心理战”，再坚持去分析宣传材料就似乎不是很明智了。这个机构于一九四一年关闭。但即使在战争爆发之前，许多人士就极度反对它的活动。例如，某些教育者不赞成分析宣传内容的教育，理由是它会使得青少年变得愤世嫉俗。军方也不欢迎，他们担心新兵会开始分析教官所说的话。还有神职人员和广告商的反对。神职人员反对宣传分析，因为它会破坏信仰和使得人们不再去教堂，广告商反对宣传分析，原因是它会削弱品牌的忠诚度和影响销售。

这些恐惧和厌恶并非没有依据。太多的平民百姓如果对他们的牧师和上司所说的话寻根问底的话或许将会造成颠覆。当前的社会秩序依赖于服从的继续，不对那些掌握权力的人和本地传统神圣化的宣传提出太多令人尴尬的问题。再一次，问题的关键所在是找到一条中庸之道。个体必须有充分的暗示感受性，愿意并且能够使社会运作，但不能有过分的暗示感受性，以免无助地落入职业思想操纵者的圈套。同样地，他们应该接受关于分析宣传内容的充分的指导，不至于不加批判地相信胡说八道的内容，但不能有过度的批判性，让他们断然拒绝并非总是符合理性的出于善意的传统守护者所说的话。或许光靠分析是无法找到并坚持轻信和怀疑一切之间的中庸之道的。这个负面性的手段必须以更加正面性的手段——阐述一组以事实为坚实基础的被普遍接受的价值——作为

① 爱德华·阿尔伯特·费尔林（Edward Albert Filene，1860—1937），法裔美国商人、慈善家。

补充。首先是基于人的多样性和基因独特性的个体自由的价值，其次是慈善和怜悯的价值，基于古老而熟悉的事实和现代精神学的最新发现——无论人类的身心差异有多大，对于我们来说，爱就像食物与居所，是必不可少的。最后是思想的价值，没有了思想，爱将虚弱无力，而自由将无法实现。这组价值为我们提供了判断宣传内容的标准。不合理性和有违道德的宣传会被断然拒绝。只是不合理性但与爱和自由相行不悖，而且原则上不妨害思想运作的宣传则可以被暂时接受。

第十二章

我们能够做些什么?

我们能够接受倡导自由的教育——比我们现在所接受的教育要好得多的教育。但我在努力尝试表明的是，自由遭到了来自许多方面的威胁——人口的、社会的、政治的、心理学的威胁。我们的疾病是由多个因素的合力造成的，只有通过相互配合的复合药方才能治愈。在处理任何复杂的关乎人的问题时，我们必须考虑所有的相关因素，而不只是单独一个因素，少一个都不行。自由受到了威胁，迫切需要倡导自由的教育，但还有许多事情要做——譬如说，倡导自由的社会组织、倡导自由的生育控制、倡导自由的立法。让我们从最后这几个因素开始吧。

从大宪章时代甚至更早的时候开始，英国的立法者一直关心保护个体的人身自由。一个因为被怀疑有违法行径而被关在监狱里的人，根据一六七九年普通法的规定，有权向法庭申请人身保护令。这张保护令由法官签署，要求警长或典狱长在规定的时间里将被关押的犯人带到法庭对案件进行庭审——请注意，带到法庭的不是那个人的诉讼状，也不是他的法律代表，而是他这个活生生的人，这个被强迫睡在木板床上，闻着监狱的恶臭，吃着令人作呕的监狱食物的人。这关系到自由的基本条件——不允许人身监禁——无疑是很有必要的，但并不足够。很有可能一个人虽然不在监狱里，但他并不自由——没有遭受人身监禁，却是精神上的囚犯，被迫按照国家或某个私人利益的代表所希望的那样去思考、感受和行动。思想保护令这种东西并不存在，因为没有哪位警长或典狱长能够将一个被非法禁锢的思想带到法庭上，没有哪个思想被前面的章节罗列的手段所禁锢的人会抱怨自己遭到了囚禁。精神强迫症的本质是那些在禁锢下行动的人仍然以为自己在自由行动。思想控制的受害者不知道自己是受害者。对于他来说，监狱的高墙是看不见的，他以为自己是自由的。只有别人才知道他并不自由。他的奴役完全是客观性的。

不，我要重复一遍，思想保护令这种东西并不存在。但我们可以制订预防性的法律——禁止精神意义上的奴隶贸易，仿照保护身体不受寡廉鲜耻的贩卖劣质食物和危险药品的商贩的危害的法令，立法保护思想不受寡廉鲜耻的商贩有害的宣传内容的毒害。譬如说，我认为可以也应该立法限制民政或军政官员对受他们管辖控制的失去自由的个人进行睡眠教育的权力。我认为，可以也应该立法禁止在公共场所或电视屏幕上进行潜意识映射。我认为，可以也应该立法限制政治候选人在选战上支出的金额，而且还要限制他们不得进行扰乱整个民主程序的非理性的宣传。

这样的预防性的法律或许能够起到一些作用，但如果那些现在正在威胁自由的非人格化的力量继续肆虐的话，它们很快就会失效。最完善的宪法和预防性的法律也无力对抗逐渐增强的由人口增长与技术进步带来的压力。宪法不会被废除，好的法律会继续存在于法典上，但这些自由主义的形式起到的作用只是掩盖和装饰深刻的非自由的本质。如果人口过多和过度组织没有得到遏止，我们或许将会看到民主国家将会出现促使英国变成民主政体但仍然保留君主政体外在特征的过程的逆转。在人口过度增长和过度组织化的无情冲击下，以及越来越有效的思想操纵手段的影响下，民主国家的本质将会改变，古老典雅的形式——选举、议会、最高法院以及其他——将会保留下来。而内在的本质将是一种新式的非暴力体制。所有传统的名字和神圣的口号将会和旧日的美好时光一般无二。民主和自由将会是每一次广播和每一篇社论的主题——但那是有着特殊含义的民主和自由。与此同时，寡头统治阶层与他们那些训练有素的士兵、警察、思想制造者和思想控制者会悄悄地按照自己的想法操纵局势。

我们如何能够控制现在正威胁我们历经艰难才争取到的自由的那些巨大的非人格化的力量呢？在口头上对这些问题作出空泛的回答是非常容易的事情。思考一下人口过多的问题。迅速增长的人口数量正对自然资源构成越来越沉重的压力。我们能够做些什么呢？显然，我们必须尽快将出生率降到不至于高于死亡率的程度。与此同时，我们必须尽快增加食物的供给，我们必须制订和执行世界性的政策保护我们的水土和森林，我们必须开发出不像镭那么危险而且不会迅速枯竭的实用的替代品作为燃料；此外，在节约地使用我们日渐减少的容易开发的矿物资源的同时，我们必须研究出新的不是太昂贵的方式，从越来越贫瘠的矿石中开采这些矿产——最贫瘠的矿则是海水。但无消说，所有这一切都是说得轻松做起来难。每年增长的人口应该减少。但该怎么做呢？我们有两个选择——一方面是饥荒、瘟疫与战争，另一方面是生育控制。我们大部分人会选择生育控制——然后立刻发现我们面对的是一个同时涉及生理学、药理学、社会学、心理学甚至神学的难题。“灵丹妙药”还没有被发明出来，即使它被发明出来了，该如何将它送至数以亿计的潜在的母亲（或者，如果那是对男性起作用的药丸的话，就是数以亿计的潜在的父亲）的手中，并让他们吃下去以降低生育率呢？在当前，由于现有的社会风俗、文化影响力和心理惰性的影响，该如何劝服那些应该服药但不愿意服药的人改变想法呢？要是罗马天主教会提出反对呢？他们反对任何形式的生育控制，只接受所谓的安全期避孕法——顺便说一下，这个方法已经在那些工业程度落后的最迫切需要降低出生率的社会里被证明几乎根本没有效果。这些关于未来和假想的灵丹妙药的问题必须被提出来，但光靠现有的化学和机械生育控制手段，不要指望能够得到令人满意的答案。

当我们从生育控制的问题转移到增加食物供应和保护我们的自然资源这个问题时，我们发现我们所面对的困难或许不可同日而语，但依然相当艰巨。首先是教育的问题。那些现在耕种着世界上绝大部分农田的不计其数的农民和庄稼汉什么时候才能接受教育并改善耕作呢？当他们接受了教育，他们将如何筹集资金以获得机器、燃料、润滑剂、电力、化肥和改良品种的牲畜和作物呢？没有了这些，最好的农业教育也没有用武之地。同样地，将由谁去教育这些人保护资源的原则和做法呢？如何阻止对食物的需求正在迅速增加的饥肠辘辘的农民去掠夺式开发土地呢？如果他们能被劝阻的话，将由谁为他们的支持付钱，让满目疮痍的地球得以逐渐恢复健康和肥沃，如果这种事情仍然可以实现的话？或者思考一下那些正在努力进行工业化的落后社会，如果它们成功了，谁将来阻止他们在拼命追赶发达国家时像过去和现在仍在进行的那样愚昧而肆意地挥霍地球的不可替代的资源呢？到了最不得已的时候，那些贫穷的国家能否拥有从贫矿中获取不可代替的矿物所需要的懂科学的劳动力和巨额资金，使得采矿在技术上可行或在经济意义上划算呢？或许所有这些问题总会得出实际的答案，但还要等多久呢？在人口数量与自然资源的竞争中，时间对我们并不利。到本世纪末，如果我们非常努力地尝试，或许世界粮食市场的供应会是现在的两倍。但届时的人口也会是现在的两倍，数十亿人将会生活在半工业化的国家，并消耗相当于目前的消费量十倍的能量、水、木材和不可替代的资源。简而言之，粮食状况将和今天一样糟糕，而原材料的状况将会严重恶化。

为过度组织化这个问题找到解决方案并不比为自然资源和人口增加这个问题找到解决方案来得容易。口头上得出空泛的答案非常简单。政治上的定义是，权力伴随着财富而来。但现在生产资料正迅速成为大型商业和大型政府的垄断财产，因此，如果你相信民主，就作出安排，尽可能平均地分配财富吧。

或者谈一谈投票的权利吧。大体上说，它是一项重要的权利。但实际上，正如最近的历史一再表明的，投票的权利本身并不足以保证自由。因此，如果你希望避免通过全民公投走向独裁体制，就要将现代社会的只是在执行职能的集体拆分为能够独立于大型商业与大型政府的官僚体制之外的自愿合作的自治群体。

人口过多和过度组织化造就了现代大都市，在这里，完全意义上的全方位的个人关系的人文生活是几乎不可能的事情。因此，如果你希望避免个人和整个社会走向精神贫瘠的话，离开大都市，复兴小型的乡村社区，或创造类似于小型乡村社区的组织网络，让大都市变得更有人情味。在这里，个体能够以完整的人格交往合作，而不只是专业职能的化身。

所有这些在今天都是浅显的道理，事实上，早在五十年前就已经是浅显的道理。从希莱尔·贝洛克[①]到莫提莫尔·阿德勒[②]，从信用合作社的早期倡导者到现代意大利与日本的土地改革者，怀着良好愿望的数代人一直在提倡经济力量的分散化和财富的平均分配。为了分散生产，为了回归小规模的“乡村工业”，许多奇思妙想的计划被提出来。还有杜布鲁尔[③]的精密的衡量一个大型工业组织内的各个部门的自治程度和主动性的计划。还有工团主义者，他们勾勒出由各个工会主持下的生产团体组成联合会的无政府社会的蓝图。在美国，亚瑟·摩根[④]和贝克尔·布朗内尔[⑤]提出了新型的乡村与小城镇生活的理论与实践。

哈佛大学的斯金纳教授在他的著作《桃源二村》里对这个问题提出了作为一位心理学家的观点。《桃源二村》是一本关于自给自足的自治社区的乌托邦小说，那个社区的组织是如此科学合理，没有人会被引向反社会的诱惑，不需要借助强制或不良宣传，每个人都在尽自己的本分，每个人都生活得幸福而富有创造力。在二战期间和战后的法国，马

---

① 约瑟夫·希莱尔·贝洛克（Joseph Hilaire Belloc，1870—1953），英国诗人、历史学家和散文作家。

② 莫提莫尔·杰罗姆·阿德勒（Mortimer Jerome Adler，1902—2001），美国哲学家、教育家。

③ 杜布鲁尔（Dubreuil），情况不详

④ 亚瑟·厄尼斯特·摩根（Arthur Ernest Morgan，1878—1975），美国工程师、教育家。

⑤ 贝克尔·布朗内尔（Baker Brownell，1887—1965），美国哲学家。

塞尔·巴布[1]和他的追随者们创建了几个没有等级之分的自治生产社区，它们也是倡导互助和完整的人性生活的社区。与此同时，在伦敦，帕金翰实验[2]表明通过协调广泛利益群体的医疗服务，即使在大都市里也能创造一个真正的社区。

于是，我们看到，过度组织化的弊病已经被清楚地认识到，并提出了各种综合性的解决方法，实验性的治疗已经在各个地方展开，而且总是很成功。但是，虽然有这些教导与可仿效的实践，弊病仍在持续恶化。我们知道任由权力集中在寡头统治阶层的手中是不安全的，但是，事实上，权力正集中于越来越少的人的手中。我们知道，对于绝大多数人来说，现代大都市的生活是匿名性的，原子化的，并非完整意义的人文生活。但是，大都市变得越来越大，工业都市的生活模式一直没有改变。我们知道，在一个庞大而复杂的社会里，民主相对于规模可控制的自治群体而言，变得几乎毫无意义。但是，越来越多的国家的事务由大型政府和大型商业的官僚进行管理。在实践中，非常明显，过度组织化的问题几乎就像人口过多的问题一样难以解决。在这两个问题上，我们都知道应该做些什么，但我们都无法依照我们的知识去采取有效的行动。

这时我们发现自己面临一个非常令人不安的问题：我们真的希望依照我们的知识去采取行动吗？大部分人真的认为值得花费精力去制止，如果有可能的话，去扭转当前这股由极权主义控制一切的浪潮吗？美国是其他都市工业国家几年后的先驱榜样，而近期的民意测验表明美国的大部分青少年，也就是明天的投票者，对民主制度并没有信念，并不反对审查不受欢迎的思想，并不相信民治民有的政府是可能实现的，而且

① 马塞尔·巴布（Marcel Barbu，1907—1984），法国政治家、改革家。

② 帕金翰实验（the Peckham Experiment），指一九二六年至一九五〇年间在英国帕金翰进行的针对工人阶级的医疗健康状况实施改善的社会实验，由社会活动家乔治·斯科特·威廉姆森与妻子伊尼斯·霍普·皮尔斯发起。

如果能够继续生活在已经习以为常的繁荣富足的生活方式下，非常愿意接受由上至下的由各类专家组成的寡头政体的统治。如此多的生活在世界上最强大的民主国家的衣食无忧的年轻的电视观众对自治政府的理念如此冷漠，对思想自由和提出异议的权力如此不感兴趣，实在是令人感到担忧，但并不是很令人吃惊。我们说“自由就像一只小鸟”，并羡慕这些长翅膀的小动物在三维空间无拘无束地飞翔的能力。但是，唉，我们忘记了渡渡鸟。学会了过上有吃有喝的生活而不需要使用翅膀的鸟很快就会放弃飞翔的权力，永远停留在地面上。人也一样，如果面包每天三餐定期供应，许多人非常愿意就这么光吃面包生活下去——或者光吃面包和看马戏团表演活下去。“最后，”陀思妥耶夫斯基的寓言中那位宗教大法官说道，“最后他们将把他们的自由放在我们的脚下，对我们说：‘让我们做你们的奴隶，但请让我们吃上饱饭。’”当阿廖沙·卡拉马佐夫问故事的讲述者——他的哥哥——那个宗教大法官是不是在说反话时，伊万的回答是：“根本不是！他把这当成了自己和教会的功绩，他们消灭了自由，这么做是为了让人类获得幸福。”是的，让人类获得幸福。大法官坚持道：“因为对于人类或人类社会来说，没有什么比自由更不靠谱的。”失去了自由是最不靠谱的事情，因为当情况变得糟糕而饲料被削减时，困在地上的渡渡鸟会再次鼓噪着要使用翅膀——而当情况好转，饲养渡渡鸟的农民又变得慷慨大方时，它们就会再次放弃使用翅膀。现在对民主不屑一顾的年轻人或许将来长大后会成为民主斗士。“给我电视和汉堡包，但不要拿自由的责任烦我”的呐喊或许在情况改变之后会变成“不自由毋宁死”。如果这么一场革命真的爆发，一部分原因是即使是最有权势的统治者也无法左右力量的作用，一部分原因是那些统治者的无能，他们无法有效地运用科学与技术所提供的操纵思想的手段。考虑到他们的知识是那么贫乏而且装备是那么落后，早年的宗教大法官们已经做得很好了。但他们的继任者，未来那些知识渊博而且完全符合科学的独裁者们无疑将能做得更好。宗教大法官责备基督号召人类去争取自由，并告诉他："我们已经纠正了你的工作，并将它建立在奇迹、神秘和权威的基础上。"但奇迹、神秘和权威并不足以保证独裁体制的长治久安。在我的寓言《美丽新世界》里，独裁者们加入了科学，因此能够通过控制胚胎的身心发育、婴儿的反射神经和儿童与成年人的思想去实施他们的权力。他们并没有光是在谈论奇迹和象征性地暗示神秘，他们能够通过使用药物让被统治者直接体验到神秘与奇迹——将信仰转变为令人心醉神迷的知识。以前的独裁者们垮台了，因为他们没办法为被统治者提供足够的面包、足够的消遣和足够的奇迹与神秘。而且他们也没有掌握真正行之有效的思想操纵系统。在以前，自由思考者与革命者经常是最虔诚的正统教育的产物。这并不令人感到惊讶。正统教育者所采用的方法从过去到现在一直很低效。在奉行科学的独裁者的统治下，教育将会真正起到作用——结果就是，绝大多数男男女女长大之后会热爱他们的奴役，永远不会想到革命。我们似乎没有理由相信完全符合科学的独裁体制会被推翻。

与此同时，世界上仍有自由存在。确实，许多年轻人似乎并不珍惜自由。但我们当中有人仍然相信，失去了自由，人就不能成为完整意义上的人，因此，自由是最高的价值。或许现在威胁自由的力量实在是太强大了，没办法长久地抵抗下去，但不管怎样，我们的责任就是尽自己的能力进行抵抗。

译文名著精选书目

傲慢与偏见	〔英〕简·奥斯丁 著 王科一 译
简·爱	〔英〕夏洛蒂·勃朗特 著 祝庆英 译
基督山伯爵	〔法〕大仲马 著 韩沪麟 周克希 译
少年维特的烦恼	〔德〕歌德 著 侯浚吉 译
茶花女	〔法〕小仲马 著 王振孙 译
呼啸山庄	〔英〕艾米莉·勃朗特 著 方平 译
悲惨世界	〔法〕雨果 著 郑克鲁 译
堂吉诃德	〔西班牙〕塞万提斯 著 张广森 译
红与黑	〔法〕司汤达 著 郝运 译
雾都孤儿	〔英〕狄更斯 著 荣如德 译
欧叶妮·葛郎台／高老头	〔法〕巴尔扎克 著 王振孙 译
莎士比亚四大悲剧	〔英〕莎士比亚 著 孙大雨 译
泰戈尔抒情诗选	〔印〕泰戈尔 著 吴岩 译
乱世佳人	〔美〕玛格丽特·米切尔 著 陈良廷等 译
鲁滨孙历险记	〔英〕笛福 著 黄杲炘 译
安娜·卡列尼娜	〔俄〕列夫·托尔斯泰 著 高惠群等 译
十日谈	〔意〕薄伽丘 著 方平 王科一 译
福尔摩斯探案精选	〔英〕柯南·道尔 著 梅绍武 屠珍 译
老人与海	〔美〕海明威 著 吴劳等 译
漂亮朋友	〔法〕莫泊桑 著 王振孙 译
巴黎圣母院	〔法〕雨果 著 管震湖 译
双城记	〔英〕狄更斯 著 张玲 张扬 译
最后一片叶子	〔美〕欧·亨利 著 黄源深 译
瓦尔登湖	〔美〕梭罗 著 徐迟 译
一九八四	〔英〕奥威尔 著 董乐山 译
复活	〔俄〕列夫·托尔斯泰 著 安东 南风 译
三个火枪手	〔法〕大仲马 著 郝运 王振孙 译
苔丝	〔英〕哈代 著 郑大民 译
变色龙	〔俄〕契诃夫 著 汝龙 译
钢铁是怎样炼成的	〔俄〕奥斯特洛夫斯基 著 王志冲 译
浮士德	〔德〕歌德 著 钱春绮 译
太阳照常升起	〔美〕海明威 著 赵静男 译
莎士比亚喜剧五种	〔英〕莎士比亚 著 方平 译
理智与情感	〔英〕简·奥斯丁 著 武崇汉 译
罪与罚	〔俄〕陀思妥耶夫斯基 著 岳麟 译
羊脂球	〔法〕莫泊桑 著 郝运 王振孙 译
鼠疫	〔法〕加缪 著 刘方 译
青年艺术家画像	〔爱尔兰〕乔伊斯 著 朱世达 译

我是猫	〔日〕夏目漱石 著 刘振瀛 译
神曲	〔意〕但丁 著 朱维基 译
红字	〔美〕霍桑 著 苏福忠 译
到灯塔去	〔英〕伍尔夫 著 瞿世镜 译
格列佛游记	〔英〕斯威夫特 著 孙予 译
大卫 · 考坡菲	〔英〕狄更斯 著 张谷若 译
道连 · 葛雷的画像	〔英〕王尔德 著 荣如德 译
童年／在人间／我的大学	〔俄〕高尔基 著 高惠群等 译
城堡	〔奥地利〕卡夫卡 著 赵蓉恒 译
汤姆 · 索亚历险记	〔美〕马克·吐温 著 张建平 译
九三年	〔法〕雨果 著 叶尊 译
铁皮鼓	〔德〕格拉斯 著 胡其鼎 译
卡拉马佐夫兄弟	〔俄〕陀思妥耶夫斯基 著 荣如德 译
远大前程	〔英〕狄更斯 著 王科一 译
马丁 · 伊登	〔美〕杰克·伦敦 著 吴劳 译
名利场	〔英〕萨克雷 著 荣如德 译
嘉莉妹妹	〔美〕德莱塞 著 裘柱常 译
细雪	〔日〕谷崎润一郎 著 储元熹 译
哈克贝里 · 芬历险记	〔英〕马克·吐温 著 张万里 译
儿子与情人	〔英〕劳伦斯 著 张禹九 译
野性的呼唤	〔英〕杰克·伦敦 著 刘荣跃 译
牛虻	〔英〕伏尼契 著 蔡慧 译
包法利夫人	〔法〕福楼拜 著 周克希 译
达洛卫夫人	〔英〕伍尔夫 著 孙梁 苏美 译
永别了，武器	〔美〕海明威 著 林疑今 译
喧哗与骚动	〔美〕福克纳 著 李文俊 译
猎人笔记	〔俄〕屠格涅夫 著 冯春 译
圣经故事	〔美〕阿瑟·马克斯威尔 著 杨佑方等 译
希腊神话	〔俄〕库恩 编著 朱志顺 译
格林童话	〔德〕格林兄弟 著 施种等 译
月亮和六便士	〔英〕毛姆 著 傅惟慈 译
失乐园	〔英〕弥尔顿 著 刘捷 译
海底两万里	〔法〕儒勒·凡尔纳 著 杨松河 译
丧钟为谁而鸣	〔美〕海明威 著 程中瑞 译
安徒生童话	〔丹麦〕安徒生 著 任溶溶 译
了不起的盖茨比	〔美〕菲茨杰拉德 著 巫宁坤等 译
虹	〔英〕劳伦斯 著 黄雨石 译
摩格街谋杀案	〔美〕爱伦 · 坡 著 张冲 张琼 译
坎特伯雷故事集	〔英〕乔叟 著 黄杲炘 译
战争与和平	〔俄〕列夫 · 托尔斯泰 著 娄自良 译
环游地球八十天	〔法〕儒勒·凡尔纳 著 任倬群 译
人生的枷锁	〔英〕毛姆 著 张柏然 张增健 倪俊 译

剧院魅影	〔法〕加斯东·勒鲁 著 符锦勇 译
百万英镑——马克·吐温中短篇小说选	〔美〕马克·吐温 著 方平 等译
培根随笔全集	〔英〕弗兰西斯·培根 著 蒲隆 译
金银岛 化身博士	〔英〕斯蒂文森 著 荣如德 译
无名的裘德	〔英〕哈代 著 刘荣跃 译
一千零一夜	方平 等译
刀锋	〔英〕毛姆 著 周煦良 译
小妇人	〔美〕露易莎·梅·奥尔科特 著 洪怡 叶宇 译
玻璃球游戏	〔德〕黑塞 著 张佩芬 译
凯旋门	〔德〕雷马克 著 朱雯 译
变形记——卡夫卡中短篇小说集	〔奥地利〕卡夫卡 著 张荣昌 译
伊索寓言	〔希腊〕伊索 等著 吴健平 于国畔 译
前夜 父与子	〔俄〕屠格涅夫 著 丽尼 巴金 译
大师和玛格丽特	〔俄〕布尔加科夫 著 高惠群 译
死农奴	〔俄〕果戈理 著 娄自良 译
被伤害与侮辱的人们	〔俄〕陀思妥耶夫斯基 著 娄自良 译
黑桃皇后	〔俄〕普希金 著 冯春 译
伊利亚随笔精选	〔英〕查尔斯·兰姆 著 刘炳善 译
危险的关系	〔法〕拉克洛 著 叶尊 译
夜色温柔	〔美〕菲茨杰拉德 著 汤新楣 译
弗兰肯斯坦	〔英〕玛丽·雪莱 著 刘新民 译
卡门	〔法〕梅里美 著 王钢 等译
忏悔录	〔法〕卢梭 著 陈筱卿 译
伪币制造者	〔法〕纪德 著 盛澄华 译
斯巴达克思	〔意〕乔万尼奥里 著 李俍民 译
追忆逝水年华(精华本)	〔法〕普鲁斯特 著 沈志明 译
去吧，摩西	〔美〕威廉·福克纳 著 李文俊 译
蒙田随笔集	〔法〕蒙田 著 马振骋 译
美国悲剧	〔美〕德莱塞 著 潘庆舲 译
汤姆叔叔的小屋	〔美〕斯陀夫人 著 杨怡 译
三毛钱小说	〔德〕贝·布莱希特 著 高年生 黄明嘉 译
动物农场	〔英〕乔治·奥威尔 著 荣如德 译
黑郁金香	〔法〕大仲马 著 郝运 译
白痴	〔俄〕陀思妥耶夫斯基 著 荣如德 译
快乐王子	〔英〕王尔德 著 巴金 译
笑面人	〔法〕雨果 著 鲁膺 译
娜娜	〔法〕左拉 著 徐和瑾 译
贝姨	〔法〕巴尔扎克 著 许钧 译
蝇王	〔英〕威廉·戈尔丁 著 龚志成 译
看得见风景的房间	〔英〕E·M·福斯特 著 巫漪云 译

最后一课——都德小说选	〔法〕都德 著　郝运 译
浮士德博士	〔德〕托马斯·曼 著　罗炜 译
草叶集	〔美〕沃尔特·惠特曼 著　邹仲之 译
流动的盛宴	〔美〕海明威 著　汤永宽 译
平家物语	〔日〕佚名 著　王新禧 译
柏拉图对话集	〔古希腊〕柏拉图 著　戴子钦 译
荷马史诗：伊利亚特·奥德赛	〔古希腊〕荷马 著　陈中梅 译
罗密欧与朱丽叶	〔英〕莎士比亚 著　方平 译
都柏林人	〔爱尔兰〕乔伊斯 著　王逢振 译
美丽新世界	〔英〕奥尔德斯·赫胥黎 著　陈超 译